SANDRINE DESTOMBES

LES DISPARUS DE LA DURANCE

Hugo Thriller

À mon mari…
Encore et toujours.

1

Son adjoint l'avait appelé dix minutes plus tôt alors que le jour se levait. Six heures du matin, c'était tôt, même pour lui, mais le ciel strié d'or et de rose annonçait peut-être la première journée ensoleillée de ce mois de mai. De quoi esquisser un sourire et savourer son café en observant les rares péniches qui remontaient la Seine.

Martin Vaas ne se lassait pas de cette vue. Son appartement comptait à peine trente mètres carrés, à condition de mesurer les espaces mansardés. Le loyer était prohibitif pour son traitement d'officier de police judiciaire, mais cette perspective sur Notre-Dame valait bien quelques sacrifices.

À la tête du groupe de la 3e DPJ[1], il s'était installé face à l'île de la Cité pour être au plus proche de son champ d'action. Martin aimait ce quartier et même si sa position l'obligeait à se présenter tous les jours à son poste, il passait la plupart de son temps à arpenter cette rive gauche parisienne qu'il ne connaissait pas deux ans auparavant. Martin Vaas n'était pas de Paris et il devait le faire oublier. Il s'obligeait à fréquenter les cafés, à traîner sur les marchés et à saluer chaque commerçant. Martin se créait un réseau, patiemment.

---

1 Direction de la police judiciaire. La 3e DPJ est en charge des 5e, 6e, 7e, 13e, 14e, 15e arrondissements de Paris, la « rive gauche de Paris ».

Le capitaine Martin Vaas savait qu'il arriverait le premier. Il n'avait que trois cents mètres à faire pour retrouver son collègue au point de rendez-vous. Lucas lui avait dit : « Te presse pas ! Les gars ne sont même pas sûrs que ce soit pour nous. » Martin aurait pu lui demander de développer mais cette entrée en matière lui plaisait. Elle présageait une journée pas tout à fait ordinaire.

Martin ne s'attendait pas à voir un tel attroupement sur le quai bas des Grands-Augustins. Un véhicule léger des services de nettoyage de la ville stationnait dans un coin, un joggeur en tenue fluorescente répondait aux questions d'un gardien de la paix, une embarcation de la brigade fluviale patientait à deux mètres du quai alors que deux plongeurs évoluaient dans l'eau, dans un périmètre de dix mètres carrés.

Martin sortit sa carte tricolore et se présenta rapidement à ceux qui ne le connaissaient pas. Le gardien de la paix semblait soulagé à l'idée de passer la main.

— Qu'est-ce qu'on a, Witek ? lui demanda Martin en l'éloignant du joggeur.

— Des pieds, capitaine.

Martin s'attendait à une suite mais le gardien de la paix n'ajouta rien. Il pensait sûrement recevoir ses instructions à la suite de cette révélation.

Martin se mordit l'intérieur des joues. Il était beaucoup trop tôt pour exprimer le fond de sa pensée.

— Des pieds… Très bien. Vous pouvez m'en dire plus ?

— Les plongeurs en ont sorti sept pour l'instant. Ils les stockent à bord en attendant la Scientifique.

— Mais quand vous dites des pieds…

— Ben des pieds, capitaine. Dans des baskets.

— Dans des baskets. C'est bien, on avance. Et c'est ce joggeur qui les a vus en premier ?

— Il en a vu quatre seulement mais ça l'a bien secoué. Il a appelé le commissariat et on vous a fait prévenir aussitôt. C'est le brigadier-chef Morgon qui nous a dit de faire venir la Fluviale. Les gars sont dans l'eau depuis vingt minutes.

— Et ils ont donc trouvé trois autres pieds.

— Ça ne leur a pas pris longtemps. Les baskets étaient reliées entre elles. Les deuxièmes pieds étaient immergés, on ne pouvait pas les voir. Là, ils cherchent le pied de la dernière paire, si vous voyez ce que je veux dire. Le nœud a dû se défaire.

— Je vois. Vous pouvez me dire autre chose sur ces pieds ? Ils s'arrêtent où, exactement ?

— C'est-à-dire ?

— Au niveau de la cheville, du mollet ?

— De la cheville, je dirais, mais je ne pourrais pas vous l'affirmer. J'ai regardé rapide. Il y avait surtout des gros amas de chair.

— Et les baskets ? Vous les avez un peu regardées ? C'étaient des baskets d'adulte, d'enfant ?

— D'adulte, à première vue. J'ai vu une paire de Nike, une paire d'Adidas. Les autres, je n'ai pas réussi à les identifier.

Martin hocha la tête, signe qu'il n'avait plus de questions. Il aurait aimé que les plongeurs de la brigade fluviale déposent leurs découvertes directement à quai mais la zone n'était pas encore totalement sécurisée.

Lucas Morgon arriva quinze minutes plus tard. Contrairement à Martin, il vivait dans le Nord-Ouest parisien mais à cette heure-ci les distances avaient peu d'importance. Le trafic ne se densifierait pas avant une bonne heure.

Lucas, lunettes de soleil relevées sur la tête, le sourire aux lèvres et les mains dans les poches, ressemblait plus à un touriste en goguette qu'à un officier de la police judiciaire.

— Tu m'as l'air de bien bonne humeur, l'apostropha Martin.

— Une balade sur un semi-rigide par ce temps, avoue que ça met en joie.

— Qui te dit qu'ils vont te prendre à bord ?

— Un cadavre sur les quais, l'IML[2] à cinq minutes, ce serait con de s'en passer !

— Il n'y a pas de cadavre, Lucas.

— Witek m'a parlé de pieds.

— Il y a des pieds, c'est vrai. Il y en a même un paquet. Mais il n'y a pas de cadavre.

— Ils cherchent quoi alors, les deux grenouilles ?

— Un huitième pied.

— Vous en avez trouvé sept ?

— Oui. Sept pieds chaussés de baskets. Trois paires reliées les unes aux autres et un septième pied isolé.

— Un unijambiste ?

— T'es en forme, à ce que je vois ! Je ne sais pas si on a affaire à un unijambiste, à un lot de membres pour un trafic quelconque ou à un fétichiste qui s'est débarrassé de ses trophées, mais une chose est sûre : on n'a pas de cadavre.

— On va quand même essayer d'en savoir plus, non ?

— Évidemment, mais je serais étonné que le légiste examine nos pieds en priorité.

Lucas observa la scène comme l'avait fait Martin à son arrivée. Il s'approcha du bord du quai, espérant certainement

---

2 Institut médico-légal. L'IML de Paris se trouve sur les bords de Seine, en amont de l'île de la Cité.

voir les membres dans l'embarcation, ce qui était impossible à cette distance, alors il leva les yeux et s'adressa, de dos, à son supérieur :

— Tu crois que c'est une coïncidence ?

— Quoi donc ?

— Le fait qu'on trouve ces pieds pile-poil en face du 36 ?

Martin posa le regard sur l'autre rive et constata seulement à cet instant que le bâtiment de l'ancien siège de la police se dressait face à eux.

— Ne me dis pas que tu n'avais pas remarqué ! s'amusa Lucas en voyant l'air hébété de Martin.

— Je te rappelle que le quai des Orfèvres pour moi, c'est juste une évocation dans les films ou les bouquins. Je suis de la génération Bastion[3].

Lucas n'insista pas. Il savait d'expérience que Martin Vaas n'usait que très rarement de mauvaise foi. Uniquement quand il était en tort. C'était une façon comme une autre de répondre à sa question.

---

3 Depuis 2017, le 36 rue du Bastion, surnommé le Bastion, est le nouveau siège de la préfecture de police de Paris et de la direction régionale de la police judiciaire. Ce bâtiment remplace le fameux 36 quai des Orfèvres.

2

Contre toute attente, le légiste de l'IML avait promis à Martin Vaas de se dégager un temps en fin d'après-midi pour examiner les sept pieds retrouvés dans la Seine. Plus personne ne s'attendait à retrouver le huitième. Les agents de la police technique avaient inspecté le quai des Grands-Augustins de long en large, sans résultat, avant de dresser une tente aux murs opaques au plus proche du lieu de la découverte. Ils avaient pulvérisé la zone de Luminol. Aucune trace de sang n'avait été constatée. Ils s'étaient rabattus sur le prélèvement de quelques mégots et de deux cadavres de bouteilles de bière, un maigre butin quand on connaissait la fréquentation nocturne des berges parisiennes. Les plongeurs, quant à eux, avaient repêché un grand sac-poubelle qui s'était coincé dans un anneau d'amarrage. Tous ces éléments avaient été envoyés au laboratoire du Bastion mais Martin n'espérait pas de retour avant plusieurs jours. Le juge d'instruction lui avait confirmé qu'en l'absence de corps, cette affaire n'était pas prioritaire.

Plutôt que de faire un aller-retour au Bastion, et perdre son temps dans les transports, Martin Vaas s'était rendu au commissariat du 5e arrondissement pour effectuer quelques recherches en attendant son rendez-vous avec le légiste. Il vérifia en premier lieu le fichier des personnes disparues en région parisienne. Même si de nombreuses déclarations mentionnaient des baskets dans les détails vestimentaires, il était toujours question de personnes isolées. Une joggeuse dans le parc de Sceaux, un adolescent disparu dans le secteur de la Défense, un cycliste dans le bois de Boulogne… la liste était sans fin. À raison de quatre mille disparitions rien que sur les douze derniers mois, Martin savait que cette recherche ne le mènerait à rien. Ces pieds pouvaient très bien appartenir à des touristes ou avoir descendu le cours de la Seine depuis Troyes. Il élargit tout de même sa requête au reste de la France, par acquit de conscience mais, là encore, il n'était nulle part question d'un groupe de quatre individus.

N'ayant aucun élément tangible à entrer dans les bases de données d'analyse criminelle, il se rabattit sur Internet. La Toile regorgeait de faits divers, souvent vrais, parfois fantasmés, et il n'était pas rare que Martin y trouve des informations que personne n'avait pensé à recenser. De toute façon, il avait encore une demi-heure à tuer.

Il tenta plusieurs combinaisons avec les mots « Pieds », « Baskets », « Cours d'eau ». Il eut droit à une sélection de chaussons de plongée, à un comparatif des chaussures de sport les plus résistantes à l'eau, et même à une technique imparable pour soigner les verrues grâce à une peau de banane. Il essaya alors une méthode plus terre à terre : « Pieds retrouvés dans l'eau ». Le moteur de recherche afficha plus de quinze millions de résultats. Martin soupira avant de constater que le premier résumait en quelques lignes l'information traitée dans la plupart des liens et qui agitait depuis plusieurs années les internautes d'outre-Atlantique.

Le phénomène était communément appelé « Le mystère des pieds humains de la mer des Salish ». Martin ne savait même pas où cette mer se trouvait. En trois clics il devint imbattable sur le sujet. Depuis 2007, une quinzaine de pieds chaussés de baskets avaient été retrouvés sur les rives de la mer des Salish, que ce soit sur la rive canadienne, en Colombie-Britannique, ou sur la côte des États-Unis. De nombreux enquêteurs s'étaient penchés sur le sujet avant de conclure que ces découvertes n'étaient pas l'œuvre d'un tueur en série. Sur les quinze membres, seuls quatre avaient pu être identifiés. Trois d'entre eux appartenaient à des personnes dont le suicide avait été avéré, le quatrième, à un pêcheur porté disparu à la fin des années 1980. Pour les spécialistes, aucun des démembrements ne semblait volontaire. La décomposition des corps était l'explication la plus probable. Les chevilles s'étaient détachées de la jambe et les chaussures de sport, aux matériaux de plus en plus légers, leur avaient permis de flotter plusieurs années.

Martin lut trois autres articles afin de croiser un maximum d'informations mais son avis était déjà fait. En aucun cas il ne pouvait s'agir du même phénomène. Un détail ne collait pas. Ses pieds, à lui, avaient été reliés. Quelqu'un avait délibérément assemblé les chaussures avant de les jeter dans la Seine pour que des paires soient retrouvées. *À moins, bien sûr, que quatre individus aient décidé de se suicider collectivement les pieds joints.*

— Tu me parlais ?

Martin sursauta en entendant la voix de Lucas. Il ne l'avait pas vu arriver et ne pensait surtout pas s'être exprimé haut et fort.

— C'est quoi, cette histoire de suicidés ? insista Lucas.

— Rien, une théorie fumeuse que j'écartais. Ils ont terminé, sur les quais ?

— Pour aujourd'hui. J'ai fait maintenir le périmètre de sécurité jusqu'à demain. D'ici là, on aura le rapport du légiste et on verra si ça vaut le coup d'y retourner.

— Tu as bien fait.

— Je sais. Et toi, cette théorie, tu la partages ou tu la gardes pour toi ?

Martin lui résuma en quelques mots le résultat de ses recherches et les conclusions qu'il en avait tirées.

— Dommage, s'amusa Lucas. « La secte aux pieds joints », ça aurait fait un bon titre pour *Le Parisien*.

— Ça nous aurait surtout fait passer *illico* à autre chose.

— Arrête, ne me dis pas que ça ne te titille pas un peu, ce genre d'affaire !

— Ce que j'aime, c'est résoudre des énigmes. Certains dans notre profession appellent ça enquêter. Et pour enquêter, j'ai besoin d'indices, d'éléments auxquels me raccrocher.

— Ben là, t'as des pieds.

— Tu me fatigues, Lucas !

— En attendant, ils ne les ont pas tous identifiés.

— Qui ça ?

— Tes Canadiens. Tu dis qu'ils n'ont identifié que quatre pieds sur quinze. Va savoir s'il n'y a pas un petit malin qui profite de ce phénomène pour se débarrasser de ses macchabées.

— Sérieux, faut vraiment que tu arrêtes de lire tes bouquins sur les tueurs en série. Tu as conscience que ça tourne à l'obsession ?

— Avoue que ça nous changerait des règlements de comptes à la petite semaine et des crimes passionnels.

— Ne te plains pas, va. Au moins, ça nous permet de dormir tranquilles.

— Tu ne veux toujours pas en parler ?

— De quoi ?

— De la raison pour laquelle tu as quitté Lyon ?

— Quel rapport ?

— Des bruits courent… sur le pourquoi de ta mutation.

— Je ne pensais pas que tu étais du genre à prêter attention aux rumeurs.

— D'ordinaire, non, mais tu sais ce que c'est…

— Pas vraiment, s'agaça Martin.

Lucas leva les mains en signe de reddition, l'air goguenard. Ce n'était pas la première fois qu'il s'aventurait sur ce terrain et Martin comprit à cet instant que cet échange l'amusait plus que la réponse ne l'intéressait.

— Allez viens, abrégea-t-il en éteignant l'ordinateur. Le légiste va finir par nous attendre.

3

Le médecin légiste avait pris du retard et les deux officiers durent attendre plus d'une demi-heure devant la machine à café. Lucas en avait profité pour donner son numéro de téléphone à une psychologue qu'ils voyaient régulièrement dans les couloirs de l'IML et qui s'était arrêtée le temps de se servir un thé. La femme d'une trentaine d'années avait glissé la carte dans sa poche, un sourire moqueur aux lèvres, avant de reprendre le cours de ses activités.

— Tu crois qu'elle va m'appeler ?

— Je ne te le souhaite pas, répondit Martin sans même le regarder.

— Pourquoi tu dis ça ?

— Je ne sais pas. Peut-être parce qu'elle risque de percer à jour ta vraie personnalité ?

— Très drôle ! Je crois que je lui plais bien.

— Tu dis ça de toutes les femmes, Lucas.

— Que veux-tu que je te dise… Il paraît que j'ai beaucoup de charme.

— C'est ta mère qui dit ça ?

— Mes tantes, aussi. Je n'y peux rien, moi, si je plais. Et comme je ne sais pas dire non…

— Tu te retrouves à trente-sept ans avec deux ex-femmes et deux enfants.

— C'est vrai, mais tu ne vois pas le côté positif. À trois et en se cotisant, mes gamins pourront me payer l'Ehpad. Alors que toi… Tu viens de passer du côté des quadras et tu vis seul dans un studio. Désolé mais, tu as beau être mon chef, je ne te considère pas vraiment comme un exemple à suivre.

Martin admit d'un hochement de tête qu'il ne l'avait pas volé.

Le Dr Ferroni travaillait depuis deux ans à l'IML. Il était arrivé à Paris la même semaine que Martin et les deux hommes partageaient cette connivence que ressentent les expatriés devant faire leurs preuves dans un milieu ultra-codé. Ils se saluèrent néanmoins par leurs grades et titres respectifs alors que Lucas prenait place au fond de la salle aseptisée.

— Allez, Morgon, s'amusa le légiste, approchez-vous. Il ne s'agit que de pieds !

— Je vous l'ai déjà dit, doc, chacun son métier.

— Il faudra bien un jour que vous preniez sur vous.

— Je m'en suis très bien sorti jusqu'ici. Vous disséquez, vous commentez, et moi, je note. Et puis je sais que le capitaine Vaas aime bien tourner autour de la table. Je ne voudrais surtout pas lui faire de l'ombre.

Lucas Morgon avait prononcé ces derniers mots d'un ton railleur mais il ne faisait qu'émettre une vérité. Martin Vaas ne pouvait pas rester en place durant une autopsie. Il ressentait un besoin irrépressible d'observer les corps de tous les côtés. Il se penchait au-dessus des victimes, s'agenouillait pour observer leurs flancs, se rapprochait pour les renifler. Ferroni était parfois obligé de le repousser pour travailler.

Les sept pieds avaient été disposés sur quatre tables, regroupés par paire, en dehors du septième qui attirait d'autant plus l'attention. D'un commun accord, il avait pourtant été décidé de l'autopsier en dernier.

L'identité judiciaire avait pris les membres en photo sous tous les angles possibles et imaginables si bien que Ferroni n'eut aucun scrupule à couper les lacets de la première chaussure d'un coup de scalpel. Il fut plus délicat pour écarter les deux rabats. Il tenta de défaire le premier pied de sa basket mais un bruit de succion arrêta son geste.

— Si j'insiste, la chaussette pourrait rester dans la chaussure et endommager les tissus. Il faut que j'entaille le cuir sur les côtés. Si ça ne suffit pas, je devrai couper aussi la semelle.

— Faites ce que vous avez à faire, docteur, commenta Martin. On a déjà référencé le modèle et on peut toujours se le procurer dans le commerce. Je préfère que vous me disiez à qui ce pied appartient.

— Alors c'est parti !

Il fallut dix bonnes minutes à Ferroni pour extraire le pied de la basket. Il prit encore plus de précautions pour découper la chaussette grise qui s'arrêtait sous l'amas de chair.

Martin retenait son souffle en observant le pied désormais nu, posé tel un trophée sur la table en inox. Il ne s'attendait à rien en particulier mais fut tout de même étonné de voir que le pied d'une couleur blanchâtre n'avait souffert aucune dégradation. Les articles qu'il avait lus plus tôt lui revinrent alors en mémoire.

— C'est grâce à l'eau qu'il ne s'est pas décomposé, c'est ça ?

Ferroni sembla apprécier cette relance.

— À la macération dans l'eau, mais surtout à la chaussure qui a fait office d'enveloppe, précisa le légiste sans quitter le pied des yeux. On appelle ça la saponification. De loin, on dirait de la cire mais au toucher, ça ressemble plus à une éponge imbibée de savon. Allez-y, tâtez si vous voulez.

Martin s'exécuta d'un doigt ganté mais ne s'attarda pas.

— Cette surcouche, là, j'ai lu que c'était de…

— De l'adipocire, l'aida le légiste. Les tissus adipeux sont gélifiés grâce à l'eau, en quelque sorte.

— C'est impressionnant.

— C'est surtout une mauvaise nouvelle.

Martin l'interrogea du regard.

— J'ai bien peur qu'on ait du mal à prélever de l'ADN dans ces conditions.

Le capitaine Vaas accusa le coup sans broncher. Ce pied n'était que le premier d'une longue série. Ils auraient peut-être d'autres éléments pour identifier les victimes.

Le légiste s'attaqua ensuite aux chairs qui bordaient la cheville. Il dégagea la zone et s'attarda longuement sur l'os.

— Voilà qui est intéressant ! Regardez de plus près, capitaine.

Martin se positionna au-dessus du pied et comprit immédiatement de quoi il en retournait.

— L'os a été scié.

— Absolument. Vous arrivez à distinguer les rainures ? Elles sont bien trop parallèles pour être naturelles.

— Ce pied ne s'est donc pas détaché tout seul.

— En voilà, une idée !

Martin expliqua plus en détail les informations qu'il avait récoltées sur les pieds retrouvés en mer des Salish.

— Je comprends mieux vos connaissances sur la saponification, sourit Ferroni. La cheville peut effectivement se détacher assez facilement de la malléole mais ce que vous observez sur cette table, c'est la partie basse d'un péroné. À moins qu'il ait été fracturé, ou sectionné comme c'est le cas ici, il n'y a aucune raison qu'il se fende de la sorte.

Martin lança un regard vers Lucas.

— J'ai noté, patron ! Un péroné scié.

— Et on peut savoir avec quel type de lame ça a été fait ? reprit Martin.

— On va étudier ça, même si je ne vous garantis rien. Ce qui est sûr, c'est que vous n'aurez pas la réponse aujourd'hui.

— Je n'en demandais pas tant. À votre avis, docteur, il est resté combien de temps dans l'eau, ce pied ?

— Difficile à dire. Vu l'état des tissus, ce sera compliqué à déterminer.

— Mais on parle de jours, de semaines, de mois ?

— Ça pourrait être les trois. Aucun moyen de le savoir sans des analyses plus poussées. L'érosion des chaussures pourra peut-être nous donner quelques indices mais ne vous faites pas d'illusions, on restera sur une estimation. En aucun cas nous ne pourrons vous fournir une date exacte.

— Je comprends, souffla Martin malgré lui.

— Je vais faire quelques prélèvements, mais je pense que ce pied ne nous apprendra plus rien pour aujourd'hui. Je vous propose qu'on étudie rapidement la chaussure avant de passer au suivant.

Martin se positionna devant la basket lacérée. Elle ne ressemblait plus vraiment à celle qu'il avait vue sur Internet. Un modèle en cuir noir, pour homme, sorti huit ans plus tôt sur le marché. Celui qu'il avait sous les yeux était de taille quarante-quatre. En dehors de ce détail, Martin remarqua que la semelle intérieure était beige. Il n'avait pas souvenir de cette particularité. Ferroni la sortit pour mieux l'examiner et les deux hommes s'étonnèrent de voir qu'elle était en liège.

— Ça sent le fait main, remarqua Lucas qui s'était approché pour suivre cette étape plus technique. Vous avez vu les contours ? C'est du travail de sagouin.

— Plutôt étrange comme choix de matière pour des semelles, ajouta le légiste. Je ne connais aucun orthopédiste qui le recommanderait.

La plaque de liège mesurait exactement cinq millimètres d'épaisseur. Elle ne comportait aucune inscription, ni aucun autre élément qui aurait pu leur apporter une quelconque information.

Ils passèrent rapidement au deuxième pied qui ne leur apprit rien en particulier. La seule différence notoire était que la chaussure était dotée de sa semelle d'origine et non d'une en liège.

Martin sentait la frustration le gagner. Il devinait sans peine la réaction du juge s'il revenait bredouille de cette autopsie tout en assénant que les pieds repêchés avaient été sciés. Sans éléments probants pour mener une enquête judiciaire, l'affaire serait transmise à la brigade criminelle.

Il dut attendre l'examen du quatrième pied, mais surtout de la quatrième chaussure, pour reprendre espoir. Un schéma commençait à se dessiner même si personne n'osait encore le formuler. À la sixième dissection, Lucas se lança :

— Dites-moi si vous comprenez comme moi ! Sur les trois paires, on n'a qu'une chaussure sur deux avec une semelle en liège. Donc, le mec qui a scié les chevilles a volontairement placé les semelles dedans. Sauf, bien sûr, si on est tombé sur trois victimes rabiotées de la jambe droite.

— Premièrement, tempéra Martin, on parle de deux hommes et d'une femme. La deuxième paire est un modèle féminin.

— J'ai dit ça pour faire vite mais, t'inquiète, c'est ce que j'ai écrit.

— Et si tu as écrit qu'un mec leur a scié les pieds, tu peux le barrer.

— Mais le doc a dit que ce n'était pas naturel !

— C'est vrai, mais qui a scié les pieds de qui, on n'en sait rien. Va savoir s'ils ne se sont pas infligé ça ?

— Genre, le truc à la *127 heures*, le mec qui se coupe le bras tout seul pour se libérer ? T'es sérieux ?

— Je dis juste qu'on n'a pas encore assez d'éléments pour tirer des conclusions.

— Mais tu penses comme moi, pas vrai ?

— L'un n'empêche pas l'autre. Il est hors de question que j'aille voir le juge pour lui annoncer qu'on a un mec, ou une femme, qui s'amuse à scier des pieds en série. C'est trop tôt.

— Compris. Donc on dit quoi ?

— Avant de raconter quoi que ce soit, on cherche déjà à comprendre pourquoi nos individus avaient une semelle en liège sur mesure dans une seule chaussure.

— Là-dessus, j'ai peut-être ma petite idée, intervint le légiste.

Les deux officiers se tournèrent vers lui et constatèrent qu'il avait le nez plongé dans le rapport préliminaire.

— Il est écrit ici que seuls quatre pieds étaient à la surface de l'eau. Les trois autres étaient immergés.

Ferroni releva la tête et attendit que l'un de ses interlocuteurs prenne le relais. Martin fut le premier à réagir.

— Bien sûr ! Celui qui a placé les pieds dans l'eau craignait qu'ils finissent par couler. En mettant du liège dans les chaussures, il s'assurait de leur flottaison.

— OK, mais pourquoi une chaussure sur deux ? intervint Lucas. Il prenait moins de risques en en mettant partout. Ça coûte que dalle, le liège.

— Je ne sais pas. Peut-être pour donner un côté plus dramatique à la découverte. Tu penses repêcher un pied et tu en découvres un deuxième attaché.

— Mouais, répondit Lucas, sceptique. Et vous doc, vous en pensez quoi ?

— Ce genre de déductions, je préfère vous les laisser. Comme vous le dites si bien, à chacun son métier. Je suis curieux cependant. Qu'est-ce qui vous permet de dire que les pieds ont été placés dans l'eau, capitaine ? Ils auraient pu être jetés n'importe où en amont. À vous entendre, il s'agit d'une mise en scène.

— Je n'en étais pas certain jusqu'ici, répondit Martin, mais ce liège me fait dire que rien n'a été laissé au hasard or, comme me l'a fait remarquer Lucas, les pieds flottaient juste en face du quai des Orfèvres.

— Je vois. Messieurs, laissez-moi vous dire que votre affaire devient de plus en plus intrigante, commenta le légiste en se frottant les mains. Si nous passions maintenant à notre pied orphelin ?

4

Tout comme les six premiers, le septième pied avait été conservé de façon remarquable grâce au principe de saponification. Et, de la même manière, le péroné avait été scié en partie basse. Il s'agissait d'un pied droit de femme, de taille trente-six, alors que la première femme chaussait du trente-huit et que le deuxième homme faisait du quarante-deux. Autant de détails que Lucas avait notés sans savoir si cela leur servirait. Les ongles du dernier pied étaient peints en rouge mais le vernis s'était largement écaillé par endroits. Le membre était si menu que Martin craignit un instant qu'il n'appartienne à une adolescente. Le légiste le rassura en quelques mots techniques.

— Je demanderai tout de même à l'un de nos anatomistes de confirmer mes dires, ajouta-t-il, mais pour moi, le péroné est totalement ossifié, ce qui laisse à penser qu'il s'agit d'un membre d'adulte. Les phalanges permettront une analyse plus précise.

Ferroni avait pu retirer le pied de sa chaussure sans trop de difficulté et la basket blanche au contrefort vert était encore dans un très bon état. Il était même difficile d'imaginer qu'elle soit restée plusieurs semaines dans l'eau.

Comme ils s'y attendaient, elle était dotée d'une semelle en liège que le médecin légiste étala sur la table. À première vue, elle était identique aux autres. Même épaisseur et contours irréguliers. Ce n'est qu'en la retournant que le tout premier indice de cette affaire leur apparut clairement.

Le mot « GAGNÉ », écrit en rouge, en lettres capitales, s'étalait sur la longueur de la semelle. Sans qu'on puisse le confirmer, il semblait avoir été écrit avec le même vernis que celui apposé sur les ongles de la victime. Martin se mit à arpenter la salle de long en large sous l'œil intrigué de Lucas.

— Qu'est-ce qui t'arrive ? Tu as la bougeotte ?

— Je réfléchis.

— Et tu as besoin de faire les cent pas pour ça ?

— Tu as bien vu comment étaient attachées les autres baskets entre elles, commença Martin en arrêtant net sa déambulation.

— Avec des doubles nœuds.

— Un truc plutôt solide, quoi !

— C'est clair. Je plains celui qui devra les défaire.

— Et nous, depuis le début, on se dit que la huitième chaussure a dû finir au fond de la Seine.

— Ce serait logique, d'autant qu'elle ne devait pas avoir de semelle en liège.

— Sauf que ça n'a pas de sens.

— Ah…

— On a trois paires reliées avec méthode, des semelles en liège pour d'assurer que les pieds restent à flot, mais la paire qui est censée retenir notre attention avec cette inscription aurait été mal attachée ? J'ai du mal à y croire.

— C'était intentionnel, tu veux dire ?

— C'est la seule explication plausible ! Il n'y a jamais eu de huitième pied, Lucas.

— OK, et donc ?

Martin grimaça. Il n'avait aucune réponse sensée à formuler.

Ferroni ne pouvait rien leur apprendre de plus pour l'heure. Il promit de faire passer les analyses en priorité mais Martin ne l'écoutait déjà plus que d'une oreille. Il cherchait une explication logique à ce qu'ils venaient de découvrir et craignait de se voir retirer l'affaire s'il n'apportait pas un début d'explication dans son rapport.

Lucas Morgon connaissait suffisamment son chef de groupe pour savoir qu'il ne servait à rien de le rassurer. Martin était un hyper-anxieux qui avait toujours besoin d'envisager le pire. La technique était plutôt payante puisqu'il avait généralement un coup d'avance quand les emmerdements tombaient.

— Tu es gagnant alors qu'on t'a scié un pied, réfléchit Martin à haute voix tandis que les deux hommes remontaient les quais à pied. Selon toi, tu as gagné quoi ?

— Le fait qu'on ne me scie pas le second ? tenta Lucas sans conviction.

— J'avais peur que tu ne répondes ça.

— Désolé.

— Ne t'excuse pas. C'est aussi la seule explication qui me vient à l'esprit. J'espérais que tu en aies une autre.

— C'est quand même assez pourri comme victoire. Il doit y avoir autre chose.

Martin s'arrêta et observa un Bateau-Mouche qui remontait le courant. Plusieurs touristes le saluèrent au loin mais il n'était pas d'humeur à leur répondre.

— Elle est en vie, finit-il par dire dans un filet de voix.

— Qui ça ?

— La propriétaire du dernier pied. L'autre explication, c'est qu'elle est en vie alors que les autres sont morts.

— OK, ça pourrait être une victoire en soi, sauf qu'on n'a rien pour le prouver.

— Non. On n'a même pas la preuve que quelqu'un soit mort.

Les deux hommes marchèrent encore une vingtaine de minutes en silence avant de se séparer au niveau du Châtelet. Martin avait promis au juge de le débriefer en fin de journée. Il était vingt heures passées et il n'avait aucune idée de ce qu'il allait pouvoir lui dire.

Il s'installa sur le pont supérieur d'une péniche qu'il appréciait pour être parmi les moins fréquentées, et surtout pour être la seule à servir du pastis Bardouin. Il attendit d'en avoir bu une gorgée pour sortir son carnet.

Les notes que Martin prenait étaient illisibles pour le commun des mortels. Ses collègues lui demandaient régulièrement s'il avait fait médecine et s'arrachaient les cheveux quand ils devaient en retranscrire une partie, mais pour Martin elles n'étaient qu'un support. Il était rare qu'il les relise dans leur intégralité. Il se contentait des quelques mots-clés soulignés. Depuis le début de la matinée, il en ressortait huit mais c'était bien le dernier qui lui posait le plus de problèmes.

« GAGNÉ ». Qu'avait bien pu vouloir dire celui qui l'avait écrit ? Martin était au fait des challenges à risque organisés par les adolescents ou les jeunes adultes, mais il n'en connaissait aucun qui puisse entraîner la perte d'un membre. Encore moins de deux. Se pouvait-il que les quatre individus aient été obligés de se scier les pieds ? Coincés sous un arbre ou par un rocher, ils n'auraient eu d'autre moyen pour se dégager ? La dernière avait pu être libérée grâce à la force des trois autres qui s'étaient délivrés. Elle avait gagné le fait de garder un pied.

Mais bien sûr ! s'agaça Martin. *Et pour fêter leur exploit, ils ont jeté leurs pieds dans la Seine sans oublier de mettre un peu de liège dans leurs baskets.* Il biffa nerveusement les mots « challenge » et « obstacle » qu'il venait d'inscrire et se concentra.

Si la femme aux pieds vernis était la seule à avoir survécu, où étaient les trois autres corps ? Martin restait persuadé que les pieds dans l'eau étaient une mise en scène. En partant de ce principe, il ne servait à rien de draguer le bief parisien. Cela prendrait des semaines pour un résultat vain, il en était certain. Son instinct lui soufflait que si les corps se trouvaient quelque part, ce ne serait pas lui qui les trouverait. On les lui pointerait du doigt.

À moins que personne ne soit mort et que tout cela ne soit qu'un sordide canular ! continua Martin. Il se souvenait avoir lu dans l'article des pieds de la mer des Salish que trois ou quatre d'entre eux étaient en réalité des pattes d'animal qui avaient été placées dans des baskets avec du fourrage en tout genre pour permettre la flottaison. Peut-être que des étudiants en médecine s'étaient amusés à dépecer les corps mis à leur disposition pour élaborer, eux aussi, une blague sordide. Cette hypothèse était tout à fait probable et pourrait le rester tant que le médecin légiste et son équipe n'auraient pas identifié les propriétaires des pieds. Martin nota dans son carnet qu'un tour des facultés de médecine s'imposait. Il se faisait peu d'illusions quant à l'accueil qui lui serait réservé. Le scandale des cadavres profanés par les carabins de la faculté de Paris-Descartes était encore dans tous les esprits. Si des élèves s'étaient récemment amusés à amputer des corps, aucun recteur ne serait prêt à l'avouer.

Martin vida son verre d'une traite. De toutes les théories qu'il avait échafaudées, celle des étudiants malveillants était la seule qu'il était prêt à soumettre au juge.

— Vous dites que les ongles étaient peints en rouge ? répéta le juge au téléphone.

— Oui, mais une fois de plus, c'était un pied de femme, je ne crois pas que ce détail soit…

— Vous êtes sûr que c'était du vernis ?

— Ça y ressemblait en tout cas, répondit Martin, désarçonné par cette question.

— Et le mot « GAGNÉ » était écrit avec le même vernis ?

— À première vue mais…

— Il faut demander une analyse. Tout de suite.

— C'est déjà fait. Tous les éléments vont être expertisés…

— Je parle du vernis, capitaine. Cette analyse est prioritaire, vous m'entendez ?

Le juge Vendôme s'était toujours comporté en homme posé, pour ne pas dire taciturne. Martin peinait à le reconnaître.

— Il y a quelque chose que je devrais savoir, monsieur le juge ?

Le blanc qui s'ensuivit était en soi un aveu.

— J'ai besoin de passer quelques coups de fil, capitaine. Je vous rappelle demain matin sans faute. D'ici là, merci de ne communiquer aucune information à qui que ce soit. Cela vaut aussi pour votre équipe.

— Je suis censé en référer à mon supérieur…

— Laissez-moi jusqu'à demain matin.

5

En guise de nouvelles, Martin fut réveillé à sept heures par l'alerte d'un SMS. Le juge Vendôme l'attendait pour huit heures trente. Il n'était pas question d'une convocation officielle mais la formulation sonnait comme telle.

Martin passa rapidement à son bureau. Son supérieur ne serait pas là avant une bonne demi-heure, ce qui lui laissait le temps de s'entretenir avec le juge avant de faire son rapport.

Chloé Pellegrino était seule dans l'open-space. Ne sachant pas quelle envergure prendrait cette nouvelle affaire, Martin ne l'avait pas encore sollicitée. Elle était de toute façon accaparée par deux dossiers qu'elle gérait en binôme avec Francis Ducamp. Autant dire qu'elle était seule. Francis était à six mois de la retraite et prenait régulièrement des acomptes.

— Salut patron, le salua Chloé. Je pensais vous croiser hier avec Lucas.

— Désolé, j'aurais dû te tenir au courant. On est allés direct à l'IML et on en est sortis tard. Comment ça va de ton côté ?

— Ça patauge. J'ai trente-deux témoignages à éplucher. Si je me fie aux dix premiers, mon suspect est un homme d'origine maghrébine, ou peut-être hispanique, à moins que ce ne soit un Asiatique très bronzé. Il mesure entre un mètre soixante et un mètre quatre-vingts. Il a des cheveux noirs, avec quand même des pointes de roux.

— Laisse-moi deviner, il a les yeux marron-bleu.

— Voilà !

— Et Francis, il est où ?

— On a fini tard, nous aussi. Et puis il avait un colis à réceptionner chez lui. Tu sais comment c'est, les livraisons. Tu peux avoir de la chance comme être coincé jusqu'à onze heures.

Martin s'abstint de tout commentaire. Chloé ne pouvait pas s'empêcher de prendre la défense de Francis. Elle le faisait avec un tel naturel que Martin se demandait si elle en avait seulement conscience. Il hésitait parfois à la mettre en garde mais la fraîcheur de sa collègue était bénéfique à toute l'équipe. Du haut de ses vingt-huit ans, elle avait su se faire une place en moins d'une année et personne n'avait envie d'ébranler son énergie positive.

— Et toi ? continua-t-elle.

— Je n'ai pas le temps, là tout de suite, mais promis, je te raconte en rentrant.

— Parce que tu repars déjà ?

— Je vais juste de l'autre côté.

Depuis le déménagement au Bastion, « aller de l'autre côté » était une autre façon de dire qu'on se rendait au tribunal. Chloé haussa les sourcils sans poser de questions.

Le juge Vendôme n'était pas seul dans son bureau. Un homme à la cinquantaine largement dépassée était assis face à lui. Martin se présenta mais l'inconnu lui serra la main sans prononcer un mot. Si Martin était persuadé de l'avoir déjà vu quelque part, il était incapable de le resituer.

— Capitaine Vaas, j'imagine que vous connaissez le commandant divisionnaire Lazlosevic.

— Vous êtes à la Crim, c'est ça ?

— À l'UAC3, pour être exact. Et tout le monde m'appelle Lazlo, précisa-t-il à l'intention du juge.

— Va pour Lazlo. Vaas, vous connaissez cette unité ?

Martin confirma d'un hochement de tête. Il avait eu droit à une présentation de cette nouvelle formation au sein de la brigade criminelle. UAC3 était l'acronyme d'Unité d'analyse criminelle et d'analyse comportementale des affaires complexes. Elle avait été créée pour pallier les errements judiciaires qui avaient pu être constatés sur certaines affaires comme celle de Guy Georges, ou encore celle de Michel Fourniret. L'idée était de faciliter les transmissions d'informations entre les ministères de la Justice et de l'Intérieur, d'imposer un travail de mémoire judiciaire et par là même une culture du *cold case*. En peu de temps, cette unité avait fait ses preuves. Elle avait permis l'identification du « Grêlé », ce tueur en série, pédocriminel, qui avait sévi de 1986 à 1997. Malgré un portrait ressemblant, l'homme, qui faisait partie des forces de l'ordre, avait réussi à rester en dehors des radars. Il avait fallu plus de trente ans, la création de cette unité et la détermination d'une juge d'instruction pour que l'étau se resserre. Comprenant que ses jours de liberté étaient comptés, le Grêlé s'était donné la mort le 29 septembre 2021.

— Alors vous savez que je ne suis pas là pour vous reprendre l'affaire, reprit Lazlo, sortant Martin de ses pensées.

— Désolé mais vous allez un peu vite pour moi. De quelle affaire on parle ? Celle de mes pieds ?

— On va déjà commencer par lui attribuer un autre nom, intervint Vendôme. Asseyez-vous, capitaine, je vais vous expliquer.

Martin devinait que ses deux interlocuteurs avaient déjà évoqué ce qu'il s'apprêtait à entendre mais surtout que chaque détail avait été réglé. À la fin de l'exposé, il aurait droit à une proposition qu'il ne pourrait pas refuser.

— Votre rapport a allumé certains voyants, capitaine. Ce mot « GAGNÉ », ce n'est pas la première fois qu'il apparaît dans une enquête. Il en va de même pour les pieds sciés. En tout, on peut considérer que nous avons trois autres dossiers qui sont toujours ouverts. Enfin, je devrais dire deux, pour être exact, ce qui n'est clairement pas une bonne nouvelle.

Martin fronça les sourcils et Vendôme comprit de lui-même que sa dernière phrase manquait de clarté.

— J'ai suivi personnellement un de ces dossiers, il y a quinze ans. Nous n'avions aucun élément, si bien qu'il a été mis de côté. Hier soir, en vous entendant, j'ai eu l'impression de faire un bond en arrière. Quinze ans, c'est vieux me direz-vous, sauf que je n'aime pas les histoires inachevées. Et celle-là était particulièrement corsée. J'ai donc appelé notre ami ici présent. L'UAC3 n'existait pas à l'époque mais je me suis dit que la compilation des archives avait peut-être changé la donne.

— Et c'est le cas, conclut Martin pour lui.

— Absolument. Tout au moins, il y a deux affaires qui présentent de nombreuses similitudes. Je vous fournirai les dossiers, vous pourrez le constater par vous-même.

— Vous parliez d'un troisième ?

— C'est là que le bât blesse. Marcel Dupré, asséna Vendôme en ouvrant une pochette cartonnée face à lui. Arrêté il y a vingt ans pour avoir commis un double homicide. Sous le pied d'une de ses victimes, le mot « GAGNÉ ».

— Il est sorti quand ?

— Il n'est jamais sorti. Il est mort d'un cancer il y a sept ans, ce qui nous laisse deux interprétations possibles. Soit nous avons un imitateur, un adepte de Dupré, ce que vous voulez, soit Dupré n'aurait jamais dû être arrêté.

— Et il est un peu tard pour s'excuser.

— Dupré était marié à l'époque. Il avait même un fils. On trouvera toujours un moyen de se rattraper.

— Donc, si je résume, nous avons un total de quatre affaires étalées sur vingt ans mais qui pourraient être regroupées en une seule.

— C'est ça. Enfin… c'est un peu plus compliqué, mais vous comprendrez par vous-même.

— Et vous, vous n'êtes pas là pour m'évincer, continua Martin en se tournant vers Lazlo.

— Absolument pas. Je suis là pour vous aider.

Martin ne put retenir un sourire en coin.

— Je sais, ça en surprend plus d'un mais l'UAC3 n'a pas vocation à mener l'enquête. On est là pour assister les équipes en place : la Crim quand on manque d'éléments judiciaires, la PJ quand on a déjà de quoi instruire. C'est aussi simple que ça.

— Sauf que je ne suis pas sûr qu'on ait de quoi instruire, admit Martin en cherchant Vendôme du regard.

— Jusqu'à hier soir, j'aurais eu du mal à vous contredire mais nous avons maintenant plusieurs affaires à réétudier, dont celle, officiellement classée, de Marcel Dupré.

— Très bien. Et je vais trouver quoi dans ces dossiers ?

Vendôme regarda sa montre et grimaça.

— Puisque vous allez être amenés à collaborer, dit-il en se levant, je vous laisse défricher ça sans moi.

6

Le commissaire divisionnaire Lazlo avait suivi Martin jusqu'aux bureaux de la PJ d'un pas lourd. Martin pouvait observer leur reflet dans les vitres du Bastion. Un duo qui devait en faire sourire plus d'un sur son passage. Martin était plutôt svelte même s'il ne dépassait pas le mètre soixante-quinze. Lazlo était son opposé. Facilement quinze centimètres de plus et une masse corporelle qui frôlait certainement le quintal. Il se dégageait de lui une force magnétique qui avait dû intimider plus d'un suspect au cours de sa carrière. Martin connaissait son nom de réputation. Il n'avait jamais collaboré avec lui, pourtant l'impression de l'avoir déjà croisé ne le quittait pas. Il attendit d'être installé à ses côtés dans une salle de réunion pour en avoir le cœur net.

— C'est une sensation ou vous en êtes sûr ? demanda Lazlo, plus amusé qu'autre chose.

— C'est important ?

— L'avantage, et parfois l'inconvénient, quand on est depuis aussi longtemps que moi dans le métier, c'est que tout le monde connaît déjà votre pedigree. Vous avez dû entendre parler de mes méthodes de travail, de ma façon de gérer mes hommes. Vous devez savoir que je suis assez intransigeant et que je n'aime pas qu'on me prenne pour un con. On dit même que je ne m'entoure de jeunes que pour combler mon déficit en technologie. Bref, vous savez un tas de choses sur moi sans même me connaître. Vous ne m'en voudrez pas si j'essaie de rattraper mon retard. Alors, c'est une sensation ou vous êtes sûr de m'avoir déjà vu ?

Martin ne voyait pas en quoi sa réponse allait donner une quelconque indication sur sa personnalité mais il se plia à l'exercice.

— Seulement une sensation.

— Vous m'auriez dit que vous en étiez sûr, je vous aurai décroché une médaille ! Vous avez raison, vous m'avez déjà vu. Une fois, deux minutes tout au plus. Dans le couloir d'un commissariat, il y a trente-cinq ans. Vous aviez quoi…

Un silence pesant s'installa avant que Martin ne daigne répondre d'une voix blanche :

— Sept ans. Et ça remonte à trente-trois ans.

— Vous devez avoir raison. Je devais avoir trois ou quatre ans de maison.

Lazlo n'ajouta rien. Il laissa Martin digérer cette information sans éviter son regard. Le capitaine de la PJ avait placé ses mains sous la table et tentait tant bien que mal de desserrer ses mâchoires.

— Comment savez-vous que c'était moi ? finit-il par voulut-il savoir.

— Ce garçon à l'allure chétive qui m'a demandé si son père en avait encore pour longtemps ? Je ne vais pas vous la faire à l'envers, Vaas. Je ne vous aurais jamais reconnu. Je l'ai su grâce à votre dossier.

— Cette information n'est pas dedans.

— Elle n'y est pas. Comme n'y apparaît pas non plus la raison de votre demande de mutation. Je suis de la vieille école, je vous l'ai dit. Si l'informatique ne m'apprend pas tout, je décroche mon téléphone.

— De quel droit !

— Détendez-vous, Vaas. Je ne suis pas votre ennemi. J'aime savoir à qui j'ai affaire, c'est tout. Et le fait que vous ayez décidé de porter le nom de votre mère me suffit.

— Une fois encore, tout cela ne vous regarde pas.

— Message reçu, mais vous allez devoir apprendre à me faire confiance. Vendôme a été un peu léger dans sa façon de vous présenter les choses. J'imagine qu'il ne veut pas retourner le couteau dans la plaie. L'affaire qu'il a laissée de côté, comme il dit, aurait mérité le déploiement de plusieurs unités. De vous à moi, je pense qu'il a merdé à l'époque, et que c'est pour cette raison qu'il souhaite que vous gardiez le dossier. Il doit penser que vous serez dans son camp. Tout ça pour dire qu'on a du pain sur la planche et que cette enquête ne risque pas d'être réglée en quarante-huit heures.

Martin s'était proposé pour leur apporter deux cafés. Devant le distributeur, il s'était déroulé la conversation pour mieux l'évacuer. C'était sa technique. Il n'avait nullement l'intention de se laisser déstabiliser par Lazlo. En revenant dans la salle de réunion, il était à nouveau le capitaine Martin Vaas que tout le monde connaissait : un homme posé et réfléchi.

Lazlo, de son côté, avait profité de cette absence pour sortir sur la table les trois dossiers des archives. Il les avait disposés par ordre chronologique. Sur chaque couverture se trouvait un Post-it avec pour seule inscription un numéro. Un deux sur le premier, un trois pour les autres. Martin hésita avant de s'exprimer :

— C'est le nombre d'homicides par dossier ?

— Exactement.

— Donc, en omettant mon affaire, on est face à huit homicides non résolus.

— À moins que les deux premiers puissent réellement être imputés à Marcel Dupré.

— Vous y croyez ?

— Trop tôt pour le dire. Je n'ai eu que la nuit pour m'y pencher. Les deux corps ont été retrouvés sur sa propriété. Le mec possédait une cinquantaine d'hectares de terrain.

Lazlo lui fit un rapide résumé de ce qu'il avait pu lire dans le dossier.

Marcel Dupré vivait isolé, avec sa femme et son fils, près de la commune de Rochebrune, dans les Hautes-Alpes. Il ne fréquentait pas grand monde et n'avait pas très bonne réputation aux alentours. Un homme colérique qui n'aimait pas qu'on traverse ses terres. Personne, au cours de l'enquête, n'était intervenu en sa faveur.

Le premier corps avait été découvert le 1er mai 2003, sur la rive gauche de la Durance. C'était celui d'une femme de trente-cinq ans, morte à la suite de plusieurs coups de couteau. Elle était vêtue d'un treillis et de chaussures de randonnée.

Il avait fallu attendre la découverte d'un deuxième corps trois semaines plus tard, exactement au même endroit, pour pouvoir l'identifier.

— Kelly et Tom Browning, continua Lazlo, jusque-là surnommés « les disparus de la Durance » par *Le Dauphiné*. Le patron de Tom Browning avait alerté les autorités en ne voyant pas revenir son employé. Les gendarmes recherchaient un couple, ils durent attendre plusieurs semaines pour le reconstituer.

— Et le mari, poignardé aussi ?

— Non. Il est mort de déshydratation.

Martin fronça les sourcils mais ne fit aucun commentaire.

— Et à part le fait que les corps aient été retrouvés sur la propriété de Dupré, demanda-t-il, on a quoi ?

— Pas grand-chose. On sait que les Browning ont fait une halte le 19 avril dans un musée du coin, sur les bords du lac de Serre-Ponçon, avant de déjeuner au Belvédère qui se trouve juste à côté. Ensuite, plus rien. Ils ont tout simplement disparu de la circulation.

— Ça n'explique toujours pas pourquoi Dupré a été accusé.

— Dupré et sa petite famille ont visité l'établissement le même jour. Ils ont ensuite déjeuné à deux mètres de la table de nos Anglais.

— Ce n'est pas lourd.

— Je n'ai jamais dit le contraire. Si vous voulez mon avis, le voisinage a dû susurrer à l'oreille des gendarmes que le mec n'était pas net. Vous savez comme moi comment ça se passe. Quoi qu'il en soit, les gars se sont persuadés que les Browning avaient été retenus prisonniers chez les Dupré. Personne aux alentours, donc personne pour les entendre crier. De plus, ils ont écrit dans leur rapport qu'une des granges était anormalement propre le jour où ils ont procédé à la perquisition. Allez savoir ce que c'est qu'une grange anormalement propre…

— Ils n'avaient pas fait une première inspection chez les Dupré après avoir trouvé le corps de la femme ?

— Je vous l'ai dit, Vaas. Personne ne savait qui était la victime avant qu'on ne tombe sur la dépouille de son mari. Les Dupré avaient bien évidemment été interrogés mais rien ne permettait de les considérer comme suspects. L'enquête piétinait. Cette histoire de musée, les gars ne l'ont découverte qu'après.

Martin comprenait surtout que la piste des Dupré avait été la seule envisagée, faute d'éléments. Il leur faudrait tout reprendre à zéro.

— Et qui avait le mot « GAGNÉ » écrit sous le pied ?

— Le mari. Et il n'était pas vraiment noté. Il était gravé à même la peau. Tom Browning a été retrouvé avec une seule chaussure. Son pied nu était tellement sale qu'il a fallu attendre l'autopsie pour découvrir l'inscription.

Martin hocha la tête lentement, le front soucieux.

— À quoi tu penses ?

Lazlo était passé au tutoiement avec un tel naturel que Martin adopta en retour le même ton.

— À la même chose que toi, j'imagine. Tom Browning avait gagné le fait de rester un peu plus longtemps en vie.

— Si l'enquête sur sa femme n'avait pas été aussi mal menée, il aurait peut-être pu être sauvé, finit Lazlo.

Martin accusa le coup. En découvrant les pieds dans la Seine, la veille, il avait su d'instinct qu'un compte à rebours avait été lancé. Il n'avait juste pas saisi lequel.

— Et les autres dossiers ? demanda-t-il pour la forme.

Lazlo, pour toute réponse, ouvrit la deuxième pochette cartonnée et disposa sans un mot les photos de l'identité judiciaire.

7

Le deuxième dossier était celui du juge Vendôme. Martin Vaas avait sous les yeux le rapport d'enquête qui avait été rédigé quinze ans plus tôt.

Deux corps, en position assise, avaient été trouvés le 5 juin 2008 par trois adolescents sur la rive gauche de la Moselle, au pied du pont ferroviaire de Liverdun, à une vingtaine de kilomètres de Nancy. Les lycéens, qui auraient dû être en cours ce jour-là, avaient attendu la tombée de la nuit pour rendre compte de leur découverte aux gendarmes. À vingt-deux heures, le juge Vendôme et les équipes techniques et scientifiques de la PJ de Nancy étaient à pied d'œuvre.

Ils avaient pu rapidement identifier les jeunes femmes, de vingt-six et vingt-huit ans. Deux touristes allemandes qui avaient séjourné dans une auberge de jeunesse de Nancy, une semaine avant leur mort. Elles voyageaient avec un troisième compère, un homme de trente-deux ans, répondant au nom de Mattis Krüger, et qui avait disparu de la circulation. L'individu avait activement été recherché, considéré comme le principal suspect, jusqu'à ce que son corps soit découvert au même endroit, cinq semaines plus tard.

Les similitudes avec l'affaire Dupré-Browning ne s'arrêtaient pas là. Tout comme Kelly Browning, les deux jeunes femmes avaient été poignardées à plusieurs reprises. Agatha Weber, l'Allemande de vingt-six ans, avait reçu dans le ventre deux coups de couteau qui n'avaient touché aucun organe vital. Le troisième avait été porté au cœur. Kirsten Bloch arborait une profonde entaille au niveau du thorax mais la lame s'était heurtée au cartilage costal. Le tueur lui avait finalement tranché la gorge. Il s'y était repris à deux fois.

Le sort de Mattis Krüger pouvait, quant à lui, être comparé à celui de Tom Browning. L'homme était mort de déshydratation. Le rapport du légiste précisait que Krüger avait dû être privé de nourriture durant plusieurs semaines et qu'il n'avait rien bu les quatre derniers jours de sa vie.

— Tom Browning a été retrouvé trois semaines après sa femme, commenta Martin.

— À croire qu'il a été moins résistant que l'Allemand, répondit Lazlo d'un ton neutre.

— Ça veut surtout dire que la durée de vie du survivant est variable.

— La condition physique de la victime doit jouer un rôle. Krüger était un beau bébé. Un mètre quatre-vingt-dix pour quatre-vingt-huit kilos. Sportif, non fumeur. Et végétarien, qui plus est !

Martin ne put retenir un sourire. Lazlo avait un gabarit bien plus impressionnant, mais son teint gris et son embonpoint affichaient une tout autre hygiène de vie.

— Je ne comprends pas, reprit Martin plus sérieusement. Krüger avait le mot « GAGNÉ » gravé sous le pied. OK, les deux histoires remontent, mais l'AnaCrim[4] existait déjà. Les enquêteurs auraient dû faire le rapprochement avec l'affaire Dupré.

---

4 L'AnaCrim ou l'Analyse criminelle permet la recherche et la mise en évidence méthodique des relations entre des données criminelles ou non, à des fins de pratiques judiciaires.

— Tu oublies que Dupré a tout de suite été inculpé. Les gars, à l'époque, n'ont pas dû penser nécessaire d'entrer les détails du dossier dans les bases de données. Les équipes de Vendôme n'avaient donc aucune référence.

— Et le troisième dossier ?

Lazlo ouvrit la dernière pochette, les lèvres pincées.

— Celui-ci, c'est un peu différent. Rien ne dit que le pied a été gravé.

— Comment ça ?

Pour toute réponse, il tendit les photos de l'identité judiciaire à Martin.

Trois clichés. Trois cadavres. Un adolescent, une femme et un homme. Les premiers avaient été amputés des deux pieds. Le dernier, pour sa part, avait encore le pied gauche.

— À une personne près, ça pourrait être mon affaire, commenta Martin dans un filet de voix.

— Ça pourrait… si ces corps n'avaient pas été retrouvés en 2018. Je te présente François Spontini, son fils Paco et la petite amie du père, Julie Verne. Ils faisaient ce que j'appellerais un voyage d'intégration dans les gorges du Tarn.

— Un voyage d'intégration ?

— Quinze jours coupés du monde pour trouver un terrain d'entente.

— Je ne comprends pas.

— Parce que tu n'as pas d'ado. Le père devait penser que cette expédition lui permettrait de se faire pardonner auprès de son fils.

— Pardonner quoi ?

— D'avoir quitté sa mère pour une gamine de vingt ans sa cadette.

— Je vois. C'est vrai que la femme a l'air plutôt jeune.

Lazlo confirma. Julie Verne venait tout juste de fêter ses vingt-cinq ans. Elle avait à peine dix ans de plus que son futur beau-fils. Cet état des choses n'avait pas facilité la transition, que ce soit pour Paco ou pour sa mère. Les relations étaient tendues. Ne voyant pas son fils revenir de l'expédition, l'ex-femme de Spontini avait cru un temps que le couple s'était entendu pour jouer avec ses nerfs. Au bout de quarante-huit heures, elle avait déclaré la disparition du groupe. Les corps de Julie Verne et du fils Spontini avaient été découverts trois jours plus tard, sur une des berges du Tarn.

— Et le père, combien de temps après ?

— Six semaines. Plus personne n'espérait trouver son corps.

— Les enquêteurs le pensaient responsable de la mort de Paco et de Julie ?

— La piste n'était pas écartée mais l'homme ne répondait pas au profil.

— À savoir ?

— Tu trouveras tout dans le dossier, même si c'est du vent. J'ai rarement vu autant de foutaises en aussi peu de lignes. Le psy qu'ils ont consulté s'y connaissait en criminologie comme moi en ballet aquatique. Restait tout de même qu'il était difficile de concevoir qu'un père puisse tuer son fils après lui avoir scié les deux pieds.

— Après ?

— Oui, les amputations ont toutes été faites *ante mortem.*

Martin accusa la nouvelle sans broncher même si cette donnée lui glaçait le sang.

— Le pied droit du père Spontini n'a jamais été retrouvé ? demanda-t-il pour évacuer le sujet.

— Jamais. Pas plus que ceux des deux autres victimes. Je ne suis pas sûr que les gars se soient défoncés pour mettre la main dessus. Et puis, si tu connais un peu le coin, tu imagines facilement les effectifs qu'il aurait fallu mettre en place pour bien faire.

— Ça pourrait expliquer le liège… réfléchit Martin à voix haute.

— Là, c'est toi qui m'as perdu.

— Les chaussures qu'on a trouvées dans la Seine étaient remplies de liège. C'est pour ça qu'elles flottaient.

— Tu penses que celui qui a fait ça voulait s'assurer que les pieds seraient retrouvés ?

Martin haussa les épaules. Ce n'était qu'une suggestion.

— Comment tu as fait pour relier ces affaires si tu n'avais pas de pied « GAGNÉ » dans celle-là ? demanda Martin en mimant les guillemets.

— Je sais que tu te focalises sur cette inscription mais ma recherche portait aussi sur les membres amputés

— Si je me focalise dessus, comme tu dis, ce n'est que pour une raison.

— Tu crois que tu peux encore sauver la dernière victime.

— Pas toi ?

— Je regarde les faits en face. Si on considère que Dupré n'avait rien à voir avec tout ça, on a quatre affaires, étalées sur vingt ans. Un nombre croissant de victimes, pas le début d'un indice et un temps limité. Comment tu comptes t'y prendre ?

— Tu n'as pas dit que tu étais là pour m'aider ?

8

Martin Vaas regardait les trois dossiers ouverts devant lui. Le sien n'était pas sur la table, il se sentait pourtant déjà dépassé. Lazlo l'observait du coin de l'œil.

— Tu veux le conseil d'un vieux singe ?

Martin hocha imperceptiblement la tête.

— Oublie tout ce que tu viens de lire et concentre-toi sur ton affaire. Relève les points communs, laisse de côté les divergences. Il sera toujours temps d'y revenir.

— Mais ces divergences peuvent nous apprendre un tas de choses.

— Comme quoi ?

— L'évolution du tueur, que ce soit dans le choix de ses cibles ou dans son mode opératoire.

— Dresse les points forts de chaque dossier mais oublie les dates exactes, le nom des victimes, leur histoire. Tout ça n'est qu'accessoire.

— Comment tu peux en être si sûr ?

— Tu as des touristes anglais et allemands, des Français en vadrouille. Des hommes, des femmes et même un adolescent. Les cibles sont aléatoires. Elles ont été choisies en fonction du lieu où elles se trouvaient, à un instant T.

— Justement, parlons-en, du lieu ! C'est le seul point commun à toutes les affaires, même la mienne.

Lazlo attendit qu'il développe.

— Les cours d'eau. Toutes les victimes ont été retrouvées près d'un cours d'eau.

— Alors nomme tes dossiers comme ça.

Martin l'interrogea du regard.

— Oublie les Browning, Mattis Krüger, Spontini et compagnie. Appelle tes dossiers Durance, Moselle, Tarn et Seine.

— Qu'est-ce que ça change ?

— Ça change que tu iras à l'essentiel, Vaas. Tu ne pourras pas tout ingurgiter en une fois et, comme tu l'as dit, le temps est compté. Si tu veux avoir une chance de sauver ton mec, il faut que tu fasses des impasses.

— Ce n'est pas un mec.

— Pardon ?

— Mon pied « GAGNÉ » appartient à une femme. Il me semble que ce détail mérite d'être retenu.

Une heure plus tard, Martin briefait son équipe face à un tableau déjà bien rempli. Avec l'appui du juge Vendôme, il avait obtenu l'autorisation de son supérieur de mobiliser tous les membres de son unité. En l'espace d'une matinée, l'affaire de la Seine était devenue prioritaire.

Comme le lui avait suggéré Lazlo, Martin avait divisé le panneau blanc en quatre colonnes. Chacune avait pour titre un cours d'eau. Pour que son équipe puisse se repérer, il avait punaisé au mur une carte de la France et entouré les régions concernées au marqueur noir.

Juste en dessous de ce qui serait désormais le nom de chaque affaire, Martin avait inscrit le nombre de victimes et l'année de leur mort.

Chloé Pellegrino fut la première à réagir.

— En vingt ans, notre individu est passé par le Sud-Est, l'Est, le Sud-Ouest, et il est maintenant à Paris. Il ne tient pas longtemps en place.

— Pas forcément, intervint Lazlo qui s'était assis au fond de la salle de réunion, désormais dédiée à l'enquête. Tous ces lieux sont assez touristiques. Il a très bien pu profiter de ses vacances.

— Vous pensez à un tueur opportuniste ? continua Chloé, un brin d'excitation dans la voix.

Lazlo sourit avant de répondre.

— J'ai lu dans votre dossier que vous aviez commencé des cours de criminologie.

— Vous avez lu mon dossier ?

Le ton de Chloé n'était en rien agressif. Elle semblait même flattée qu'on ait pu lui porter autant d'intérêt.

— J'ai consulté les dossiers de chacun d'entre vous. J'espère que vous ne m'en voudrez pas.

Chloé lui sourit en retour, ce qui ne fut pas le cas des autres membres de l'équipe. Lucas Morgon s'était redressé sur sa chaise, les épaules en avant, prêt à en découdre, soit tout le contraire de Francis Ducamp qui s'était un peu plus avachi.

— Rassurez-vous, tempéra Lazlo, amusé, je n'enquête pas sur vous. Rien de ce que j'ai appris ne sortira d'ici. Et pour répondre à votre question, Pellegrino, oui, je pense que nous sommes face à un tueur opportuniste. C'est pourquoi il sera d'autant plus difficile de le coincer. Ne cherchez pas un schéma dans le choix de ses cibles ou le lieu de leur exécution, vous n'en trouverez pas.

— Tu oublies un détail, lui fit remarquer Martin. Notre individu devait avoir une base arrière dans chaque région. On ne garde pas prisonnier un homme trois à six semaines dans un gîte touristique.

— C'est pas faux, admit Lazlo. Peut-être qu'il vivait dans ces lieux au moment des meurtres, après tout, ou peut-être qu'il avait des résidences secondaires. Tout ce que je dis, c'est que le temps qu'on remonte cette piste, notre victime parisienne sera morte et enterrée.

Martin ne chercha pas à alimenter le débat. Ils devaient garder en tête leur priorité.

— OK, reprit-il en s'approchant du tableau. On a donc quatre affaires aux quatre coins de la France. Les points communs : plusieurs victimes, la dernière étant toujours retrouvée quelques semaines plus tard. Quoi d'autre ?

— Les dernières victimes sont toutes des hommes, commença Chloé.

— Désolé de te contredire mais notre septième pied appartient à une femme. Et vu sa taille, on peut la supposer d'un petit gabarit, ce qui n'arrange pas nos affaires.

Chloé grimaça comme elle le faisait à chaque fois qu'elle commettait un impair. Elle avait lu le rapport préliminaire en diagonale et le regrettait. Lucas Morgon, rodé à cet exercice, lui vint en aide en relançant la machine.

— Les premières personnes ont été tuées à l'arme blanche, dit-il avec assurance. *A priori* avec un couteau. Les dernières sont mortes de déshydratation. D'ailleurs, si on met de côté l'amputation, les hommes retrouvés en dernier n'avaient aucune blessure.

— On a donc deux modes opératoires, ajouta Martin dans le tableau. Autre chose ?

— Y'a un truc bizarre, continua Lucas. Notre tueur reste un amateur malgré les répétitions.

Martin lui fit signe de développer.

— Je parle des victimes tuées au couteau. À chaque fois, notre individu s'y reprend à deux fois, voire plus. Les premiers coups ne sont jamais mortels. Tu pourrais te dire qu'au bout du troisième ou quatrième meurtre, t'as chopé le geste. Lui, non. Soit il est vraiment branque, soit il le fait exprès.

— Tu penses qu'il agit par sadisme ? rebondit Chloé.

— Aucune idée. C'est toi qui as décidé de rentrer dans la tête de ces tarés, rétorqua Lucas en appuyant sa réponse d'un clin d'œil.

— Francis, tu en penses quoi, toi ? les coupa Martin pour maintenir la pression.

L'aîné de l'équipe se redressa, non sans efforts, et souffla ostensiblement. Contrairement aux autres membres de l'unité, il n'aimait pas exprimer ce qu'il avait à l'esprit. Il avait toujours réussi à s'en passer, jusqu'à ce que Martin Vaas prenne la tête de la 3e DPJ. Il se racla la gorge et se lança :

— On part du principe qu'il n'y a qu'une personne à sauver mais on n'en sait rien. Si ça se trouve, les propriétaires des autres pieds sont encore en vie.

Martin sentit un vent glacial traverser la pièce. Il regarda le tableau, relut ses notes, et se tourna à nouveau vers lui.

— Les premières victimes sont tuées au bout d'une semaine, à peine.

— Et alors ? On ne sait pas quand ont eu lieu ces amputations.

— L'état des membres laisse à penser que les pieds ont macéré dans l'eau plusieurs jours, voire plusieurs semaines.

— Ça, je ne dis pas, mais vu qu'on a l'air d'avoir affaire à un bien barré, va savoir s'il ne leur a pas trempé les pieds plusieurs jours dans une bassine avant de les amputer. Il peut très bien avoir donné le coup de scie hier matin, juste avant de plonger les membres dans la Seine.

Martin le regarda, stupéfié. Il l'avait interrogé pour la forme. Francis Ducamp n'avait jamais fait preuve d'implication dans ce genre de joutes et ses remarques étaient généralement jetées sans réelle conviction. Martin ne doutait pas de ses qualités d'enquêteur, il pensait simplement que ses trente ans de maison avaient eu raison de sa motivation.

Il le remercia d'un hochement de tête et se tourna vers Lazlo. Le chef de l'UAC3 écarta les mains tout en haussant les épaules. Cette hypothèse ne pouvait pas être écartée.

9

Si Martin comprenait les recommandations de Lazlo, il n'arrivait cependant pas à se défaire de l'idée qu'une analyse des autres affaires, même succincte, leur apporterait des données pertinentes pour mener leurs recherches. Il avait donc assigné un dossier à chaque membre de son équipe. En plus du travail d'enquête qu'ils allaient mener conjointement, chacun devrait prendre contact avec au moins un des protagonistes des *cold case*.

Chloé avait hérité du dossier de la Moselle et de ses touristes allemands, mené par le juge Vendôme quinze ans plus tôt. Elle avait aussitôt demandé au magistrat de s'entretenir avec lui et, malgré un agenda surchargé, l'homme avait su lui trouver un créneau en début d'après-midi. Tout le monde avait pu constater que le juge se déplaçait nettement plus souvent dans les bureaux de la PJ depuis que Chloé avait intégré l'équipe. Elle-même n'était pas dupe de la situation et elle avait accepté sa mission en haussant deux fois les sourcils. Chloé se savait jolie et, sans en abuser, elle n'hésitait pas à en tirer profit, non sans malice.

Francis Ducamp avait récupéré le dossier du Tarn, autrement dit, celui de la famille recomposée qui avait été retrouvée entièrement amputée, en dehors du pied gauche du père. Martin lui avait suggéré de s'entretenir avec les gendarmes de la région pour vérifier si, même des années après, ils n'avaient pas retrouvé les restes des membres manquants ou s'ils connaissaient dans le secteur une habitation qui aurait permis à un homme de retenir prisonnières plusieurs personnes sans qu'on ait pu les entendre crier. Francis s'était emparé du dossier sans afficher la moindre réaction. Il était depuis à son bureau, le téléphone dans une main, un stylo dans l'autre.

La dernière mission, et de loin la plus délicate, avait été confiée à Lucas Morgon. Elle se résumait à déceler une éventuelle erreur judiciaire dans l'affaire Dupré désormais intitulée Durance. Tel un équilibriste, Lucas devrait trouver un moyen d'obtenir plus d'informations sans que personne ne puisse en déduire que les conclusions tirées vingt ans plus tôt étaient remises en question. L'unité de la PJ aurait bien mieux à faire dans les prochains jours que gérer des guerres internes et la pression d'un ministère de la Justice rechignant à rouvrir un dossier.

Lazlo, Martin et Lucas étaient attablés autour des documents et réfléchissaient ensemble à la meilleure stratégie.

— Rencontrer la veuve Dupré serait une erreur, dit Lazlo de sa voix grave. Son mari a usé de tous les recours possibles pour que son procès soit révisé. Il n'a jamais obtenu gain de cause. Si on vient lui parler de cette affaire, vingt ans après, elle comprendra tout de suite de quoi il retourne.

— Et le fils n'avait que cinq ans quand son père a été arrêté, renchérit Lucas. Ça ne servirait à rien de l'interroger.

— Dupré était incarcéré où, déjà? voulut savoir Martin.

— À Arles, dit Lucas, un œil sur le dossier.

— Tu pourrais interroger le personnel pénitentiaire. Leur demander s'il avait régulièrement de la visite ou s'il fréquentait des gars en particulier.

— Tu cherches un imitateur ? intervint Lazlo. Un mec qui aurait pris la relève ?

Martin fut surpris que le patron de l'UAC3 devine, une fois de plus, ses pensées aussi vite.

— Disons que ça réglerait une bonne partie de nos problèmes. Pas d'erreur judiciaire à admettre et le nom du suspect à traquer. Ça vaut la peine de tenter, non ?

Lazlo n'avait rien à opposer.

— Les Browning sont les premières victimes d'une longue série, continua Martin avec entrain, comme s'il cherchait à convaincre son auditoire. On est obligés de s'y intéresser. C'est notre point de départ. La mise en place d'un mode opératoire.

— Tu n'en sais rien.

Lazlo s'était exprimé d'un ton calme mais péremptoire. Martin eut la désagréable sensation d'être remis à sa place et il n'appréciait pas que cela puisse être fait devant un des membres de son équipe. Il prit sur lui pour répondre d'un ton neutre.

— Tu veux dire que l'UAC3 aurait pu passer à côté d'autres cas ?

Lazlo s'amusa de cette pique.

— L'affaire Durance n'aurait même pas dû remonter dans mes recherches. Elle était censée être classée. On peut attribuer ça à un coup de chance, ou à un mauvais étiquetage des données, prends-le comme tu veux, mais ça prouve une chose : il serait risqué de baser ton enquête sur une telle affirmation.

« Ton enquête » Lazlo avait su désamorcer la situation en deux mots.

Il fut décidé que Lucas sonderait le directeur de la maison centrale d'Arles avant de prendre toute autre initiative.

Un premier rapport des équipes techniques et scientifiques était arrivé une heure plus tôt. Martin proposa à Lazlo de se joindre à lui pour l'étudier. Il n'était pas habitué à travailler de la sorte mais il ne voulait pas donner l'impression de la jouer solo. Les jours à venir présageaient des heures sombres. Ils avaient potentiellement quatre victimes à sauver ou au moins trois cadavres à déterrer. Jamais on ne lui avait confié une affaire d'une telle envergure et, sans être un fin politicien, Martin savait d'instinct que ses faits et gestes seraient scrutés de près.

Le compte rendu indiquait que les pieds étaient restés plusieurs jours dans l'eau. Les analyses ne permettaient pas de datation plus précise. Les deux enquêteurs survolèrent rapidement les données chiffrées de teneur en nitrate et en fluor. Ils jetèrent à peine un coup d'œil à l'étude bactériologique et se rendirent directement aux conclusions du chef de service. L'eau contenait un taux anormalement élevé de pesticides, ce qui excluait de fait que les membres aient pu être immergés dans le bief parisien. On retrouvait cette composition d'eau dans certains foyers situés aux abords des zones agricoles ou industrielles. Les premiers relevés pouvaient correspondre à plusieurs départements français, le plus proche de Paris étant celui de Seine-et-Marne.

— La théorie de Francis pourrait coller, souffla Martin.

— Quoi, des pieds dans une bassine pendant plusieurs jours ? Dans quel but ?

— Aucune idée. Peut-être que notre individu s'est dit que ce serait plus simple de les scier après. Lucas n'avait pas tort tout à l'heure. Il n'a pas l'air très doué avec une lame. Peut-être qu'il manque de force. En les laissant macérer dans l'eau, il a ramolli les chairs.

— Restaient encore les cartilages et l'os à trancher.

— Sympas, vos discussions ! intervint Lucas sur le palier. Vous comparez vos méthodes pour découper la dinde de Noël ?

Martin laissait toujours les portes ouvertes, où qu'il se trouve. Il ne supportait pas les cloisonnements. Il était donc habitué à ce genre d'interruption. Il fit signe à Lucas d'entrer.

— Tu as déjà du nouveau ?

— J'ai eu le directeur de la centrale d'Arles mais ce n'est pas à lui qu'il faut que je m'adresse. Il n'a connu Dupré que les deux dernières années, alors que le mec était déjà sous chimio. Il a pu me parler de son parcours mais rien sur ses fréquentations ou ses visites. Sa femme ne venait plus le voir depuis un bail et autant te dire que sa maladie l'avait pas mal isolé.

— Alors de quel parcours il t'a parlé ? s'étonna Martin.

— Le Dupré, il avait un mauvais karma, si tu veux tout savoir. Il est arrivé à Arles en novembre 2003. Un mois après, il était évacué d'urgence à cause des inondations. J'ai suivi l'opération en direct à la télé. C'était énorme ! Les matons sciaient les barreaux à la main pour faire sortir les prévenus.

Lazlo qui se souvenait parfaitement de cet épisode cocasse prit la relève.

— Le transfèrement des prisonniers a dû se faire en barque. Nos gars n'avaient aucune idée de comment assurer la sécurité. Tu voyais les détenus face contre terre, les flics, un genou dans leur dos. L'Intérieur a osé dire aux journalistes que c'était la procédure normale. Comme si on faisait ça tous les quatre matins ! D'autant qu'il y avait du beau monde à évacuer, de mémoire.

— Tu m'étonnes ! continua Lucas. Tu avais la bande des Corses, des Basques, de l'Action directe. Il y avait même

Girard, celui qui a descendu le juge Michel à Marseille. Et c'est là que notre Dupré a accumulé les galères.

Pour parer au plus pressé, les prisonniers considérés comme étant les plus dangereux avaient été transférés à la prison des Baumettes de Marseille. Pour une raison que personne n'avait pu expliquer, Marcel Dupré avait fait partie du convoi. La maison d'arrêt ne faisait pas encore l'objet de plaintes officielles pour insalubrité mais la vie y était déjà difficilement supportable. Dupré, éloigné de sa famille et entouré de malfrats bien mieux organisés que lui, était rapidement tombé en dépression. Un psychiatre avait réussi à obtenir son transfèrement au centre de détention de Salon-de-Provence, où avaient été déplacés les autres prisonniers, mais Dupré n'avait jamais remonté la pente. En 2009, il avait pu réintégrer la centrale d'Arles. Trois mois après, on lui décelait une première tumeur.

Martin était étonné d'entendre son adjoint parler de Dupré avec autant d'empathie. L'homme avait été jugé pour un double homicide et, jusqu'à preuve du contraire, il avait été reconnu coupable. Martin le soupçonnait de s'être déjà fait un point de vue sur l'affaire. Il devrait s'entretenir avec lui, l'intimer à garder une attitude objective.

— On sait s'il a eu des codétenus ? dit-il pour recentrer le sujet.

— Pas à Arles, mais sûrement aux Baumettes ou à Salon. Ça fait partie des trucs que je dois vérifier. Mais j'ai mieux. Le directeur d'Arles m'a donné le nom du psy qui a traité Dupré. J'ai retrouvé sa trace. Apparemment, il l'a suivi sur plusieurs années, peut-être qu'il acceptera de m'en apprendre plus.

— Il ne te révélera certainement rien sur son état de santé mais il te lâchera peut-être des infos sur ses fréquentations.

Lucas salua les deux hommes d'un hochement de tête et s'éclipsa aussi rapidement de la pièce qu'il y avait débarqué.

Martin reprit la lecture du rapport pour être aussitôt interrompu par Lazlo.

— Tu as une bonne équipe, dit-il, les yeux dirigés vers l'open-space.

— Je ne me plains pas.

— C'est toi qui les as choisis ?

— Pour la plupart. Francis était là bien avant moi.

— Je m'en serais douté, sourit Lazlo. Et ils connaissent ton histoire ?

Le visage de Martin se ferma.

10

Martin et Lazlo s'étaient replongés dans le compte rendu des équipes scientifiques. Le cœur de Martin s'était un temps emballé en découvrant que deux échantillons ADN avaient pu être prélevés malgré le phénomène de saponification. Il avait aussi vite déchanté en lisant qu'aucune concordance n'avait été trouvée dans le Fichier national des empreintes génétiques. La seule conclusion qu'il pouvait en tirer était que deux des victimes n'avaient jamais été condamnées ni même mises en cause pour des infractions pénales.

Le liège trouvé dans les chaussures ne leur apportait pas plus d'informations. Il était composé de granules, variant de deux à sept millimètres. Le matériau était à cent pour cent naturel, antistatique et hydrofuge. Les analystes avaient tout de même établi la liste des usages les plus courants de ce produit et précisé que le liège d'une épaisseur de cinq millimètres, comme celui retrouvé dans les chaussures, se vendait généralement en rouleau.

— Isolation thermique, lut Lazlo, revêtement des sols ou des murs, décoration, tableaux d'épingles… J'ai l'impression de lire une notice de Leroy Merlin.

Martin, à bout de patience, commença à tourner les pages plus rapidement.

— Tu as vu quelque chose sur le vernis ? s'enquit-il.

— Le vernis ?

— Quand j'ai fait mon rapport à Vendôme, hier soir, il est devenu nerveux au moment où je lui ai dit qu'un des pieds avait les ongles vernis. Il voulait être sûr qu'une analyse en serait faite.

— Il t'a dit pourquoi ?

— Non, et je n'ai pas pensé à le lui demander ce matin.

Lazlo se saisit du dossier de la Moselle, compilé à l'époque par Vendôme, et se plongea dans le rapport de la police scientifique.

— La raison est ici ! dit-il en tapant du doigt sur un paragraphe. Une des Allemandes avait les ongles de pieds vernis. Sauf qu'après analyse, ils se sont aperçus que c'était le sang de Mattis Krüger qui avait été recouvert d'une base transparente.

— Mais Krüger a été retrouvé cinq semaines après elle ! s'étonna Martin.

— C'est ça.

Martin chercha une explication logique sans pouvoir en trouver.

— Il y a un truc que je ne pige pas, finit-il par dire.

— Un seul ?

— Je travaille depuis deux ans avec le juge Vendôme. Même si nous ne sommes pas toujours d'accord, la dernière chose que je peux lui reprocher, c'est d'être un tire-au-flanc. Ce serait même plutôt le contraire. Il veut toujours tout verrouiller avant de boucler un dossier. J'ai du mal à croire qu'à cette époque, alors qu'il se retrouve avec trois cadavres en cinq semaines, que l'un d'eux a une inscription gravée sur la plante du pied et qu'une autre a du sang verni sur les ongles, il laisse tomber l'affaire. Ça ne ressemble pas au Vendôme que je connais.

Lazlo vérifia d'un regard que personne d'autre n'était à portée de voix avant de s'exprimer.

— Vendôme a effectivement une très bonne réputation mais ça n'a pas toujours été le cas. Cela fait dix ans qu'il est à Paris et il fera tout pour y rester mais il a fait un paquet de juridictions avant d'arriver ici. Si on dit souvent que les magistrats bougent beaucoup, lui ne tenait carrément pas en place.

— Une raison en particulier ?

— Son ambition, rien de plus. Il voulait se faire un nom, et vite, mais pour ça, il devait enquiller des résultats positifs. Si une affaire s'engrangeait mal, il la refilait à un collègue sous un prétexte quelconque ou la laissait traîner jusqu'à son départ. Tout le monde était au courant mais personne ne s'en est vraiment plaint.

— Comment tu sais tout ça ?

— J'ai dû collaborer plusieurs fois avec lui, à son arrivée...

— Et comme à ton habitude, le coupa Martin, un sourire amer aux lèvres, tu as enquêté sur lui.

— C'est vrai, mais comme à mon habitude, ça ne m'a pas empêché de me faire ma propre opinion. Maintenant qu'il est arrivé là où il le souhaitait, Vendôme fait le job, et il le fait bien. Ce qui a pu se passer avant ne me concerne pas.

Martin n'était pas totalement convaincu par cette explication. Une histoire telle que celle de la Moselle avait dû faire du bruit. Elle n'avait pas pu être écartée aussi facilement.

— J'ai eu le temps de lire les coupures de presse qui sont dans le dossier, expliqua Lazlo. Ces trois Allemands vivaient en marge de la société. Pas de travail, pas d'adresse fixe. Leurs parents n'avaient pas eu de nouvelles d'eux depuis plus de trois ans. On a retrouvé un peu d'herbe et un sachet d'ecstasy dans leur sac à dos.

— En gros, tout le monde se foutait de savoir ce qui leur était arrivé, c'est ça ?

— C'est l'idée. Leur gouvernement n'a fait aucune démarche et la famille s'est contentée de rapatrier les corps. Vendôme n'avait aucune piste et il a dû deviner que cette enquête serait casse-gueule. À sa décharge, quand tu lui as parlé de tes pieds dans la Seine, il n'a pas cherché à botter en touche. Il m'a appelé dans la foulée et m'a demandé de bosser toute la nuit si nécessaire pour que je lui donne matière à instruire.

— Tu crois qu'il voit ça comme une rédemption ?

— Ça y ressemble, à première vue.

Martin glissa vers Lazlo la page qu'il tenait depuis le début de cet échange.

— En attendant, notre vernis à nous ne contient aucune trace de sang. Pas plus que l'inscription « GAGNÉ » qui se trouvait sous la semelle.

Il laissa le temps au commandant de l'UAC3 de lire l'expertise qui se trouvait dans le dossier. Le vernis était de composition classique, à la différence près que certains produits chimiques, tels que le formaldéhyde ou le dibutyl phthalate, avaient été retirés de la formule. L'ingénieur qui avait signé le rapport émettait l'hypothèse d'un vernis dit bio ou naturel. Il précisait que ce genre de produit se trouvait aujourd'hui facilement sur le marché. Une comparaison des formules des différents fabricants pourrait permettre d'identifier la marque. Il suffisait d'en faire la demande au chef de service. Lazlo se retint de rire.

— Je te laisse aller quémander un budget pour trouver la marque d'un vernis en vente libre. Je me demande à quoi ils pensent, parfois.

— Au moins, on sait que ce n'est pas du sang, se contenta de répondre Martin. Ce qui veut dire qu'on a encore un mode opératoire différent.

— De toute façon, ça n'aurait pas collé. Dans l'affaire de la Moselle, le sang du gagnant se trouvait sur les pieds de la perdante. Alors que là…

— Le vernis se trouve sur le pied de la gagnante, termina Martin. Cette histoire pourrait vite me rendre dingue. Quand on pense tenir un modèle, il est démenti le coup d'après. C'est à croire qu'on a autant de coupables que de victimes.

— C'est une hypothèse que tu ne peux pas écarter.

Martin s'affaissa sur le dossier de sa chaise et croisa les mains derrière sa nuque. Les yeux au plafond, il tenta de récapituler ce qu'ils avaient appris.

— Nos pieds sont restés plusieurs jours dans l'eau, mais pas là où ils ont été trouvés. Selon sa composition, cette eau pourrait provenir d'un foyer en Seine-et-Marne.

— Comme elle pourrait provenir de n'importe quelle région agricole ou industrielle de France, précisa Lazlo. Ils ont juste précisé que la zone la plus proche de Paris était en Seine-et-Marne.

Martin admit d'un hochement de tête que son raccourci manquait d'objectivité. Il continua d'un ton neutre :

— Deux de nos victimes sont inconnues au Fnaeg[5], donc n'ont jamais été condamnées ni même inquiétées dans une affaire pénale nécessitant une comparaison ADN.

— Et n'ont jamais été portées disparues jusqu'ici.

Martin n'avait pas envisagé cette possibilité et s'en fit le reproche. Il devait s'obliger à imaginer toutes les éventualités.

— Le pied orphelin, continua-t-il, qui est un pied de femme, avait les ongles peints avec du vernis bio. Celui qui a écrit le mot « GAGNÉ » sous sa semelle l'a fait avec le même vernis.

---

5 Fichier national automatisé des empreintes génétiques.

— Là, c'est intéressant, l'arrêta Lazlo en se redressant sur sa chaise.

La tête toujours en arrière, Martin le regarda de biais.

— Ton adjoint a écrit dans son rapport que le vernis sur les ongles était très écaillé.

— Exact.

— Je ne m'y connais pas vraiment mais ça doit prendre un peu de temps pour qu'un vernis se décolle comme ça.

Martin haussa les épaules. Il n'était pas non plus un spécialiste.

— Puisque le mot a été inscrit avec son vernis, poursuivit Lazlo, ça veut dire qu'elle voyageait avec.

— Et ?

— Et pourtant elle n'a pas pris le temps de repasser une couche. Elle l'a laissé tel quel.

— Parce qu'elle était dans l'incapacité de le faire, poursuivit Martin qui comprenait le raisonnement de Lazlo. Son vernis s'est écaillé alors qu'elle était déjà retenue prisonnière.

— Ce n'est qu'une hypothèse mais ça tient la route, non ?

Martin s'apprêtait à contrer cette théorie par d'autres explications plausibles quand Chloé fit irruption dans la pièce.

— Ah ben vous tombez bien, Pellegrino, l'interpella Lazlo. Vous vous y connaissez en beauté des pieds ?

Chloé haussa les sourcils avant de balayer la question d'un geste de la main.

— On échangera nos petites routines beauté une autre fois, si ça ne vous gêne pas. Là, tout de suite, j'ai mieux à vous proposer.

— Tu as déjà parlé à Vendôme ? s'étonna Martin.

— Rien à voir. J'ai l'identité de nos victimes.

11

Le brigadier-chef Lucas Morgon retirait son casque de moto quand il reçut le texto de Chloé. Il fit défiler les photos des quatre victimes de la Seine et tenta de mémoriser leur nom. Il répondit qu'il ne pourrait pas être présent pour le briefing mais qu'il rattraperait son retard dès qu'il serait de retour au Bastion.

Lucas était un homme de terrain. Contrairement à son supérieur direct, il se sentait plus à son aise dans l'action que dans la réflexion. Le capitaine Martin Vaas aimait cette phase de l'instruction qui les obligeait à récolter un maximum de données avant d'en tirer des conclusions. Pour Lucas, une enquête commençait réellement quand il savait où chercher. Martin lui avait confié l'affaire classée de la Durance, il avait bien l'intention de s'y atteler.

Il avait réussi à joindre le secrétariat du psychiatre qui avait suivi Marcel Dupré en prison. On lui avait répondu que le Dr Nidal se trouvait exceptionnellement à Paris pour un colloque sur les neurosciences. Lucas lui avait laissé un message mais n'avait pas attendu que le médecin le rappelle pour se rendre directement au Palais des congrès qui se trouvait à cinq minutes à moto.

Il présenta sa carte aux hôtesses d'accueil et demanda qu'une annonce soit faite dans la salle de réception où les participants étaient regroupés pour une pause-café. La méthode était critiquable mais Lucas s'en moquait. L'entretien n'excéderait pas le quart d'heure. Le psychiatre raterait tout au plus dix minutes de sa conférence.

Au premier contact, le Dr Nidal se montra affable et disposé à aider les forces de l'ordre dans le cadre d'une enquête. Il ne put, en revanche, cacher son étonnement quand Lucas lui exposa la raison de sa venue. Marcel Dupré était mort sept ans plus tôt et personne n'avait cherché, jusqu'ici, à percer sa personnalité. Lucas Morgon gardait en tête les directives. Il n'était pas question de laisser planer un doute quant à la culpabilité de Dupré.

— Nous souhaiterions surtout savoir si Marcel Dupré fréquentait des détenus en particulier, tenta Lucas.

— Cette information aurait pu vous être communiquée par les gardiens de prison, répondit le psychiatre, perplexe.

— Disons que nous cherchons à savoir si l'un d'eux a pu être influencé par Dupré.

— Influencé à quel niveau ?

Lucas comprenait qu'il n'avait d'autre option que de lâcher du lest s'il voulait obtenir des réponses.

— Nous pensons qu'un individu a voulu recopier les crimes de Dupré.

Le psychiatre ne put contenir un sourire ironique.

— Nous y voilà. Et vous pensez que ce *copycat* a fréquenté Dupré en prison.

— C'est une éventualité que nous ne pouvons pas écarter.

— Eh bien, pour être tout à fait honnête avec vous, j'en serais fort étonné.

— Pourquoi ça ?

— Parce que je n'ai jamais cru à la culpabilité de Dupré.

Lucas sortit son carnet pour masquer sa réaction. Il savait qu'il n'était pas le meilleur quand il s'agissait de bluffer. Il se racla la gorge et reprit l'entretien comme si de rien n'était.

— Je ne suis pas là pour remettre en cause le verdict, dit-il avec autant d'assurance qu'il le pouvait, mais si vous avez quelque chose à me confier, je vous écoute.

— Ce serait délicat de le faire sans trahir le secret professionnel, commença le Dr Nidal, je peux cependant vous assurer que la personnalité de Dupré était à l'opposé de celle décrite dans son dossier.

— Mais encore ?

— J'ai pu lire que Dupré était un homme agressif, hargneux et colérique. Il ne vous aurait pas fallu plus de cinq minutes en tête à tête avec lui pour comprendre à quel point cette description était erronée.

— Vous avez été appelé pour le soigner d'une dépression, tempéra Lucas.

— C'est vrai.

— Puis son cancer s'est développé.

— Je ne l'ai pas connu au mieux de sa forme, je vous l'accorde, mais je pourrais en dire autant de tous mes patients.

— Très bien, alors racontez-moi plutôt quelle était, selon vous, sa personnalité.

— Marcel Dupré n'était pas un dominant. Il avait une forte tendance à se rabaisser, à s'effacer, même. Il vivait constamment dans la culpabilité…

— Parce qu'il avait tué deux touristes anglais, le coupa Lucas.

— Il les aurait tués sur un accès de folie, une perte de contrôle momentanée, je ne dis pas, mais le double homicide dont nous parlons était bien trop réfléchi pour qu'on puisse le lui attribuer. Dupré se plaçait dans la catégorie des soumis, pas des prédateurs.

— Il a très bien pu vous berner, insista Lucas, ou réagir face à son nouvel environnement. Dupré vivait isolé avec sa famille, il ne fréquentait personne. Vous et moi savons que l'univers carcéral peut vous changer un homme.

— C'est tout à fait juste. D'ailleurs, je n'aurais pas hésité à diagnostiquer chez lui ce qu'on appelle dans notre jargon une peur sociale. Mais j'ai du mal à croire que la prison ait été le déclencheur de ce comportement. Je pense que Dupré était constitué ainsi.

— Constitué ?

— Dommage que vous ne puissiez pas assister à la conférence qui vient de commencer, sourit le psychiatre. Le thème abordé est justement celui de l'amygdale limbique. Selon le neuropsychologue américain António Damásio, cette glande serait responsable de nos comportements, qu'ils soient agressifs, violents, ou au contraire craintifs. Vous seriez étonné.

— J'ai déjà vu des criminels duper leur monde, le provoqua Lucas tout en notant scrupuleusement ce qui venait d'être dit.

— L'analyse comportementale n'est pas une science exacte et il m'est arrivé de me tromper dans mes diagnostics, mais vous vouliez mon avis, je vous l'ai donné.

Lucas comprit qu'il n'obtiendrait rien de plus de la part du médecin concernant Dupré. Il n'en avait pas espéré autant, aussi n'eut-il aucun problème à revenir à son point de départ.

— Dupré a été incarcéré pour un crime particulièrement retors. Ça a pu en inspirer plus d'un.

— Quand bien même Dupré n'en serait pas l'auteur, admit le psychiatre, il est vrai que ce genre de forfait aurait pu fasciner certains détenus.

— Vous pensez à quelqu'un en particulier ?

— Cela remonte et vous vous doutez bien que je ne connaissais pas tous les prisonniers, mais il y en a un qui me vient à l'esprit. Je ne le suivais pas, je ne l'ai même jamais vu, mais son nom revenait souvent dans la bouche de mes patients. L'homme ne laissait pas indifférent. À ce que j'ai pu en déduire, il avait un pouvoir d'attraction sur ses codétenus. Certains le craignaient, d'autres l'admiraient.

— Son nom ?

— Orban. Grégory Orban, mais tout le monde l'appelait le Rasoir. Je crois me souvenir qu'il était d'origine roumaine.

— Il est toujours incarcéré ?

— Je ne pourrais pas vous le dire. Je ne pratique plus en prison.

Lucas inscrivit le nom d'Orban en majuscules et le souligna deux fois. Il relut rapidement les points qu'il s'était notés avant de clore l'entretien.

— J'aimerais vous montrer quatre personnes et que vous me disiez si l'une d'elles vous évoque quelque chose.

Il fit défiler les portraits qu'il avait reçus quelques instants plus tôt, en déclinant leur identité. Le Dr Nidal regarda à deux fois chaque visage, mais aucun d'eux ne lui était familier.

— Désolé. Je ne connais aucun de ces individus et leur nom ne me dit rien.

— Ça valait le coup de tenter, répondit Lucas d'un ton léger. Une dernière chose, docteur. Savez-vous pourquoi la femme de Dupré a cessé de lui rendre visite ?

— Marcel Dupré refusait d'en parler. Je vous suggère de poser la question directement à l'intéressée.

Lucas Morgon savait que cette option n'était pas à l'ordre du jour. Son équipe et lui devaient avant cela démontrer à Vendôme que l'innocence de Dupré ne faisait plus de doute, or la piste du *copycat* ne pouvait pas être éliminée. Ils avaient même enfin un premier suspect auquel s'accrocher. Grégory Orban, dit le Rasoir.

12

Deux heures plus tôt, quatre noms avaient été ajoutés au fichier des personnes recherchées. Quatre adultes dont la disparition avait été considérée comme suffisamment inquiétante pour que l'information soit diffusée. Dès qu'elle avait reçu l'alerte, Chloé Pellegrino avait consulté le dossier et passé plusieurs coups de fil avant d'affirmer à son supérieur qu'ils avaient enfin l'identité de leurs victimes amputées.

Une première déposition avait été faite par la mère de Nathan Percot. Son fils de vingt-six ans était parti avec trois de ses amis et ne lui avait pas donné de nouvelles depuis quinze jours. Le groupe, en provenance d'un village proche de Guéret, dans la Creuse, avait décidé de se rendre à pied à Bruges pour retrouver des connaissances. Leur budget était limité. Aucun hôtel, aucun restaurant. Ils espéraient dormir chez l'habitant, ou sous la tente, et se nourrir à moindres frais. Un voyage initiatique qui se voulait écologique mais aussi déconsumériste. Ils s'étaient même délestés de leur téléphone portable et de tout autre gadget qui aurait permis de les géolocaliser.

Pour ces raisons, le gendarme qui avait enregistré la déposition n'avait pas considéré cette disparition comme inquiétante. Il avait tenté de rassurer la mère de famille et de la raisonner. Quatre jeunes qui goûtaient à une telle liberté ne voyaient pas forcément le temps passer. Il avait fallu que les parents des trois autres voyageurs se joignent à elle, un mois plus tard, pour que l'information soit prise au sérieux. Quarante-deux jours plus tôt, Nathan Percot, Clara Faye, Jordan Buch et Zoé Mallet avaient fait une halte à Gien, dans le Loiret. Depuis, personne ne pouvait dire où ils se trouvaient. Le groupe avançait à un rythme modéré de quinze kilomètres par jour et aurait déjà dû être arrivé à destination.

— Je suis tout de même étonné que les gars aient inscrit les noms au fichier, commenta Lazlo alors que Chloé leur faisait un topo. Ils ont pu avoir un contretemps. Sur une telle distance, ce ne serait pas étonnant.

— Ils s'étaient engagés à donner des nouvelles à leurs proches toutes les trois semaines. Nathan Percot avait promis à sa mère de le faire plus souvent.

— Tout de même…

— Clara Faye n'a pas appelé sa sœur pour son anniversaire, continua Chloé.

Lazlo haussa les sourcils, s'attendant à un argument plus percutant.

— Les deux sœurs sont jumelles et forcément très proches. C'était la première fois qu'elles allaient être éloignées l'une de l'autre aussi longtemps. Je sais qu'on peut perdre la notion du temps en voyageant, mais oublier son propre anniversaire c'est déjà moins probable.

— On sait quoi d'autre ? intervint Martin.

— Nos quatre victimes ont entre vingt-quatre et vingt-neuf ans. Elles se connaissent depuis le collège et forment deux couples. Nathan est avec Clara depuis cinq ans, Jordan et Zoé sont ensemble depuis huit ans.

— Si jeunes et déjà rangés, souffla Lazlo.

— On me retire les mots de la bouche, s'amusa Lucas Morgon qui venait de faire son apparition.

— On t'a attendu aussi longtemps que possible, s'excusa Chloé, mais tu connais la patience du patron.

Martin sourit en silence tout en lisant consciencieusement le dossier que Chloé leur avait photocopié. Il s'approcha de la carte de France et prit quelques punaises.

— Il est dit ici que Nathan téléphonait à sa mère toutes les semaines, commença-t-il.

— Il l'a appelée une première fois d'Issoudun et une seconde fois en arrivant à Gien, répondit la jeune flic qui avait mémorisé la plupart des informations.

Martin épingla les points de halte sur la carte.

— Autrement dit, reprit-il, il la contactait tous les cent kilomètres. Elle savait quelle était sa prochaine étape ? Je ne vois rien dans le rapport.

— J'ai eu le gendarme qui a pris sa déposition. La femme s'est mise à pleurer quand il lui a posé la question. Elle est persuadée que son fils lui a dit quelque chose à ce sujet mais elle est incapable de s'en souvenir.

— Et ce gendarme, il lui a proposé des destinations ?

— Sur quelle base ?

— En traçant une ligne droite de cent kilomètres vers le nord, par exemple.

— Je ne le lui ai pas demandé mais il me l'aurait dit, non ?

Chloé comprit le message sans que Martin ait à l'exprimer. Elle était bonne pour rappeler le brigadier après la réunion.

Chloé avait affiché sur un deuxième tableau les photos des quatre victimes. Dessous étaient inscrits leur taille, leur poids, la couleur de leurs yeux et les vêtements qu'ils portaient en quittant Gien. Les baskets correspondaient à celles retrouvées dans la Seine.

Le dernier hôte à les avoir reçus avait été interrogé, mais son témoignage n'avait rien apporté. Les jeunes adultes avaient passé la nuit dans une dépendance qu'il venait de réaménager pour en faire un gîte. Il n'avait pas encore les autorisations pour le commercialiser, aussi leur avait-il permis d'y loger sans contrepartie. Les deux couples étaient repartis après le petit-déjeuner. L'homme n'avait échangé que quelques banalités avec eux et il n'avait aucune idée de leur prochaine destination.

Clara Faye était la plus jeune du groupe. Un diplôme de marketing en poche, elle n'avait pas encore trouvé d'emploi et, selon sa sœur jumelle, elle avait entrepris ce voyage pour s'offrir une bouffée d'oxygène. Faute de moyens, elle vivait toujours chez ses parents et commençait à étouffer. Nathan, son petit ami, était plus ou moins dans la même situation, à la différence près que sa mère était convaincue qu'il restait chez elle par choix.

Zoé, vingt-cinq ans, vivait en couple avec Jordan, dans une petite maison de ville de soixante mètres carrés héritée de sa grand-mère. Ils avaient prévu de se marier d'ici un an, le temps de mettre un peu d'argent de côté. Zoé travaillait dans un cabinet d'esthétique, Jordan était banquier. Leur emploi était à l'opposé de leurs idéaux. Ils avaient entrepris ce voyage pour ne pas l'oublier. Le jeune couple avait pour projet d'ouvrir une épicerie solidaire. Leurs amis brugeois en avaient monté trois et cette visite devait leur permettre de se familiariser avec le sujet.

— J'ai l'intention d'appeler toutes les familles pour obtenir un peu plus d'informations, continua Chloé. Peut-être qu'avec le temps, un détail sur leur trajet leur sera revenu en mémoire.

Martin apprécia l'initiative d'un signe de tête.

— Pas la peine de leur parler de notre petite pêche d'hier, précisa-t-il.

— Ça ne me serait jamais venu à l'esprit. Je plains celui qui devra leur dire qu'en guise de corps, on n'a retrouvé que des pieds.

— Soumets-leur plusieurs villes d'étapes, continua Martin. Vois si l'une d'entre elles leur évoque quelque chose.

— OK mais lesquelles ?

Martin ne lui répondit pas. Il sortit de la pièce et commença à ouvrir tous les tiroirs qui se trouvaient dans l'open-space. Ses hommes l'observaient depuis l'encadrement de la porte.

— Tu as besoin d'aide ? lui demanda Lucas tandis que Martin s'attaquait à son poste.

— Personne n'a un bout de ficelle ? rétorqua-t-il sans relever la tête.

— Quelle taille ? demanda Chloé.

— Cinquante ou soixante centimètres, ça devrait faire l'affaire.

— Tu ne trouveras rien ici mais je peux t'aider.

La jeune femme se pencha et délaça une de ses Converse.

— Tiens, une ficelle presque propre, mais je te préviens, je repars avec.

Martin s'en saisit et retourna vers la carte de France. Il s'accroupit et positionna le lacet sur l'échelle.

— On peut savoir ce que tu fais ? s'enquit Lucas.

— Il nous prépare une pige de cent kilomètres, répondit Lazlo en se rasseyant.

— Ma mère aurait dit un étalon, sourit Martin, mais chacun ses références.

Le repère identifié, Martin punaisa le lacet sur Gien, dernier point de chute connu des quatre voyageurs, et se servit d'un marqueur pour identifier les villes qui se trouvaient au nord, à une centaine de kilomètres.

— Propose-leur Provins, Fontainebleau, Melun, Évry, Étampes et Rambouillet. Voyons déjà si ça leur parle.

— Ils auraient pu pousser jusqu'à Paris, intervint Francis du fond de la salle.

— Et claquer la moitié de leur budget en une nuit ? riposta Lucas. Ça m'étonnerait.

Personne ne trouva rien à redire et la liste fut entérinée.

Chloé était déjà repartie à son bureau tandis que Francis traînait des pieds pour regagner le sien. Martin l'avait chargé d'interroger les commerçants de Gien et d'Issoudun dans l'espoir que l'un d'eux ait plus d'informations à leur fournir.

Ne restaient que Lucas, Lazlo et Martin dans la salle de réunion. Lucas ouvrit son carnet pour restituer à chaud ce qu'il avait appris de la bouche du psychiatre mais Lazlo le prit de court en s'adressant à Martin d'une voix grave :

— J'imagine que tu as remarqué que trois des villes que tu as identifiées se trouvent en Seine-et-Marne.

— Et alors ? s'interposa Lucas qui devinait que ce point était important sans savoir pourquoi.

— Et alors l'analyse bactériologique de l'eau dans laquelle ont trempé nos pieds, répondit Lazlo, pourrait éventuellement provenir de cette zone. J'ai bien dit, éventuellement.

— Ce n'est pas moi qui ai décidé des distances et le nord est la direction la plus logique pour se rendre en Belgique, commenta Martin, les yeux toujours rivés sur la carte.

— Je ne dis pas le contraire, Vaas, je tiens juste à te faire remarquer que ce serait dommage d'orienter l'enquête comme bon t'arrange.

Martin se retourna et posa les mains sur la table pour mieux soutenir le regard de son interlocuteur.

— Je n'oriente rien du tout, dit-il d'une voix froide. Évry et Étampes sont dans l'Essonne et Rambouillet dépend des Yvelines. Qui plus est, j'ai tout à fait conscience que nos quatre voyageurs ont pu être arrêtés bien avant leur point de chute. Ils peuvent avoir été retenus n'importe où entre Gien et une de ces villes, mais j'ai besoin qu'on délimite notre terrain de chasse. Rassuré ou faut encore que je me justifie ?

13

Martin Vaas avait prétexté devoir apporter quelques précisions au brief de Chloé pour s'échapper un instant de la salle de réunion.

— C'est moi ou c'est tendu ? attaqua Lucas Morgon à l'adresse de Lazlo.

— Du tout.

— Vous mèneriez l'enquête différemment ?

— Peut-être pas.

— Mais vous pensez qu'on perd notre temps ?

— Je n'ai jamais dit ça.

Les réponses de Lazlo étaient laconiques mais son ton, goguenard.

— Donc vous mettez Martin à l'épreuve.

— On pourrait le voir comme ça.

— Dans quel but ?

Lazlo se redressa sur sa chaise, posa ses coudes sur la table et mit ses mains à plat. Son ton se fit plus sérieux.

— Je ne connais votre patron que depuis quelques heures et je devine chez lui tous les atouts d'un bon enquêteur, simplement j'ai peur qu'il soit en train de se fourvoyer.

— Parce qu'il spécule sur le dernier point de chute de nos voyageurs ?

— Non, parce qu'il pense être en mesure de sauver ces quatre gamins. S'il retrouve la gagnante en vie, ce sera déjà bien. En tout cas, mieux que ce qui aura été fait jusqu'ici.

Lucas s'abstint de tout commentaire. Il connaissait suffisamment Martin pour savoir qu'il remuerait effectivement ciel et terre pour tous les retrouver. Lui-même était prêt à arpenter l'ensemble du secteur que son chef venait d'identifier si cela pouvait aider.

— La gagnante, c'est la petite Clara Faye, c'est ça ? dit-il pour changer de sujet.

— C'était la seule à porter des Stan Smith, donc on peut légitimement le penser.

Lucas s'approcha du tableau et observa plus attentivement le portrait de la jeune fille de vingt-quatre ans.

Brune, les yeux noirs en amande, elle avait une peau opaline et des traits délicats. Il était inscrit sur sa fiche qu'elle ne mesurait qu'un mètre cinquante-huit. Les flics, sans que l'on puisse le leur reprocher, n'avaient pas demandé aux parents la pointure de leur enfant. Lucas n'en avait pas besoin. Il connaissait déjà la réponse. Clara chaussait du trente-six et peignait en rouge ses ongles de pieds.

Martin le surprit en revenant dans la pièce, mû par une nouvelle énergie.

— L'avis de recherche commence déjà à porter ses fruits, dit-il en se dirigeant vers la carte.

Il prit une nouvelle punaise qu'il épingla quarante kilomètres au-dessus de Gien.

— Ils ont été vus à Montargis trois jours après avoir quitté Gien. Ils ont subi un contrôle de police alors qu'ils piqueniquaient le long d'un canal.

— Laisse-moi deviner, ironisa Lucas, les collègues les ont pris pour des punks à chiens.

— Je n'ai pas eu droit à plus de détails. Tout ce que je sais, c'est qu'ils ont dit aux flics qu'ils faisaient une pause avant de reprendre la route.

— J'imagine qu'ils n'ont pas indiqué où ils allaient, ajouta Lazlo.

Martin acquiesça mais n'avait pas l'intention de se laisser abattre. Ils venaient de diminuer l'étendue de leurs recherches quasiment de moitié.

— L'avis est tombé dans la matinée, continua-t-il, optimiste. On pourrait encore avoir de bonnes surprises.

Lazlo finit par admettre que c'était, en effet, une belle avancée.

Lucas continuait de scruter les photos des quatre victimes. Il se tenait à moins de cinquante centimètres du tableau.

— Ils sont à peine plus vieux que mes neveux, murmura-t-il pour lui-même.

— Et je pourrais vous dire qu'ils ont l'âge de mes enfants, renchérit Lazlo, mais ça ne nous aidera pas.

— La sensibilité, l'empathie, ce n'est pas trop votre truc ou je me trompe ?

— Trente ans à la Crim, ça laisse des traces.

— C'est pour ça que vous êtes passé aux *cold cases* ?

— Pour ça et plein d'autres raisons, mais je suis sûr qu'on a mieux à faire que de parler de ma carrière.

Martin observait Lazlo du coin de l'œil. Il avait du mal à cerner ce commandant de police à la réputation sans faille, soi-disant là pour les aider. L'homme pouvait agir en complice puis les contrer l'instant d'après. Martin se fit la réflexion qu'il avait tout intérêt, lui aussi, à en apprendre plus sur ce nouveau collaborateur que Vendôme leur imposait. Il avait construit son équipe, apprivoisé chacun de ses membres afin d'user au mieux de leurs bons côtés comme de leurs mauvais. Lazlo était une nouvelle pièce sur l'échiquier et c'était à Martin de lui attribuer une place, pas l'inverse.

— Lucas, dit-il à brûle-pourpoint, tu disais tout à l'heure avoir une piste.

Lucas quitta des yeux le tableau pour s'asseoir à la grande table de réunion. Il sortit son carnet même s'il avait encore toutes les informations fraîchement en mémoire.

— Grégory Orban, pérora-t-il, dit le Rasoir.

— Tout un programme, commenta Lazlo.

— C'est peu de le dire. Ce mec a séjourné au centre de détention de Salon-de-Provence aux mêmes dates que notre Marcel Dupré. J'ai eu le temps de mener ma petite enquête sur le chemin du retour. Il en est sorti il y a une quinzaine d'années. Seize ans, pour être précis. Depuis, il a fait plusieurs séjours en maison d'arrêt mais aucune peine lourde. À chaque fois, sa préventive a couvert le verdict. Maintenant, si on fait le compte de tous ses jours passés derrière les barreaux, on cumule pas loin de neuf ans. Un beau score si on considère qu'Orban a à peine trente-cinq ans.

— Quel style de délits ? voulut savoir Martin.

— Le mec a su se diversifier. On a du racket, du vol en bande organisée, de l'agression à l'arme blanche, et aussi deux viols, histoire de peaufiner le portrait.

— Et ce gars n'a jamais pris plus que ça ? réagit Lazlo.

— La seule fois qu'on a réellement pu le coincer, c'était pour le vol en bande organisée. C'est ça qui l'a envoyé à Salon. Orban avait à peine dix-neuf ans et ça lui a manifestement servi de leçon. Après, il a toujours réussi à s'en sortir sans trop de bobos. Pas assez de preuves, pas de témoins, des alibis tombés par magie, je vous fais pas le topo.

— On voit l'idée, souffla Lazlo.

— Et qu'est-ce qui te laisse croire que cet Orban pourrait nous intéresser ?

— Quand j'ai appris qu'Orban n'était qu'un gamin au moment où il purgeait sa peine avec Dupré, j'ai cru que le psy s'était trompé de bonhomme. À l'entendre, on avait affaire à Guy Georges, en personne. Alors je l'ai rappelé, tu penses, mais il a persisté. Le petit Orban, du haut de ses dix-neuf balais, faisait la loi dans la cour de récré. Il était respecté par les clients les plus sérieux et craint par les autres. À ce que j'ai compris, Dupré appartenait plutôt à la seconde catégorie. Le Dr Nidal m'en a d'ailleurs dressé une description assez étonnante. Pour lui, Dupré était à classer parmi les soumis. Un craintif plutôt en retrait. Il n'a jamais cru à sa culpabilité.

— Dupré ne serait pas le premier à se jouer d'un psy, contra Lazlo.

— Pensez bien que j'ai sorti cette carte mais ça n'a pas vraiment ébranlé le médecin. Quoi qu'il en soit, il m'a dit que si une personne avait pu être intéressée par les meurtres de Dupré, c'était cet Orban.

— Et tu sais pourquoi on l'a surnommé le Rasoir ?

Lucas regarda Martin, une lueur dans les yeux.

— Le mec n'a jamais eu besoin d'arme à feu pour se faire respecter. Son truc, c'est le coupe-choux. La légende dit que son père l'aurait initié à manier le rasoir à l'âge de cinq ans. Je dis la légende, parce que le paternel n'a jamais quitté la Roumanie et que cette histoire vient d'Orban lui-même.

— La légende du Rasoir des Carpates, s'amusa Lazlo. Faut admettre que ça en jette.

Martin sourit à son tour avant d'observer plus attentivement Lucas. Son second gigotait nerveusement sur sa chaise.

— Tu ne nous dis pas tout. Qu'est-ce que tu appris d'autre ?

Lucas se détendit enfin, content de son petit effet.

— Les deux filles qu'il a violées ont eu droit à un petit souvenir. Une jolie marque en forme d'étoile sous la plante de pied.

14

Lucas Morgon s'était d'abord heurté à deux fausses pistes avant de localiser Grégory Orban. L'homme vivait à Saint-Étienne depuis six mois. Il s'était d'emblée acoquiné avec les plus violents supporters du club de foot local, si bien que les forces de l'ordre l'avaient à l'œil, d'autant plus avec son pedigree.

Martin hésitait sur la démarche à suivre. Tout ce qu'ils avaient contre Orban, c'était le témoignage indirect d'un psychiatre. Le Dr Nidal ne l'avait jamais suivi, il ne le connaissait même pas. Il s'était basé sur les racontars de certains détenus pour donner son nom. Le fait qu'Orban ait fréquenté le même centre de détention que Marcel Dupré ne pouvait pas constituer un crime en soi. Bien sûr, le profil ne laissait pas indifférent et son surnom donnait matière à réflexion, mais c'était loin d'être suffisant.

— Envoie-moi à Sainté, réagit Lucas. Demande juste aux collègues de l'amener au poste sous un prétexte quelconque et je me charge de l'interroger.

— Même ça, c'est moyen, répondit Martin.

— Oh, arrête, le mec a tellement de casseroles au cul qu'il doit être habitué à être convoqué pour un rien.

Martin prit le temps de la réflexion. Il savait qu'une entrevue en tête à tête apporterait plus de réponses que n'importe quelle surveillance. Il ne pouvait pas non plus omettre le gain de temps que cela représentait. Si Orban était une voie sans issue, ils pourraient le rayer de la liste et se concentrer sur les autres éléments de l'enquête.

— J'aimerais tout de même qu'on s'arrête cinq minutes sur son profil, dit-il pour tempérer les ardeurs de Lucas. Que sait-on pour l'instant ?

Chloé, qui était restée sur le pas de la porte depuis le début de l'entretien, vint s'installer à la table de réunion. Il ne manquait plus que Francis. Ce dernier était rivé depuis deux heures à son téléphone. À la liste des commerçants d'Issoudun et de Gien s'étaient rajoutés ceux de Montargis. Francis pouvait être opiniâtre quand il le voulait. Ces phases étaient rares, c'est pourquoi Martin n'avait nullement l'intention de l'interrompre dans sa tâche.

— On sait qu'il est sorti du centre de détention de Salon en 2007, commença Lucas qui trépignait, debout au fond de la salle.

— Et cette information nous intéresse parce que… ?

— Parce que l'affaire de la Moselle s'est déroulée en 2008 ! Les trois Allemands du juge Vendôme ont été retrouvés morts cinq ans après que les Anglais ont été tués par Dupré.

— Donc, poursuivit Martin, si je te suis, Orban aurait pu assassiner nos victimes de la Moselle mais aussi celles du Tarn, notre famille recomposée.

— Tout juste !

— Chloé, tu as le dossier d'Orban ?

La jeune femme acquiesça et attendit ses instructions.

— Vérifie qu'Orban n'ait pas été incarcéré aux moments de ces deux séries de meurtres.

— Déjà fait, répondit-elle avec aplomb. Il était dehors à chaque fois.

— Et que penses-tu de son profil ? Psychologiquement, j'entends.

Chloé se figea et chercha le soutien de Lucas. Ce dernier consultait son téléphone, aussi se tourna-t-elle vers Lazlo.

— Si c'est mon approbation que vous cherchez, s'amusa le commandant de l'UAC3, vous l'avez.

— C'est que… Martin…

— Oui ?

— Je viens juste de commencer les cours, balbutia-t-elle. Je suis incapable de te dresser un vrai profil psychologique.

— Je ne t'en demande pas tant. Je te demande ce que tu penses de ce mec. Comme ça, à chaud.

La jeune femme déglutit si peu discrètement que Martin se retint de rire.

— Chloé, détends-toi. Je ne prendrai pas ton avis pour argent comptant. Tu es de loin la plus fine d'entre nous quand il s'agit de se faire une opinion sur quelqu'un, alors j'ai envie d'avoir ton avis, c'est tout.

Chloé pinça les lèvres avant de redresser les épaules.

— OK, alors je pense que certains aspects de sa personnalité pourraient correspondre à l'individu qu'on recherche, mais d'autres ne collent pas.

— On t'écoute.

— Le mec a tout l'air d'être un vicieux. J'ai lu le rapport sur le viol de ces deux pauvres filles. Il paraît évident que l'acte sexuel n'était pas sa réelle motivation. Il s'est fait inviter chez elles, ensuite il s'est amusé à les humilier. Il leur a passé une laisse autour du cou et les a fait déambuler à genoux dans leur appartement.

— Une laisse ? répéta Lucas.

— Enfin, il a pris ce qu'il a trouvé sur place. Des collants pour la première, l'attache d'un rideau pour la seconde. Il leur a fait lécher le parquet.

— Je crois qu'on a pigé, l'arrêta Martin.

— L'acte en lui-même, la pénétration, a duré moins d'une minute. On a affaire à un éjaculateur précoce, très mal doté par la nature, qui plus est.

— Si j'avais cru un jour t'entendre dire ça ! siffla Lucas.

— Je n'y peux rien, dit-elle, le rouge au front, ça fait partie du profil. Les victimes ont précisé qu'Orban avait un pénis de la taille d'un petit doigt. En médecine, on appelle ça un micropénis et cette particularité revient souvent chez les tueurs en série.

— C'est censé faire quelle taille, un micropénis ?

— Tu te rassureras plus tard, le coupa Martin. Pour l'instant, on se concentre sur Orban.

Lucas afficha sa déception mais fit signe à Chloé de poursuivre.

— Il a gravé l'étoile sous la plante des pieds après le rapport sexuel. Comme pour laisser sa marque.

— Et avec tout ça, le mec n'a pas fait plus long que sa préventive ? intervint Lazlo.

— C'est pire que ça. Il a été libéré trois semaines après avoir atterri à Fleury. Le dossier de la première victime ne tenait pas la route. La peur l'a paralysée et elle n'a jamais été capable d'identifier formellement Orban. De leur côté, les gars de la Scientifique n'avaient aucune matière à soumettre. Le juge d'instruction n'a pu monter qu'un seul dossier, celui de la seconde victime. Sauf qu'Orban, qui s'était tu pendant toute l'instruction, a fini par fournir un alibi en béton. La femme d'un chirurgien réputé. Elle aurait été avec lui la nuit du viol.

— Une femme de chirurgien ? s'étonna Lazlo. Avec Grégory Orban, un petit voyou de bas étage ?

— Certaines aiment les bad boys, tenta Lucas.

— Mouais, si tu veux mon avis, ça sent surtout le chantage à plein nez. Encore un gars de la haute qui s'est encanaillé pour se poudrer le nez et qui a jeté sa femme en pâture pour se défausser.

— Possible, les coupa Chloé, en attendant, le juge n'a pas eu d'autre option que de le libérer.

— Et tout ça nous dit quoi ? demanda Martin pour recentrer le débat.

— Qu'Orban pourrait être assez vicieux pour s'amuser avec ses victimes en leur coupant les pieds ou en faisant croire à l'une d'elles qu'elle s'en sortira en lui gravant le mot « GAGNÉ ».

Martin ferma les yeux, signe qu'il enregistrait l'information.

— Tu disais que d'autres aspects de sa personnalité ne collaient pas.

— Là, c'est plus le côté technique qui me chiffonne. La marque sous les pieds pourrait très bien avoir été faite avec un coupe-choux, mais si on se fie aux différents rapports, toutes les premières victimes ont été tuées à l'aide d'un couteau. Et surtout, je n'arrête pas de me répéter ce que nous a dit Lucas. Les coups portés étaient maladroits. Orban maîtrise son arme depuis qu'il est gamin. Ça ne colle pas.

— Ce n'est peut-être pas lui qui s'en est chargé.

Francis avait surpris tout le monde en s'invitant dans la conversation. Personne ne pouvait dire depuis combien de temps il se trouvait dans l'embrasure de la porte. Martin masqua son étonnement. Depuis deux ans qu'il était à la tête de cette unité, c'était la première fois que Francis se montrait aussi incisif.

— Tu penses à quoi ? demanda-t-il pourtant sur un ton détaché.

— Chloé dit que le mec est vicieux. Qu'il prend son pied à humilier ses victimes. Peut-être qu'il les oblige à s'entretuer.

Chloé tapa du plat de la main sur la table.

— Mais bien sûr ! J'aurais dû y penser.

Martin observa Francis sous un œil nouveau. Son implication et ses remarques étaient de plus en plus pertinentes.

— Il y a tout de même deux ou trois trucs qu'on n'a pas évoqués, intervint Lazlo. Orban avait quoi au moment des meurtres de la Moselle ? Vingt ans, à tout casser. C'est pas un peu jeune pour se lancer dans ce genre de rituel ?

— Ça s'est déjà vu, répondit Chloé avec assurance.

— OK, je suis prêt à le croire, mais il se contenterait de faire ça tous les cinq ou dix ans ? Je veux dire, le viol de ces deux filles paraît quand même super soft par rapport à nos scènes de crime.

— Soft ?

— Ne montez pas sur vos grands chevaux, Pellegrino, vous voyez ce que je veux dire.

Martin devina que Chloé faisait un effort surhumain pour ne pas riposter.

— C'est vrai que c'est assez erratique comme comportement, dit-il pour calmer le jeu. Tu parlais de deux ou trois choses. Quoi d'autre ?

— Ma foi, c'est tout con mais Saint-Étienne ne se trouve pas vraiment sur l'itinéraire de nos gamins. Si Orban est chez lui en ce moment même, ça casse un peu cette belle théorie.

Personne ne pouvait répondre à cette question. Quand la police stéphanoise disait le tenir à l'œil, cela relevait plus de l'expression. Elle n'avait pas été missionnée pour effectuer une étroite surveillance. L'homme pouvait tout à fait se trouver à mille kilomètres de chez lui.

— Demande aux collègues de passer à son domicile, trancha Martin. Qu'on sache au moins si ça vaut le coup de se déplacer.

— Se déplacer ? répéta Lazlo. Je ne te comprends pas. S'il est chez lui, quel intérêt ?

— Je ne sais pas toi, répondit Martin froidement, mais, pour ma part, je n'ai lu nulle part dans les rapports que le tortionnaire de nos victimes restait jour et nuit à leurs côtés le temps de leur captivité.

15

« Nous mettons tout en œuvre pour que la situation revienne à la normale. Les équipes du Raid[6] *sont là pour assurer la sécurité des habitants du quartier. Nous avons pu évacuer les blessés, pour la plupart légers. L'un d'entre eux est en revanche en urgence absolue. Nous vous tiendrons informés de l'évolution de son état de santé. Je tiens aussi à rappeler que deux officiers de police sont présumés retenus comme otages dans l'une de ces tours et que les sortir indemnes de la zone est une de nos priorités. Des négociations sont en cours mais nous n'hésiterons pas à donner l'assaut si la situation l'exigeait. Le GIGN*[7] *se tient d'ailleurs en alerte pour prêter main-forte aux équipes du Raid si besoin. Vous l'aurez compris, toutes les forces de l'ordre sont mobilisées à l'heure où nous parlons pour obtenir un retour au calme, ici, à La Cotonne. »*

Cette conférence de presse improvisée, la préfète de la Loire, fraîchement nommée, s'en serait bien passée. Elle n'avait eu que cinq minutes pour digérer le rapport du négociateur du Raid, lui-même quelque peu dépassé. En moins d'une demi-heure, une centaine de journalistes avaient débarqué à Saint-Étienne avec l'inévitable cortège de camions satellites. Les huiles de Beauvau ne tarderaient

---

6 Groupe d'intervention de la police nationale.
7 Groupe d'intervention de la gendarmerie nationale.

pas à entrer en scène. La préfète n'avait aucune envie de se retrouver sous les feux des projecteurs en compagnie du ministre de l'Intérieur. Il y a des gloires dont il vaut mieux se passer.

Ce qui devait être une mission de routine s'était transformé en un rien de temps en un cauchemar pour les instances du département. Personne n'était en mesure de dire exactement comment les événements avaient pu s'envenimer aussi rapidement, mais les téléspectateurs découvrirent, en ouverture du journal de vingt heures, le quartier de La Cotonne de Saint-Étienne à feu et à sang. Des colonnes de fumée noire s'échappaient des quatre coins de la cité. Des barricades en feu se dressaient à chaque intersection. Une foule masquée de foulards levait haut des armes de fortune. Barres de fer, battes de baseball, chaînes antivol, tout objet contondant faisait l'affaire. Certains jeunes plus hardis jetaient droit devant eux des cocktails Molotov. Les CRS tentaient de maintenir un cordon de sécurité mais les images retransmises en direct sur les chaînes d'information attestaient de leur débordement. Il suffisait de les voir reculer pour comprendre que la voie diplomatique n'avait pas fonctionné.

Martin Vaas, les yeux rivés au poste de télévision, cherchait lui aussi à comprendre comment la situation avait pu ainsi déraper. Quatre heures plus tôt, il demandait à son homologue stéphanois s'il pouvait simplement vérifier qu'Orban était toujours dans la région. Le capitaine Chevignon avait accepté en précisant qu'il enverrait deux de ses meilleurs hommes à son domicile. Martin s'en était étonné. Il n'était pas question d'interpeller Orban. Chevignon lui avait rétorqué qu'il n'était pas prêt à sacrifier deux agents de la paix pour un simple contrôle. La bleusaille n'était pas bien vue dans le quartier de La Cotonne et les officiers auxquels il pensait sauraient se montrer plus discrets. Le capitaine devait regretter amèrement son discours à l'heure qu'il était.

Les premiers rapports parlaient d'un rodéo urbain dont la course aurait fini dans le parebrise de la voiture banalisée des deux policiers. Chevignon ne croyait pas une seconde à cette version. Les directives du moment étaient claires. Les forces de l'ordre ne devaient plus chercher à intervenir dans ces corridas motorisées à moins que la vie d'un citoyen ne soit en danger. Ses hommes connaissaient les consignes et savaient surtout reconnaître une situation explosive. Ils étaient en territoire ennemi, là où les macarons de la République n'intimidaient plus personne. Jamais ils n'auraient pris le risque de s'interposer. Le capitaine stéphanois avait une théorie plus élaborée qui, il le savait, ne serait jamais exposée au grand jour.

— Et c'est quoi cette théorie ? ne put s'empêcher de demander Martin.

— Mes gars ont dû se faire repérer par des guetteurs à leur arrivée. Ils sont de plus en plus nombreux, donc à moins de se garer à deux bornes, difficile de passer entre les mailles du filet.

— Vous me disiez que vos hommes ne se feraient pas remarquer.

— J'ai dit qu'ils sauraient être discrets. Impossible de rester inaperçu dans ces cités. Maintenant, si vous respectez les codes, ça peut très bien se passer. À mon avis, ils ont débarqué au mauvais moment. Pendant un deal à grande échelle ou un truc dans le genre. Les guetteurs devaient avoir comme consigne de ne laisser entrer personne.

— Donc pour vous, le rodéo, c'est de l'enfumage ? demanda Lucas qui participait également à la conversation téléphonique.

— Je dirais plutôt une diversion planifiée. Un leurre pour occuper les curieux le temps que la transaction se fasse. Sauf que ça aura mal tourné.

— C'est le moins qu'on puisse dire.

— Vous vouliez mon avis, vous l'avez, s'énerva Chevignon. Pour autant, je sais déjà ce qu'on va pouvoir lire dans la presse. La police est une fois de plus allée harceler les habitants des quartiers sensibles. La vérité, c'est que mes gars se sont fait piéger. Mais ça, on n'a plus le droit le dire sans se faire traiter de fachos !

Martin fit fermement signe à Lucas de ne pas entrer dans ce débat. Le capitaine Chevignon était sans nouvelles de ses deux hommes, il n'était pas compliqué de comprendre sa frustration.

— Quant à votre type, reprit Chevignon plus sobrement, impossible de savoir s'il se trouve chez lui en ce moment. Au mieux, vous aurez la réponse demain. Et encore… en espérant que le Raid arrive à désamorcer ce bordel avant la fin de la nuit, sinon on est partis pour un siège, c'est moi qui vous le dis.

16

Le regard de Martin oscillait entre les tableaux qui récapitulaient l'enquête et l'écran de télévision à présent installé dans la salle de réunion. Sa concentration était mise à mal et son esprit était toujours à sa conversation avec Chevignon. Il avait tenté de trouver les mots justes pour apaiser son homologue, sachant pertinemment que cela n'avait servi à rien. Lui-même aurait difficilement supporté qu'on lui parle d'espoir ou de statistiques favorables s'il avait su deux de ses hommes en danger. Le son du moniteur était coupé. Les membres de l'équipe suivaient l'évolution des événements au rythme des bandeaux qui défilaient au bas de l'écran. Des titres racoleurs, des résumés outranciers, des petites phrases sorties de leur contexte. Le cocktail parfait pour maintenir la pression et l'audience.

Les journalistes n'évoquaient cependant jamais le sort des deux policiers et Martin se demanda si une entente n'avait pas été trouvée avec Beauvau. Focaliser l'attention sur les barricades pour laisser les coudées franches au Raid, tapis en arrière-plan.

— Tu devrais éteindre ça ! suggéra Lazlo d'un ton qui se voulait fraternel.

— Pas tant que les hommes de Chevignon ne seront pas sortis d'affaire, rétorqua Martin sans même lui adresser un regard.

— Alors dans ce cas, dis à Vendôme de te retirer le dossier.

Cette fois Martin se tourna vers le commandant de l'UAC3, le visage crispé.

— Ne va pas croire que je ne me fais pas de bile pour ces deux flics, le calma Lazlo, mais on ne peut rien y changer. Nos meilleurs hommes sont sur le terrain et on n'a pas d'autre option que de les laisser faire.

— On voit que ce n'est pas toi qui as envoyé ces gars au casse-pipe.

— Quoi, tu penses être responsable de ce merdier ?

— Qui d'autre ?

— Désolé, Vaas, mais ta culpabilité ressemble méchamment à de la prétention.

Martin accusa le coup, les mâchoires serrées.

— Tu devrais allumer ta télé plus souvent, continua Lazlo. Les jeunes des cités ne t'ont pas attendu pour se révolter. Des dérapages tels que celui-ci deviennent monnaie courante. Alors oui, nos gars sont généralement positionnés à l'extérieur de la zone de combat mais on sait tous que ce genre de scénario peut arriver.

— OK, je ne suis peut-être pas responsable de ce merdier, comme tu dis, mais voilà comment je vois les choses : si un collègue m'avait appelé pour me demander de vérifier l'adresse d'un suspect, j'aurais accepté, sans hésiter. Et si le suspect habitait un quartier sensible, j'aurais envoyé un de mes hommes, là encore, sans tergiverser. Donc même si personne ne pouvait prévoir ce bordel, admets que si je n'avais pas appelé Chevignon, ses deux gars seraient en ce moment même à ses côtés.

Lazlo ne chercha pas à remettre en cause la logique de Martin. Il se contenta de hausser les épaules puis de poser les yeux sur le tableau où étaient affichés les portraits de leurs voyageurs amputés.

— Je ne les oublie pas, se justifia maladroitement Martin.

— Je n'ai pas dit le contraire. Je pense que tout le monde est fatigué et qu'il est peut-être temps de faire une pause.

— Vas-y toi, moi, je vais rester encore un peu.

Chloé et Lucas qui avaient observé la scène sans rien dire ouvrirent chacun un dossier pour signifier à leur supérieur qu'il ne serait pas seul durant les prochaines heures. Lazlo étira ses lèvres au point de composer ce qu'il pensait certainement être un sourire.

— Puisqu'on ne peut pas encore loger Orban, dit-il en se levant péniblement, je vous laisse avancer sur les personnalités de nos quatre victimes potentielles.

— Potentielles ? répéta Chloé.

— Potentiellement encore en vie, si vous préférez, parce qu'au risque de casser encore un peu plus l'ambiance, je vous rappelle que rien ne nous assure que nous avons encore quatre personnes à sauver. La petite Clara Faye est peut-être la seule à être toujours retenue prisonnière. Et encore… Vu son gabarit, il se peut tout à fait qu'elle soit déjà morte de déshydratation.

— La vache ! ne put retenir Lucas. Dans le genre optimiste, vous vous placez là !

— Ne pas envisager cette possibilité serait naïf de notre part, répondit Lazlo, impassible, et mieux vaut s'y préparer si on ne veut pas être hanté les dix prochaines années. Ça ne veut pas dire pour autant que je lâche l'affaire ni même que je lève le pied. Je pense juste que je serai plus utile à l'UAC3.

— Qu'est-ce que tu vas y faire ? demanda Martin, décidé à ne pas laisser partir Lazlo avant d'avoir apaisé les tensions.

— Voir si je ne trouve pas d'autres concordances. Hier soir, j'ai lancé des recherches en m'appuyant sur les informations de Vendôme. Maintenant que j'ai plus d'éléments, je vais pouvoir élargir la requête.

— Tu penses qu'il pourrait y avoir d'autres affaires ?

— Je ne sais pas. Nous avons un double homicide qui remonte à vingt ans, commis ou non par Dupré. Un triple meurtre qui date de quinze ans et qui pourrait être attribué à Orban. La famille recomposée a été tuée il y a cinq ans. Peut-être encore une fois par Orban. Et maintenant, on compte quatre victimes.

— Et ? l'interrogea Martin qui ne comprenait pas où Lazlo voulait en venir.

Le commandant de l'UAC3 se dirigea vers la porte et se retourna avant de sortir afin de s'adresser à toute l'assemblée.

— Il n'y a rien qui vous ennuie dans ce que je viens de vous énoncer ?

Il regarda tour à tour les membres de l'équipe de la 3e DPJ mais les quinze heures de travail acharné avaient eu raison de leurs forces.

— Tous les cinq ans, nous avons eu droit à notre petit rituel du gagnant. Tous les cinq ans sauf…

— Sauf une fois, l'interrompit Chloé avec un regain d'énergie. On n'a aucune affaire qui remonte à dix ans.

— Exactement.

Martin et Lucas se levèrent comme un seul homme pour se rapprocher du tableau. L'évidence leur sautait aux yeux maintenant qu'ils focalisaient leur attention sur la chronologie des dossiers.

— Comment on a pu passer à côté ? souffla Lucas.

Martin était le premier à chercher une réponse.

— Hier matin, dit Lazlo toujours positionné dans l'encadrement de la porte, vous trouviez des pieds dans la Seine. Ce soir, vous savez à qui ils appartiennent et vous avez même un suspect. Je veux bien que l'heure soit à l'autoflagellation mais allez-y mollo, tout de même !

— Tu penses qu'on a loupé une séquence ? l'interrogea Martin, les yeux toujours rivés au tableau.

— C'est possible. Une fois de plus, j'avais nettement moins d'informations quand j'ai interrogé la base de données. Et puis, je l'ai fait en pleine nuit, autant te dire que j'étais seul. Je vais briefer un de mes gars pour qu'il s'y colle plus sérieusement.

— À cette heure ? s'étonna Martin.

— Cette fois je me suis organisé ! Il m'attend bien sagement à son poste.

Un effet stroboscopique se projeta sur la table blanche, attirant l'attention de tous. Ce n'était que le reflet du graphisme bariolé d'un flash info mais cela eut l'effet escompté. Toutes les personnes présentes avaient les yeux braqués sur le téléviseur. La chaîne, qui avait eu le temps de créer un logo dédié aux émeutes de Saint-Étienne, avait arrêté la boucle d'images des barricades en feu pour une nouvelle série plus choc. Le bandeau au bas de l'écran résumait à lui seul la situation. Les cordons de CRS accusaient à présent des tirs de mortier.

— On n'est pas près de les sortir de là, dit Lucas dans un filet de voix.

Martin garda pour lui ses commentaires et expira un grand coup avant de se tourner à nouveau vers le tableau. Lazlo appuya sa démarche d'un signe de tête et reprit là où il s'était arrêté.

— Je ne vais pas me contenter de relever les indications de membres amputés ou du mot « GAGNÉ ». Je vais regarder les morts suspectes de déshydratation ou les entailles faites sur des plantes de pied. Orban, si c'est bien celui qu'on cherche, a pu se faire la main de différentes manières.

— Tu crois sincèrement qu'il pourrait être notre homme ?

— Je n'en sais rien. Son profil est intéressant mais, tant qu'on n'aura pas mis la main sur lui, difficile de se prononcer.

— Et vu la tournure que prennent les événements, on n'est pas près de mettre les pieds chez lui.

— Je serais toi, j'éviterais définitivement ce genre d'expression jusqu'à la fin de l'enquête.

Martin jaugea Lazlo une fraction de seconde avant d'esquisser un sourire.

— Quoi qu'il en soit, reprit Lazlo plus sérieusement, je vais demander à mes gars de ratisser large. Il faut qu'on garde l'esprit ouvert. Aucun des dossiers n'est exactement le même. On a toujours droit à des petites dissonances.

— Comme si on avait affaire à différents tortionnaires, évoqua Martin pour la seconde fois.

17

La possibilité que plusieurs meurtriers soient à l'origine d'un même rituel était certainement le pire cauchemar de tout enquêteur. Les indices n'étaient plus recevables d'un crime à l'autre, les alibis d'un jour dédouanaient le coupable de la veille. Aucune procédure ne pouvait résister à tant de contradictions.

Selon Chloé, Grégory Orban avait passé la majorité de l'année 2013 sous les verrous. En toute logique, si le commandant de l'UAC3 revenait avec une affaire similaire aux autres, vieille de dix ans, Orban serait rayé de la liste des suspects.

En toute logique, se répéta Martin Vaas alors qu'il pédalait vers le Bastion. Il fallait qu'il pleuve des cordes ou qu'une tempête soit annoncée pour que Martin se déplace en transport en commun. Son temps de trajet était pourtant le même, mais le capitaine de la 3ᵉ DPJ aimait cette demi-heure où seuls quelques chauffards venaient perturber ses pensées. Toute la nuit, il avait tenté de démonter sa propre théorie de plusieurs responsables. Au matin, il avait décidé de s'octroyer ces trente minutes supplémentaires pour trancher.

L'affaire Dupré était leur point de départ. En 2003, les corps d'un couple d'Anglais étaient trouvés, à quelques semaines d'écart, au bord de la Durance. La femme était morte de plusieurs coups de couteau, l'homme avait été retrouvé déshydraté. Aucun membre n'avait été amputé mais le mari avait le mot « GAGNÉ » gravé sur sa plante de pied. Dupré avait été arrêté peu de temps après la découverte du deuxième cadavre. Le psychiatre qui l'avait suivi le pensait innocent et le dossier d'inculpation était plus que léger. Mais si Dupré n'était pas l'auteur de ces meurtres, la piste d'Orban s'arrêtait elle aussi. Sinon comment aurait-il fait pour obtenir les détails de ce double homicide ? Bien sûr, Dupré avait eu le dossier sous les yeux, il avait entendu les rapports d'expertise lors de son procès, mais Martin peinait à croire que cet homme ait eu envie de s'en vanter alors qu'il avait toujours nié les faits. *Ou alors, il voulait jouer les durs*, raisonna Martin. *Sauf que le psy l'a classé dans les soumis. Dupré ne cherchait pas à se faire remarquer, c'était même plutôt le contraire.*

Martin n'était toujours pas convaincu. Orban aurait pu lire un compte rendu de l'affaire dans la presse, tout comme le nom du coupable présumé. En voyant Dupré débarquer à la maison de détention d'Arles, l'idée de copier son mode opératoire aurait pu germer. La seule chose qui était sûre, c'est qu'Orban ne pouvait pas avoir tué ces deux Anglais. Il avait quatorze ans au moment des faits. Les tueurs en série pouvaient être précoces mais tout de même.

Martin évita de justesse une trottinette qui roulait à contresens sur une troisième voie cyclable improvisée. Il posa un pied à terre pour se stabiliser, éructa une insulte par principe et reprit sa route et le cours de ses pensées.

OK, Orban s'est inspiré du double homicide de la Durance. Et après ?

Martin visualisait les tableaux de la salle de réunion plus qu'il ne regardait la route.

On arrive en 2008, soit cinq ans après le meurtre des Anglais. Orban passe à l'acte alors qu'il sort tout juste de prison. Il tue trois Allemands, grave le pied du dernier survivant et se sert de son sang pour peindre les ongles des orteils d'une des femmes. Pourquoi pas ? Il peaufine le rituel, sa petite touche personnelle. Et ensuite ?

Ensuite, un trou de dix ans puisque le triple homicide du Tarn date de 2018.

Tu aurais patienté dix ans avant de commettre un nouveau forfait ? C'est long, mais tu as fait pas mal d'allers-retours en prison durant ce laps de temps. Ça pourrait être une explication. Sauf que ta touche personnelle s'intensifie.

Le rituel était, cette fois, plus complexe. Trois cadavres, cinq pieds amputés. Le dernier à mourir avait pu garder son pied gauche, sans aucune inscription. *Alors Orban, c'était quoi l'idée ?* souffla Martin en s'attaquant à une côte. *Tes années de prison t'ont endurci ? Les règles du jeu ne te suffisaient plus ? Tu t'es dit que trancher des pieds, ça avait quand même plus de gueule ? Je peux le comprendre, ça doit être lassant, à un moment, de faire toujours pareil. Et puis le fait qu'il y ait un enfant dans le lot, ça a dû ajouter du piquant. Tu devenais un vrai méchant ! Reste à savoir si c'est toi qui as asséné les coups de couteau ou si tu les as fait s'entretuer. Lucas et Chloé ont raison. Tu es trop doué avec une lame pour devoir t'y reprendre à deux fois. Ça a dû te plaire de les regarder se poignarder, comme tu as dû aimer observer les derniers survivants se dessécher.*

Martin commençait à transpirer. Il serait bon pour changer de chemise en arrivant au bureau. Il s'arrêta au feu rouge. Deux voitures de police, gyrophares allumés et sirènes hurlantes, passèrent devant lui, le ramenant instantanément à la réalité. Martin repensa alors aux images de La Cotonne visionnées une heure plus tôt. À peine levé, il avait allumé son téléviseur et était resté plus de vingt minutes hypnotisé par son écran, oubliant d'avaler le café qu'il s'était préparé. Un horizon apocalyptique parsemé de carcasses de véhicules brûlés, des palissades érigées à l'aide de palettes noircies et de poubelles renversées. Les fumées grises se dissipaient à présent sur la cité, accentuant l'atmosphère fantomatique. Les journalistes évoquaient une trêve entre cinq et sept heures du matin mais les affrontements avaient déjà repris. Il n'était toujours pas question des deux policiers. Martin s'était retenu d'appeler Chevignon. Si la situation avait évolué, il l'aurait su d'une manière ou d'une autre.

Le feu passa au vert et Martin secoua vigoureusement la tête pour chasser ces images. Il était presque arrivé et ses idées étaient toujours aussi embrouillées. Il devait passer à la vitesse supérieure.

Ce qui nous amène à aujourd'hui! se dit-il cette fois tout haut, le souffle court. *Cinq ans sans y toucher et voilà que tu y reviens. Tu t'en prends à quatre pèlerins d'à peine dix ans de moins que toi. Tu deviens de plus en plus couillu. Quatre personnes à maîtriser, dans la force de l'âge, ce n'est pas donné à tout le monde. Comment tu t'y prends? Tu amadoues les femmes pour qu'elles te rejoignent dans ta tanière? Ou tu les endors tous d'un coup? Tu partages un repas avec eux et tu les empoisonnes?* Martin pesta contre lui-même. Le comment viendrait en temps voulu. Il ne devait pas se disperser et rester focalisé sur les rituels.

Cette fois, pas de cadavres aux membres amputés mais sept pieds repêchés.

Tu veux qu'on se mette en chasse? Sinon, pourquoi les déposer dans la Seine, juste en face de l'ancien siège de la police? Tu tenais à nous faire comprendre que tu agis depuis quinze ans en toute impunité? Tu nous nargues. Ou alors tu t'es lassé de ton propre jeu. Ça ne te suffit plus. Tu veux que tes victimes aient l'espoir d'être sauvées.

Martin n'avait plus que trois cents mètres à parcourir et comprenait que dix allers-retours ne suffiraient pas à démêler cette affaire. Tout ce qu'il venait d'échafauder pouvait se défaire en une seconde. Il suffisait que Lazlo ait un autre dossier à leur soumettre et son château de cartes s'écroulait.

18

Martin s'étonna de voir l'open-space vide. L'équipe devait s'être retrouvée au café d'à côté, un rendez-vous qu'il n'honorait que très rarement, estimant qu'il était bienvenu de laisser un peu de champ libre à ses subordonnés. Il fila dans son bureau, attrapa une chemise presque repassée, coincée entre deux dossiers de son tiroir, et se déboutonna en un éclair.

— Juste à temps ! le surprit Chloé alors qu'il était torse nu.

Martin saisit le vêtement propre et tenta maladroitement de se cacher avec.

— Désolé, je croyais avoir fermé la porte, bredouilla-t-il.

— Joli, le tatouage ! Un souvenir d'adolescence ?

Chloé s'était assise face à lui sans le quitter des yeux.

— Si ça ne t'ennuie pas, j'aimerais finir de m'habiller tranquille.

— Tu n'as pas dormi chez toi ?

— Ça n'a rien à voir, et puis de toute façon, ça ne te regarde pas.

— Attaque-moi pour harcèlement !

Martin savait parfaitement que la jeune femme s'amusait de la situation, il n'en était pas moins mal à l'aise. Il souffla ostensiblement et enfila sa chemise.

— Si tu me disais plutôt ce que tu viens faire dans mon bureau.

— On cherche à te joindre depuis une demi-heure. Les autres sont déjà partis. C'est moi qui te servirai de chauffeur.

— Et on va où ?

— À Chinagora.

— Où ça ?

— J'oublie toujours que t'es Lyonnais !

Chinagora était un complexe hôtelier construit dans les années 1990 dont l'architecture s'inspirait de la Cité interdite de Pékin. Il était situé à l'est de Paris, environ deux kilomètres après le périphérique. Les immenses pagodes à l'orée de la capitale n'étaient pas la seule particularité de ce lieu. L'ensemble avait été édifié au confluent de la Seine et de la Marne.

— Qui est-ce qui nous a prévenus ? demanda Martin, une main crispée sur la poignée de la porte passager.

— Les collègues d'Alfortville. Chinagora en dépend.

— Et ils n'ont pas pu t'en dire plus ?

— C'est Lucas qui les a eus en ligne. Ils lui ont parlé d'un cadavre à l'eau, sans pieds. C'est déjà pas mal, non ?

Martin acquiesça sans lâcher la route des yeux. Le trafic était dense, comme toujours à cette heure de la journée, mais Chloé ne donnait pas l'impression de vouloir prendre ce point en considération. Elle zigzaguait entre les voitures, ne laissant aucune chance aux motards de la doubler. Chloé n'aimait pas arriver en dernier. Jamais.

Lucas, Francis, les équipes techniques et scientifiques discutaient sur le parking de l'hôtel Huatian Chinagora. Martin s'étonna de ne pas voir de sac mortuaire à proximité.

— Alors, on a quoi ? demanda-t-il en les rejoignant.

— Vous m'avez apporté des pieds sans corps, s'amusa le légiste qui venait de s'ajouter au groupe, vous m'offrez maintenant des corps sans pieds. Capitaine Vaas, laissez-moi deviner : petit, vous aviez impérativement besoin de finir vos puzzles, je me trompe ?

Il était rare que le Dr Ferroni se déplace sur les scènes de crime. Il préférait envoyer ses assistants pour optimiser son temps à l'IML. Martin le remercia d'un signe de tête.

— On peut voir le cadavre ? demanda-t-il en retour.

— Ils galèrent pour le décrocher, répondit Lucas.

Martin le regarda sans comprendre.

— On a fait appel à la BSPP[8] pour nous donner un coup de main mais c'est pas évident. Le mec a été amarré solidement.

— Et qu'est-ce qu'on sait de plus pour l'instant ?

— Son nom.

— T'es sérieux ?

— Les gars de la brigade fluviale l'ont pris en photo et me l'ont envoyée. Regarde. Le corps est dans un sale état mais aucun doute possible. C'est Jordan Buch.

— Le plus vieux des quatre ?

— Lui-même.

Martin repensa au portrait accroché dans la salle de réunion. Jordan Buch, vingt-neuf ans et petit ami de Zoé Mallet. Il était le plus âgé de la bande mais aussi le plus responsable. Les parents des autres victimes l'avaient décrit comme un jeune homme sérieux sur qui tout le monde se reposait. C'est peut-être pour ces raisons que c'était lui et pas un autre qui venait d'être retrouvé.

8 Brigade des sapeurs-pompiers de Paris.

Martin tentait d'analyser la situation mais trop de questions se bousculaient.

— Qui l'a trouvé ?

— Un batelier l'a aperçu en remontant la Seine, répondit le responsable de la police technique.

— Un batelier ? s'étonna Martin en observant le confluent. Quelqu'un l'a interrogé ?

— Par Cibi, seulement. Le mec a attendu de passer les écluses pour nous contacter. Soi-disant qu'une escale lui aurait coûté sa cargaison.

— Pardon, s'agaça Martin, mais il a dû virer à une centaine de mètres du quai. Comment il a fait pour distinguer notre cadavre ?

— Détends-toi, reprit Lucas. Regarde plutôt le plan large que m'ont fait les collègues depuis leur embarcation.

Martin prit le téléphone entre ses mains et mit un peu de temps à comprendre ce qu'il voyait. Jordan Buch était pendu à un anneau. Le corps était à la verticale et les bras en croix. Les péronés tranchés effleuraient à peine la surface de l'eau. Pour parfaire le tableau, le cadavre avait été positionné précisément à la pointe du complexe.

— Une figure de proue, murmura Martin.

— Tu dis ?

— Ça me fait penser aux figures de proue. Les sculptures à l'avant des navires.

— Je n'avais pas vu ça comme ça mais maintenant que tu le dis… En tout cas, je veux bien croire que ça ait pu attirer l'œil de notre batelier.

Martin aurait eu du mal à le contredire.

— Docteur Ferroni, lança-t-il les yeux toujours braqués sur le téléphone de Lucas, vous pensez pouvoir passer cette autopsie en priorité ?

— Ça va sans dire. Le juge Vendôme m'en a déjà fait la demande.

Martin fit un tour complet sur lui-même, à la recherche du juge d'instruction.

— Il est bloqué dans les bouchons, expliqua Lucas sans qu'aucune question n'ait été posée.

— La prochaine fois, attribue-lui Chloé comme chauffeur.

— On parle de moi ? s'exclama cette dernière d'une voix légère dans leur dos.

— Tu étais où ? voulut savoir Lucas.

— Je faisais le boulot que vous n'alliez pas tarder à me demander, sourit Chloé. J'ai parlé au chef de la sécurité de la zone hôtelière. Alors, question caméras, on en a sur les quais de déchargement, dans les restaurants, à deux ou trois carrefours stratégiques, à l'entrée de l'hôtel, sur le parking de l'hôtel et même dans l'hôtel, mais aucune n'est dirigée sur la pointe du confluent. En même temps, ils n'avaient aucune raison d'en placer là.

— Notre tueur a dû chercher à se rapprocher au maximum du point d'amarrage, réfléchit Martin. Possible qu'il se soit garé ici même, sur ce parking. Ça vaut le coup de visionner les enregistrements.

— C'est prévu, mais si je me fie au chef de la sécu, et vu le bonhomme, j'aurais tendance à le croire : impossible que notre individu soit entré dans le complexe sans se faire remarquer. Pour lui, il est forcément venu par le fleuve.

— Reste à savoir par lequel, soupira Lucas. On a le choix entre la Seine et la Marne.

— J'ai aussi prévu de faire le tour des écluses, précisa Chloé. La plupart sont informatisées mais les éclusiers continuent de contrôler le trafic. Si notre tueur a navigué avalant, on a une chance pour qu'un des gardes-canal s'en souvienne.

— Avalant ? répéta Lucas.
— S'il est venu de l'amont.
— Mais comment tu sais tout ça ?
Chloé sourit malicieusement, signe que la réponse relevait du domaine privé.

19

Lucas Morgon tenait bien en évidence sa carte de police devant le judas en répétant pour la troisième fois la raison de sa visite.

Il avait été décidé que Martin suivrait seul l'autopsie de Jordan Buch tandis que lui creuserait la piste Orban. L'homme restait pour l'heure leur principal suspect et Lucas avait décidé d'éplucher son dossier un peu plus avant. La situation à Saint-Étienne rendait tout déplacement inutile mais Orban avait vécu à plusieurs reprises en région parisienne. Lucas avait trouvé le nom d'une ancienne petite amie, une certaine Véronique Laval qui vivait à Bobigny, en Seine-Saint-Denis.

Lucas fut surpris de voir une femme d'une soixantaine d'années bien entamées, en djellaba turquoise et or, des chaussons aux pieds, lui ouvrir la porte. Le regard trouble et le maquillage approximatif, Véronique Laval ressentit tout de même le besoin de se recoiffer d'une main en découvrant le visage de Lucas.

— Brigadier, vous dites ? minauda-t-elle d'une voix pâteuse.

— Brigadier-chef, madame. J'aurais quelques questions à vous poser.

— Ne restez pas sur le palier, dit-elle en lui tournant le dos. Ça pourrait encore jaser.

Lucas suivit la femme dans un couloir étroit et mal éclairé. Le salon était encore moins accueillant. Miteux, crasseux, étouffant. Lucas peinait à trouver le bon adjectif. Il accepta de s'installer après avoir discrètement jeté un coup d'œil sur l'assise qui lui était proposée.

L'air vicié par l'odeur de tabac froid lui coupa l'envie de café même s'il prit la tasse que son hôtesse lui tendait.

— Je vous proposerais bien quelque chose de plus fort, fit-elle en se carrant face à lui dans le canapé, mais vous allez me dire que vous êtes en service.

— Ou qu'il est neuf heures du matin, au choix.

Véronique Laval gloussa, une main devant la bouche.

— Alors, jeune homme, dites-moi tout. Qu'est-ce qui vous amène chez moi de bon matin ?

— J'aimerais que vous me parliez de Grégory Orban. Si nos informations sont justes, vous l'avez côtoyé il y a une quinzaine d'années.

— Côtoyé, pouffa à nouveau la femme, comme c'est joliment dit. C'est vrai, nous nous sommes effectivement côtoyés.

Lucas sortit son carnet et fut soulagé d'avoir autre chose à fixer que le regard torve de son interlocutrice.

— Orban devait avoir une vingtaine d'années, à l'époque, commença-t-il maladroitement. Vous…

— Quoi ? Vous voulez que je vous dise précisément notre différence d'âge ?

— Du tout, j'allais vous demander si vous le connaissiez depuis longtemps.

Les lèvres de Véronique Laval dessinèrent un rictus.

— Laissez tomber, j'ai l'habitude. Grégory et moi avons trente ans d'écart. Enfin… trente ans et des poussières.

Lucas devinait que ces poussières ne représentaient pas loin d'une demi-décennie.

— Et j'ai connu Grégory alors qu'il n'avait que seize ans, continua la femme. Vos informations ne sont qu'à moitié justes.

— Je peux vous demander dans quel contexte vous l'avez rencontré ?

— Vous pouvez me demander tout ce que vous voulez ! l'aguicha-t-elle une fois de plus. Ma vie est un livre ouvert.

— Je n'en demande pas tant.

Véronique Laval tenta une moue boudeuse.

— Vous l'avez donc connu comment ? reprit Lucas d'un ton plus pressant.

— J'étais sa patronne. Il a travaillé pour moi deux ou trois ans. Je tenais un bar sur la Côte d'Azur.

— Je n'ai lu nulle part dans son dossier qu'il a travaillé dans votre établissement.

— On se calme, le poulet. Ça remonte ! Grégory faisait des petits boulots, rien de bien important.

— Vous le payiez au black, c'est ça ?

— Tout de suite les grands mots. Le petit avait besoin de gagner sa vie mais il n'avait aucune expérience et pas beaucoup plus de compétences. Je lui ai rendu service, comme une bonne fée, vous voyez ?

— Une bonne fée qui le faisait bosser, commenta Lucas en prenant des notes. Et vous étiez déjà amants à cette période ?

Véronique Laval décroisa les jambes pour les allonger de biais sur le canapé dans une position qu'elle imaginait langoureuse.

— Vous n'allez tout de même pas me passer les menottes pour un tout petit détournement de mineur, inspecteur ?

Lucas ne la reprit pas sur son titre et lui sourit de bonne grâce.

— Il doit y avoir prescription, dit-il pour la mettre en confiance.

Lucas comprenait aisément qu'un gamin de seize ans puisse être attiré par une femme d'expérience et, à n'en pas douter, Véronique Laval en avait. L'inverse, en revanche, l'étonnait. Malgré ses traits fatigués, Lucas devinait qu'elle avait été belle, elle disait avoir eu son propre commerce, ce qui devait lui assurer une certaine indépendance. Qu'avait-elle bien pu trouver à Orban ?

— Comment décririez-vous Grégory Orban, madame Laval ?

— Vous pouvez m'appeler Véronique, dit-elle d'une voix presque suave, mais avant, dites-moi ce qu'il a encore fait ?

— Encore ? Vous savez donc qu'Orban est connu de nos services.

— Bien sûr que je suis au courant. À votre avis, chez qui il courait à chaque fois qu'il sortait de prison ? Une bonne fée, je vous dis !

— Vous êtes en train de me signifier que le fréquentez toujours ? réagit Lucas, le stylo relevé.

— Non, admit-elle du bout des lèvres. Ça doit faire cinq ou six ans que j'ai coupé les ponts.

— Pour quelle raison ?

— C'est personnel.

Cette fois le ton de Véronique Laval n'avait plus rien d'enjôleur.

— Je croyais que je pouvais vous poser toutes les questions que je voulais, insista Lucas.

La femme reposa ses jambes au sol et lissa sa robe d'intérieur du plat de la main.

— Grégory a changé avec les années. Il est devenu… plus dur. J'imagine que la prison n'y est pas pour rien.

Lucas sentait que l'entretien qu'il attendait allait enfin commencer.

— Plus dur comment, exactement ?

— C'est difficile à expliquer. Grégory n'a jamais été un tendre. Il faut dire que la vie ne l'a pas été avec lui, mais quand il était avec moi il était différent. Gentil, attentionné, touchant. C'était un jeune homme plein d'ambition mais qui n'avait eu aucune éducation. Ses parents l'ont livré à lui-même. Vous le saviez ? Ils lui ont fait quitter la Roumanie à l'âge de treize ans. Grégory devait être hébergé en France par un de ses oncles. Sauf que l'oncle en question l'a vite exploité, sans jamais oublier de lever la main sur lui quand il n'était pas satisfait ou qu'il avait un coup dans le nez. Quand il s'est présenté dans mon bar, à la recherche d'un job, cela faisait déjà six mois qu'il avait fugué et qu'il vivait dans la rue.

Lucas trépignait. Ce discours, il le connaissait par cœur. La faute à pas de chance, des parents violents, une enfance maltraitée. Il était fatigué qu'on lui explique que le destin, le mauvais karma, ou Dieu sait quoi encore, était responsable de toutes les déviances.

— Que s'est-il passé exactement ? demanda Lucas pour recentrer la conversation. On ne décide pas d'arrêter une relation de quinze ans sans une bonne raison. Vous dites qu'il est devenu plus dur, mais ce changement ne devait pas être récent. Qu'est-ce qu'il a fait pour que vous lui fermiez votre porte ?

Véronique Laval montrait désormais des signes d'agitation. Elle se mit à épousseter le coussin sur lequel elle se vautrait l'instant d'avant. Lucas tenta une approche plus complice.

— Véronique, ça restera entre nous. Racontez-moi ce qu'il s'est passé.

La femme ravala un sanglot et pencha son buste en avant. Lucas l'observa retirer délicatement ses chaussons. Elle disposa ses pieds sur la table basse, plantes tournées vers Lucas.

Un silence respectueux s'installa et Lucas attendit plusieurs secondes avant de poser la seule question qui lui vint à l'esprit alors que la réponse allait de soi.

— C'est lui qui vous a fait ça ?

— Un petit souvenir, oui. Je ne l'ai plus revu depuis.

Les deux plantes de pied avaient été tailladées. Il n'était pas question d'une étoile, à l'instar de la marque que Grégory Orban avait laissée aux deux jeunes femmes qu'il avait violées.

Sous son pied droit était gravé : « GAGNÉ ».

20

— Et « PERDU » sur le pied gauche, tu dis ?

La conférence téléphonique n'empêchait pas Martin d'avoir les yeux rivés sur les viscères de Jordan Buch. Le légiste avait accepté qu'il prenne l'appel dans la salle d'autopsie. Chloé et Francis s'étaient installés dans la tour de contrôle d'une écluse tandis que Lucas était tranquillement attablé à la terrasse d'un café.

Martin avait imposé une règle en arrivant à la tête du groupe de la 3e DPJ. Quand une information pouvait changer le cours d'une enquête, elle devait être immédiatement partagée avec le reste de l'équipe, peu importait le moyen utilisé.

— C'est arrivé quand, exactement ? demanda Martin en s'écartant un instant de la table de travail, à la demande légèrement courroucée de Ferroni.

— Il y a cinq ou six ans. Véronique Laval n'a pas réussi à être plus précise. J'ai l'impression qu'elle a arrêté de compter les années.

— Et elle t'a dit ce qu'il s'est passé ?

— J'ai eu du mal à le lui faire cracher, mais elle a fini par tout me raconter. Orban était de passage à Paris et, comme à son habitude, il lui a rendu visite. Les deux amants ne s'étaient pas vus depuis presque un an. À ce qu'elle m'a dit, le bonhomme ne reste jamais longtemps en place. Quand je lui ai annoncé qu'il était depuis six mois à Saint-Étienne, ça l'a étonnée. Un record, selon elle.

— Intéressant.

— C'est ce que j'ai pensé aussi. Tout ça pour dire que leur relation était épisodique mais ça leur convenait parfaitement, à l'un comme à l'autre. Véronique s'est toujours vue comme son port d'attache.

— Tu l'appelles Véronique ? s'étonna Chloé.

Lucas entama une justification inutile que Martin stoppa net.

— Bref, reprit Lucas, Orban est arrivé ce soir-là, passablement éméché. Il venait de fêter un événement sans lui dire de quoi il s'agissait.

— Elle n'a pas insisté pour savoir ? s'étonna Martin.

— Manifestement, ce n'était pas trop le style de leur relation. Toujours est-il qu'il l'a attrapée dix minutes après avoir débarqué et que Véronique l'a trouvé plus rustre que d'habitude.

— Plus rustre ?

— Ce sont ses mots, pas les miens.

— Tu lui as demandé comment se déroulaient leurs relations sexuelles ? demanda Chloé, les mots à demi couverts par une corne de brume qui retentissait au loin.

— Tu veux savoir si je lui ai parlé du micropénis de son amant, c'est ça ?

— C'est ça.

— Je n'ai pas eu à le faire. C'est elle qui l'a évoqué la première. Véronique m'a expliqué que leurs rapports pouvaient parfois être violents mais que c'était un moyen pour Orban de compenser. En tout cas, elle ne s'en est pas plainte.

— Donc qu'est-ce qu'elle a voulu dire par « rustre » ? insista Martin.

— Que même si leurs rapports pouvaient être fougueux, il n'avait jamais été question d'humiliation et que celui qui instaurait un jeu le faisait avec le consentement de l'autre.

— Mais pas cette fois-là ?

— Pas vraiment, non. Il l'a prise une première fois sans aucune considération. Il l'a retournée contre le mur, a soulevé sa robe et a tiré sa culotte sur le côté pour gagner du temps. En quinze secondes, le round était fini. Une fois encore, je la cite. Il l'a laissée en plan pour aller se chercher une bière dans le frigo et quand il est revenu, il lui a reproché de ne pas l'avoir satisfait. Elle a été un peu surprise parce que ce comportement ne lui ressemblait pas. Orban avait toujours pour habitude de la câliner après avoir joui. C'était sa façon à lui de se faire pardonner ses piètres performances.

— Ce sont toujours ses mots ?

— Toujours. Mais bon, jusque-là, elle aurait pu passer outre. C'est après que ça a vraiment dérapé. Il lui a demandé de se mettre à quatre pattes et de lécher le sol pendant qu'il se masturbait. Sauf que Véronique n'était pas vraiment d'humeur après ce qui venait de se passer. Elle a refusé. Sur le coup, il a fait mine d'être beau joueur et lui a proposé à la place de l'attacher. Elle s'est laissée faire parce que c'était un des jeux dont ils avaient l'habitude. Cette fois, en plus des mains, il lui a enserré les chevilles. C'est là qu'il a sorti son rasoir. Il a commencé à lui taillader le pied droit. Pour ceux qui n'auraient pas suivi, c'est celui qui portait la marque « GAGNÉ ». Véronique s'est mise à hurler alors il l'a bâillonnée. Une fois son œuvre achevée, il lui a caressé les cheveux et s'est mis à lui parler tendrement. Elle pleurait tellement qu'elle s'étouffait. Il lui a dit que si elle promettait d'être sage, il lui retirerait le foulard qu'elle avait dans la bouche.

Il aurait ajouté, et là je vous lis mes notes : « Je vais te parler d'une histoire d'amour qu'on m'a racontée. »

— Une histoire d'amour ? répéta Martin.

— Oui, moi aussi, au début, j'ai cru que j'avais mal compris. Elle lui a indiqué d'un signe de tête qu'elle acceptait et il lui a retiré le bâillon. Dès qu'elle a été en mesure de parler, elle l'a supplié de la libérer mais il lui a mis la main sur la bouche pour la faire taire et lui a murmuré à l'oreille : « L'histoire que je vais te raconter, j'aimerais qu'on la vive ensemble, mais avant ça, j'ai besoin que tu me prouves que je peux te faire confiance. » Véronique a attendu qu'il retire la main de sa bouche et l'a aussitôt traité de malade. Il est entré dans une rage folle. Il lui a remis le foulard, en l'enfonçant un peu plus profond.

— Et après ? le pressa Martin.

— Et après vous risquez d'être frustrés.

— Si ton histoire s'arrête là, je te le confirme !

Lucas crut entendre Chloé pouffer mais il continua très sérieusement :

— Il a commencé à lui raconter cette fameuse histoire d'amour mais Véronique s'est évanouie dès qu'il s'est attaqué au deuxième pied.

— Tu déconnes !

Chloé avait parlé si fort que même Ferroni put l'entendre, ce qui ne manqua pas de lui faire relever la tête des entrailles de Jordan Buch. Avec un temps de retard, Martin obstrua d'une main l'écouteur de son téléphone, s'excusa d'un mouvement de tête et alla se réfugier au fond de la salle d'autopsie.

— Non, je ne déconne pas, Chloé. Elle se rappelle qu'il a commencé par : « Il était une fois » tout en lui entaillant le pied gauche. Ensuite, c'est flou. Elle a gardé en mémoire des bribes de phrases mais rien de concret. Il était question de « preuve d'amour » et d'un « schéma qui serait toujours le même ». C'est tout ce dont elle se souvient. Après, le trou noir. Quand elle s'est réveillée, Orban était parti. Il lui avait retiré le foulard et libéré une main. Elle ne l'a jamais revu depuis.

— Elle n'a pas cherché à le lui faire payer ? s'indigna Chloé.

— Jamais. Si tu veux mon avis, elle en pince toujours pour lui.

Personne n'était en mesure de commenter ce qui venait d'être dit. Chacun imaginait la scène. Une femme abandonnée par son amant, d'au moins trente ans son cadet, allongée nue sur un lit, les pieds lacérés. Auprès de qui serait-elle allée porter plainte ? Elle avait déniaisé un gamin de seize ans, l'avait fréquenté presque quinze ans alors qu'il passait autant de temps en vadrouille que derrière des barreaux. Elle avait raconté à Lucas avoir coupé les ponts avec Orban. La vérité était bien plus amère. Il avait fini par la quitter. Orban lui avait signifié qu'elle l'avait perdu et ses stigmates étaient là pour le lui rappeler.

— Tu dis que ça s'est passé quand ? demanda Chloé, rompant le malaise qui s'était installé.

— Il y a cinq ou six ans.

— Ça correspondrait à la période des viols. Ce serait avant ou juste après. Si on arrivait au moins à avoir une date exacte, ça nous permettrait de nous situer.

— Je veux bien lui demander de faire un effort mais j'ai l'impression qu'elle a tout fait pour oublier cet épisode.

— Dis-lui qu'on ne cherche pas à lui faire revivre cette histoire. Il faudrait juste qu'elle essaie de se souvenir, dans les semaines qui ont suivi, ou peu de temps après, d'un événement qui l'aurait marquée et qu'elle pourrait dater. Ça peut être n'importe quoi. Un décès, un voyage, une nouvelle coupe de cheveux, on s'en fout. Peut-être que ça lui reviendra.

— La prochaine fois, je t'emmène, ce sera plus simple.

— Au risque de compromettre ton tête à tête avec Véronique ? Très peu pour moi.

— Chloé, les interrompit Martin, en quoi c'est si important qu'on connaisse la date exacte ?

— J'aurais aimé savoir s'il y a eu une escalade dans ses agissements. Si les viols ont été commis après, ce serait incompréhensible.

— Je te rappelle que les premiers meurtres qu'on est prêts à attribuer à cet homme remontent à quinze ans. En termes d'escalade, on a vu plus linéaire, non ?

— Je sais, patron, je n'arrive pas à comprendre son fonctionnement. Si c'est bien lui qui a tué les trois Allemands, il aurait dû tuer ces deux filles et pas se contenter de les violer. En même temps, on a ces inscriptions sous les plantes des pieds. Ça ne peut quand même pas être une coïncidence.

Martin aurait aimé apporter un début de réponse à son équipe mais il était tout aussi dépassé. Rien ne s'imbriquait. Chaque fois qu'ils pensaient tenir un indice, une incohérence surgissait.

— Et cette histoire d'amour, Chloé, tu en penses quoi ?

— Tu me demandes ça à moi parce que je suis une fille ?

— Non, Chloé, je te demande ça parce qu'une fois de plus, tu es la plus à même d'avoir une idée.

Martin ne pouvait pas voir sa collègue grimacer mais il entendit au son de sa voix qu'elle s'excusait.

— Là j'avoue que je sèche totalement. Je ne pensais même pas qu'Orban était capable de prononcer ces mots.

21

Chloé Pellegrino se garait sur le parking du barrage du Port-à-l'Anglais, l'esprit accaparé. Elle avait déposé Francis Ducamp à une station de métro après avoir interrogé sans succès les gardes-canal des deux premières écluses de la Marne, en amont de Paris. Elle avait espéré qu'il l'accompagne pour faire le tour des écluses côté Seine mais son coéquipier, et supérieur hiérarchique si on s'en tenait aux grades, lui avait débité une de ses excuses auxquelles elle prêtait de moins en moins attention. Cela ne lui posait pas de problème de couvrir un collègue, ni de travailler *de facto* la majeure partie de son temps en solo. Ce qui la perturbait, c'est que Francis ne lui faisait pas assez confiance pour lui dire la vérité. Contrairement à Martin et à Lucas, Chloé était persuadée que les absences répétées de son coéquipier n'étaient pas dues à son manque de motivation. Bien sûr, être à quelques mois de la retraite devait alourdir les jambes, surtout quand il s'agissait de faire du porte-à-porte, missions qui leur étaient régulièrement assignées, mais cela ne justifiait pas tout. Francis n'avait jamais caché que son ambition n'était pas de grimper les échelons. À la différence de Lucas, qui avait demandé une promotion, il était devenu brigadier-chef à force d'ancienneté. Son but, disait-il les rares fois où il se confiait, c'était de rentrer sain et sauf, chaque soir, et de prendre soin de sa femme avec qui il était depuis trente ans.

Chloé respectait cela, il lui arrivait même de l'envier, mais depuis plusieurs mois son coéquipier avait changé. Il s'était refermé, ne s'exprimant plus que sur des points de boulot, en évitant consciemment tout sujet personnel. Elle avait tenté à plusieurs reprises de le faire parler mais Francis était devenu un maître en matière d'esquive. Elle aurait dû en référer depuis longtemps à Martin mais n'avait jamais pu s'y résoudre. Elle espérait que cette affaire, qui semblait pour une fois l'intéresser, saurait le faire revenir à cent pour cent dans l'équipe.

L'entretien avec l'éclusier du Port-à-l'Anglais ne dura pas plus de quinze minutes. L'homme était à son poste depuis six heures du matin, moment auquel le barrage se mettait en fonction. Il lui assura qu'entre six heures et huit heures, il n'avait régulé que du fret fluvial. Aucune petite embarcation. Elle demanda par principe quand fermait l'écluse, et lorsqu'elle entendit que l'activité s'arrêtait à vingt heures, elle abandonna tout espoir. Si le corps de Jordan Buch avait été amarré à Chinagora en plein jour, sa présence aurait été immédiatement signalée.

Chloé n'avait pas l'intention de continuer sa tournée. En amont, elle entendrait le même discours et l'idée que leur individu ait pu venir de l'aval était improbable. Elle n'imaginait pas leur tueur prendre le risque de traverser tout le bief parisien avec un cadavre à son bord. La brigade fluviale opérait régulièrement des rondes et accordait un intérêt tout particulier aux plaisanciers. Elle devait se faire une raison. Celui ou celle qu'ils recherchaient avait dû se garer en voiture au plus proche des quais et trouver un moyen d'amener la dépouille en pleine nuit à la pointe de Chinagora. Les embarcations légères ne manquaient pas le long de la Seine.

Elle ressentit un coup de blues en retournant à son véhicule. Elle aurait aimé que son initiative soit payante, d'autant plus que ses dernières analyses psychologiques du tueur étaient loin d'être abouties. Chloé appréciait que Martin lui fasse à ce point confiance, mais cela lui ajoutait une pression dont il n'avait pas idée.

Depuis deux jours et deux nuits, elle cherchait un schéma, un profil qui ait pu correspondre aux différents modèles qu'elle avait étudiés. Elle ne suivait sa formation que depuis peu mais la science du comportement l'avait toujours fascinée et elle avait lu tout ce qu'elle avait pu trouver sur le sujet.

Leur affaire n'en restait pas moins un casse-tête. Orban avait tout du bon suspect. Une enfance maltraitée, une anatomie pénalisante, cela constituait déjà deux éléments qui pouvaient expliquer son comportement violent et dominateur.

Les victimes étaient retenues prisonnières avant d'être exécutées. Leur faisait-il croire qu'elles avaient une chance d'être libérées ? Cela ne faisait aucun doute pour celle qui avait le droit au mot « GAGNÉ » sous la plante de pied. Mais les autres ? Les obligeait-il à se poignarder l'une l'autre ? Chloé avait étudié le dossier de la Moselle de long en large pour mieux sonder le juge Vendôme et parce que Martin le lui avait demandé. Elle tenta de plaquer son raisonnement aux trois victimes allemandes qui formaient – elle avait fini par le décrypter entre les lignes – un triangle amoureux. Mattis Krüger avait-il dû tuer ses deux amantes et compagnes de voyage avec un couteau pour avoir une chance de s'en sortir ? Chloé ferma les yeux pour imaginer la scène. Elle avait lu des témoignages allant bien au-delà de cette perversité. Peut-être qu'Orban trouvait excitant de donner la mort par voix interposée.

— Sauf qu'Orban est aussi un violeur ! dit-elle tout haut en ouvrant la portière.

Les deux Allemandes n'avaient pas été agressées sexuellement. Les rapports d'autopsie l'auraient indiqué. Comment l'homme avait-il fait pour se maîtriser ?

Elle s'installa derrière le volant et préféra continuer son raisonnement au calme plutôt que d'enfoncer la clé dans le démarreur.

L'ancienne maîtresse d'Orban s'était étonnée de le savoir sédentaire depuis six mois. Le tueur qu'ils recherchaient avait commis ses forfaits un peu partout en France. *Dans le genre nomade, on est servis.* Le fait de ne pas savoir où se trouvait Orban à cet instant précis laissait planer un doute, mais, quand bien même son équipe et elle apprendraient qu'il était actuellement à Saint-Étienne, est-ce qu'ils l'élimineraient pour autant en tant que suspect ? Martin avait raison sur un point. Orban pouvait tout à fait avoir séquestré ses victimes avant de repartir chez lui pour se créer un alibi. *Sauf que La Cotonne est à feu et à sang depuis seize heures. S'il était chez lui hier en fin d'après-midi, il n'avait aucun moyen de quitter son quartier, de prendre un TGV, de tuer Jordan Buch et de déposer son corps à côté d'ici.* Chloé avait la sensation de tenir quelque chose, mais elle préférait attendre la confirmation de la présence d'Orban à La Cotonne pour en parler.

Elle repensa ensuite au témoignage de Véronique Laval, à ce qu'Orban lui avait fait subir malgré leurs quinze années de relation. Cette femme l'avait pris sous son aile alors qu'il n'était qu'un adolescent. À l'entendre, il s'était laissé apprivoiser. Qu'est-ce qui avait pu le faire basculer au point qu'il s'en prenne ainsi à une personne de confiance ? *Et c'est quoi, cette putain d'histoire d'amour ?* pesta-t-elle en tapant son volant du plat de la main. *L'amour, tu ne sais pas ce que c'est.*

Ta seule relation stable, tu la vis avec une femme qui pourrait être ta mère. En dehors de ça, tu préfères violenter et humilier celles dont tu crains le regard. Tu as peur d'être jugé, d'être moqué. Donc oui, tu pourrais prendre ton pied en obligeant tes victimes à s'entretuer mais la chronologie ne tient pas.

— Tu n'as pas pu faire ça aux Allemands !

Chloé se surprit de sa propre affirmation. Elle l'avait exprimée à voix haute, peut-être pour la rendre plus concrète. Non, Orban ne pouvait pas avoir tué les Allemands quinze ans plus tôt. S'il avait goûté à un tel vice, à un tel pouvoir, il aurait réitéré son forfait. Rapidement. Il ne se serait pas contenté de violer ses victimes quelques années après. Chloé se remémora alors les paroles de Martin, évoquant la possibilité de plusieurs tortionnaires.

— Tu n'as pas tué les Allemands, répéta-t-elle, mais on t'a raconté leur histoire.

22

Deux jours s'étaient écoulés depuis la découverte du cadavre de Jordan Buch, un temps amplement suffisant pour que la presse s'empare du sujet. Un corps retrouvé amarré à la sortie de Paris, tel une figure de proue, cela avait de quoi noircir du papier et alimenter quelques plateaux d'experts. La fuite venait probablement du batelier qui avait alerté les autorités, à moins qu'un membre des forces de l'ordre ou des sapeurs-pompiers ait eu envie de se faire mousser. L'origine n'avait finalement que peu d'importance puisque la communication était désormais maîtrisée. Le procureur de la République s'était fendu d'un laïus bien huilé indiquant que tout avait été mis en œuvre pour faire la lumière sur cette affaire. Des informations sans réelle consistance avaient été fournies en gage de transparence. Un élément avait cependant été tenu secret. Le procureur, par un jeu de formules habilement tournées, avait réussi la prouesse de taire le nom de la victime sans que personne ne vienne le lui reprocher. Les parents de Jordan Buch avaient bien évidemment été avertis et s'étaient déplacés pour reconnaître le corps de leur fils aîné. Martin s'était tenu à leur côté, une boule au ventre lorsque la mère avait déposé un baiser sur le front de son enfant. La famille avait été soulagée d'apprendre que le nom de Jordan ne serait pas divulgué. Martin leur avait tout de même expliqué la raison principale de ce choix.

Communiquer l'identité de leur fils pouvait mettre ses amis en danger. Un bon journaliste découvrirait que Jordan Buch ne voyageait pas seul. De là, il mènerait son enquête et comprendrait rapidement que ses compagnons de voyage manquaient à l'appel. Parler d'eux ne serait en rien une bonne publicité.

L'autopsie leur avait appris que Jordan Buch était mort une douzaine d'heures avant d'avoir été retrouvé. Il avait reçu trois coups de couteau. Seul l'un d'entre eux avait été fatal, les deux autres n'avaient généré que des plaies superficielles.

Chloé avait émis l'hypothèse que chaque victime avait été obligée d'asséner un coup à la demande du tortionnaire. Rien, ni personne, ne pouvait pour le moment contrer cette idée, mais le sadisme qui s'en dégageait contribuait à appesantir l'atmosphère.

Jordan Buch n'avait pas souffert de malnutrition, tout laissait même à croire qu'il avait été forcé à manger. Son dernier repas était constitué de riz et de viande de porc. Comme ses trois amis, Jordan était végétarien.

Ses deux péronés avaient été coupés à l'aide d'une scie ou d'un long couteau à dents. Le Dr Ferroni n'avait pas pu être plus précis. Les plaies avaient été cautérisées sommairement et des marques sombres avaient été observées un peu plus haut sur les deux mollets. Le légiste pensait à des traces de garrots pour contenir l'hémorragie. Les blessures n'avaient pas eu le temps de cicatriser et Ferroni estimait que les péronés avaient été sciés la veille ou le jour même de la découverte des sept pieds dans la Seine. Chacun se souvenait de l'état des chairs et du phénomène de saponification. La thèse suggérant que les pieds aient été immergés plusieurs jours dans l'eau avant d'être tranchés semblait se confirmer. Il avait été facile de faire correspondre la paire appartenant à Jordan Buch. Faible consolation, les parents enterreraient leur fils dans son intégrité.

D'autres nouvelles étaient tombées au cours des dernières quarante-huit heures. La première avait été ressentie comme un réel soulagement. Les émeutes dans le quartier de La Cotonne à Saint-Étienne perduraient, même si elles avaient nettement faibli en intensité, mais les deux officiers de police coincés dans la cité avaient pu s'en échapper. Martin avait appris de la bouche du capitaine Chevignon que ses hommes n'avaient jamais été retenus en otage. Dès que la situation avait dégénéré après qu'un scooter les avait volontairement percutés, ils étaient sortis de leur voiture pour se mettre à l'abri. Ils étaient restés deux jours et deux nuits cachés dans les couloirs d'un sous-sol, sans réseau ni autre moyen de communiquer. Au petit matin du troisième jour de révolte, ils avaient profité d'une accalmie pour remonter à l'air libre avec suffisamment de batterie pour signifier leur position et donner l'opportunité à une unité du Raid de les exfiltrer.

Martin n'avait pas osé demander à Chevignon si ses hommes avaient pu apercevoir Orban au cours du rodéo. Savoir s'ils devaient toujours le considérer comme un suspect dans leur affaire n'était certainement plus la priorité des Stéphanois.

L'autre nouvelle était venue de Lazlo. Il n'avait rien trouvé de probant remontant à une dizaine d'années. Aucun membre sectionné, aucune balafre laissée sous la plante d'un pied. Des entailles, plus ou moins profondes, il en avait relevé, mais les modes opératoires étaient bien trop éloignés pour être seulement considérés.

Cette information était en soi une bonne nouvelle. Pas de nouveaux cadavres à déplorer, d'affaire supplémentaire à étudier. En revanche, cela ne permettait toujours pas d'éliminer Orban de l'équation. Même si Chloé avait réussi à convaincre Martin que l'homme n'était pas responsable du meurtre des Allemands, il n'en demeurait pas moins un candidat potentiel pour ceux du Tarn et désormais celui de la Seine. Orban avait dérapé avec sa maîtresse cinq ans auparavant. Lucas avait fini par obtenir une date exacte auprès de Véronique Laval. Les viols des deux jeunes femmes remontaient à 2017, soit un an plus tôt. Orban avait commencé à graver des étoiles sur les pieds de ses victimes avant d'écrire les mots « GAGNÉ » et « PERDU » sur ceux de son amante. La violence suivait une courbe ascendante, la chronologie était respectée. Les meurtres de la famille recomposée retrouvée dans les gorges du Tarn avaient eu lieu quelques mois après l'épisode Véronique Laval, à l'été 2018. Là encore, cela pouvait répondre à un schéma d'escalade. Restait à savoir pourquoi Orban avait attendu cinq ans de plus pour recommencer en région parisienne. Ses accès de violence semblaient répondre à un autre rythme.

Lucas Morgon s'était entretenu avec deux connaissances de Grégory Orban. Un ancien codétenu et un de ses complices de braquage, reconverti en « grand frère » dans une association de quartier. Les deux hommes avaient tenu peu ou prou le même discours. Orban était charismatique et suffisamment intelligent pour être respecté comme chef de bande, mais sa susceptibilité le rendait imprévisible. Il pouvait se mettre dans une colère noire pour un mot de travers. Plus d'un détenu en avait fait les frais.

Lucas avait également pu joindre la conseillère pénitentiaire d'insertion et de probation du centre de détention d'Arles. Elle se souvenait parfaitement d'Orban bien que leur rencontre remontât à seize ans. Il avait dix-neuf ans, et en paraissait dix de plus. La fonctionnaire, désormais à la retraite, avait longuement hésité avant de proposer un aménagement de peine. Grégory Orban était difficile à cerner mais elle avait étudié attentivement son dossier, considéré son parcours chaotique depuis l'enfance et avait fini par plaider en sa faveur. Son avis avait été pris en compte et la conseillère l'avait amèrement regretté. Quelques jours après sa remise en liberté, Orban l'avait suivie alors qu'elle sortait de chez elle, et avait attendu qu'elle atteigne sa voiture pour la plaquer contre la portière. Il lui avait soulevé la robe d'une main, l'avait brutalement pénétrée avec un doigt tout en lui susurrant à l'oreille qu'il ne pouvait malheureusement pas s'attarder mais qu'il saurait un jour la remercier. La femme avait porté plainte, annulant de fait la libération conditionnelle. La police s'était rendue à l'adresse inscrite au dossier, celle de Véronique Laval qui habitait à l'époque sur la Côte d'Azur. L'oiseau s'était bien évidemment envolé. Une surveillance avait été mise en place plusieurs semaines sans aucun résultat. Trois ans plus tard, il était de nouveau arrêté.

Ces éléments complétaient le portrait de Grégory Orban et pèseraient lourd le moment venu, dans le dossier d'instruction, mais ils n'apportaient pas de réponses quant à la localisation des trois victimes en sursis. Car depuis la découverte du corps de Jordan Buch, toute l'équipe de la 3e DPJ était d'accord sur un point : Nathan Percot, Zoé Mallet et Clara Faye, leurs trois voyageurs restants, étaient toujours en vie. Même Lazlo s'était plié à cette idée. La dépouille de Jordan ainsi mise en évidence était un message. Il avait été le premier à mourir et d'autres cadavres suivraient.

23

— On est encore face à un nouveau mode opératoire, s'agaça Martin dans la salle de réunion. Jusqu'ici, le coupable œuvrait tranquillement dans son coin et il aurait pu continuer longtemps sans que l'on fasse le rapprochement entre les différentes affaires. En plaçant ces pieds dans la Seine, il a volontairement attiré notre attention. Pourquoi ?

La question s'adressait aux membres de l'équipe comme à lui-même.

— Il en a marre ? tenta Lucas.

— C'est tout ce que tu as à proposer ?

— Ce que je veux dire, c'est que son petit rituel ne lui apporte plus assez de satisfaction, il a besoin d'ajouter un peu de piquant. C'est mieux comme ça ?

Martin était à cran et cela commençait à se ressentir au sein de l'équipe. Il expira lentement et reprit d'une voix plus posée :

— Chloé, tu es d'accord avec ça ?

— Oui et non.

La jeune femme scrutait le tableau, trop concentrée pour se rendre compte que tout le monde attendait qu'elle développe sa pensée.

— Chloé, tu es avec nous ?

— Désolée, se reprit-elle, mais je bute encore sur la chronologie.

— Quoi ? On est tombés d'accord sur le fait qu'Orban n'avait pas tué les Allemands, mais pour le reste, ça colle, jusqu'à preuve du contraire.

— Justement, si on admet qu'il ne les a pas assassinés, ça veut dire que quelqu'un d'autre l'a fait. Ça ne peut pas être Marcel Dupré puisqu'il était incarcéré pour le meurtre des Anglais.

— Jusque-là, je te suis. Et on reviendra sur ce point plus tard.

— Donc si Orban s'est mis lui aussi à pratiquer ce rituel, on peut dire qu'il est assez novice en la matière. Considérer qu'il en a déjà marre est un peu gros, non ?

— Le mec se lasse peut-être facilement, proposa Lucas sans conviction.

— Ou alors le fait d'avoir attendu cinq ans pour recommencer l'a chauffé à blanc, s'essaya Francis, le nez plongé dans un dossier.

— Oui, ça pourrait être une explication, concéda Chloé, mais la patience n'a pas l'air d'être son fort.

— Peut-être que cette pause de cinq ans fait justement partie du rituel, continua Francis sur sa lancée. Un passage obligé ou un truc du genre.

— Tu veux dire que les coupables seraient obligés de suivre certaines règles pour s'adonner à ce rituel ? voulut s'assurer Martin.

— Donc, là, on part carrément sur une secte ! réagit Lucas. Et c'est quoi, son petit nom ? La Confrérie des coupeurs de pieds ? Faut arrêter de fumer, les gars !

— On émet des hypothèses, Lucas, tempéra Martin. Seulement des hypothèses.

— N'empêche qu'à vous entendre, c'est pas un tueur qu'on cherche mais toute une tripotée.

À son grand désarroi, personne ne vint le contredire.

— S'il y avait une règle de temps à respecter, intervint Lazlo pour la première fois, mes gars auraient trouvé une affaire remontant à dix ans, or on a un trou dans la raquette.

— Peut-être pas, reprit Chloé. On sait qu'Orban n'aurait pas pu commettre ce rituel dix ans plus tôt, il purgeait une peine de prison, mais quelqu'un d'autre a pu s'en occuper et faire en sorte que les corps ne soient jamais retrouvés.

Martin s'étira le cou, les yeux fermés. En dehors de Lazlo, tout le monde savait qu'il intégrait cette dernière idée pour mieux la commenter.

— Si je te suis, Chloé, à chaque affaire son criminel, c'est bien ça ? Si le principe du rituel reste le même, libre à chacun d'ajouter sa touche personnelle.

— Disons que c'est ce que j'ai en tête.

Chloé avait dit cela d'une petite voix, s'excusant presque de proposer un scénario aussi alambiqué.

— Et Orban serait responsable de quels meurtres, selon toi ? la poussa Martin.

— Comme ça, je dirais ceux du Tarn.

— La famille recomposée ? Pourquoi celle-là et pas nos victimes de la Seine ?

— Le timing, encore une fois. Les trois victimes ont été tuées peu de temps après qu'Orban a pété les plombs avec sa maîtresse. Il s'en est pris à la seule personne qui lui voulait du bien, ça veut dire qu'il était sous pression. L'histoire d'amour dont il lui a parlé était en train de virer à l'obsession.

— Et il aurait commis cet acte une seule fois, sans chercher à recommencer ?

— Je pense qu'il a assouvi un fantasme. Sauf que, comme souvent avec les fantasmes, le fait de passer à l'acte ne l'a pas vraiment satisfait. Pour moi, Orban ne cadre pas avec le profil des tueurs en série. Il cherche constamment à apaiser sa colère mais il n'a pas besoin de l'intellectualiser. Il saute sur toutes les occasions qui se présentent à lui.

— OK, je veux bien te suivre, encore une fois, mais tu me dis que c'est Orban qui a tué les victimes du Tarn parce que cette histoire d'amour l'obsédait. Quel est le rapport ? Il élimine un homme accompagné de son fils adolescent et d'une femme bien trop jeune pour être sa mère. Je ne vois pas trop dans cette famille la représentation d'une histoire d'amour.

— Je n'ai pas toutes les réponses, Martin, je dis juste que ça coïncide dans les dates. J'ai conscience qu'il reste beaucoup de questions. Déjà, on ne sait rien de cette fameuse histoire d'amour. On n'a même pas idée de quoi elle parle. D'amants passionnés, d'une mère pour son enfant ? D'une histoire inachevée ou au contraire d'un amour consumé ?

— Quand on pense à une grande histoire d'amour, intervint Lazlo de sa voix grave, on imagine forcément une tragédie.

— Vous avez été marié combien de fois, déjà ? le provoqua Chloé.

— Deux fois, répondit Lazlo amusé, mais je n'ai jamais dit que j'avais vécu des grandes histoires d'amour. La preuve, nous avons gardé de très bonnes relations. Maintenant, jeune fille, relisez vos classiques avant de me jeter la pierre. Les plus belles histoires d'amour inspirent les plus belles pièces dramatiques.

— Cette histoire d'amour, s'agaça Lucas, c'est un prétexte ! Un leurre pour nous éloigner du sujet.

— Pourquoi pas ? Développe.

Martin s'était adressé à lui posément. Le ton montait d'un cran or il devait à tout prix maintenir l'esprit de cohésion au sein de l'équipe. Lucas signifia d'un hochement de tête qu'il avait compris le message. Il s'expliqua plus sereinement.

— J'ai du mal à croire que nos meurtriers – remarquez que j'accepte l'idée qu'ils soient plusieurs – aient été motivés par une histoire d'amour. Au mieux, ça leur a servi d'alibi. Parce qu'honnêtement, comment on rattache une histoire d'amour à des lacérations, des amputations, des coups de couteau, et j'en passe ?

— Par la physionomie des victimes, répondit Lazlo.

Lucas ne s'attendait pas à une telle repartie. Il fronça les sourcils, cherchant à comprendre ce que le commandant de l'UAC3 avait voulu dire par là, avant de l'inciter d'un geste à les éclairer.

— Si on prend la physionomie des victimes, on a quoi ?

Lazlo accompagna sa question en levant une main. Il fit une brève pause pour laisser le temps à l'auditoire de se concentrer sur ses doigts. Une fois l'attention retenue, il entama le décompte.

— Au bord de la Durance, nous avons un couple d'Anglais. Pour la Moselle, un plan à trois d'Allemands, si on en croit Chloé.

— Un trouple, dit-elle pour la forme.

— Pardon ?

— Une relation triangulaire, aujourd'hui on appelle ça un trouple.

— Va pour un trouple, même si de vous à moi, ce n'est franchement pas le meilleur mot que votre génération ait inventé. Je disais donc un couple, un trouple – ne comptez pas sur moi pour écrire ça dans mon rapport –, pour le Tarn, on a un couple avec un ado dans les pattes, quant à la Seine, on compte deux jeunes couples en vadrouille.

— J'ai compris, souffla Lucas, on a du couple en veux-tu en voilà. Et donc le simple fait que nos victimes aient une relation amoureuse constituerait une motivation suffisante pour les tuer ? C'est un peu léger, non ? Parce que si c'est ça, on a du souci à se faire !

— Je suis d'accord avec Lucas, intervint Martin. Infliger autant de tortures pour si peu…

— Je vous l'ai dit, le coupa Lazlo, là où il y a de l'amour, il y a de la tragédie. Contrairement à Chloé, je ne pense pas que les victimes soient obligées de s'entretuer. J'ai dans la tête qu'on les force plutôt à se sacrifier.

24

Personne ne pouvait dire s'il avait été poignardé par ses compagnes de voyage ou s'il s'était sacrifié mais le résultat restait le même. Nathan Percot était mort de deux coups de couteau en pleine poitrine. Son corps venait d'être retrouvé à l'aube. Sept jours s'étaient écoulés depuis la découverte des pieds. Cette fois, le tueur, ou tortionnaire, l'équipe de la 3e DPJ ne savait plus comment l'appeler, avait déposé la dépouille du jeune homme dans les eaux d'un port de plaisance en banlieue parisienne.

Toute l'équipe s'était retrouvée sur place, même Lazlo avait tenu à faire le déplacement.

Le port, appelé Port-aux-Cerises, se trouvait sur l'île de loisirs de Draveil, un site touristique situé dans l'Essonne. Les cent soixante hectares de terrain, répartis autour d'un plan d'eau et dédiés à la détente ou aux activités sportives, en faisaient un lieu très fréquenté à cette période de l'année. Le juge d'instruction avait été soulagé d'apprendre que le corps avait été découvert par un ancien militaire, employé à la capitainerie, et non par une famille ayant fait escale pour la nuit. Tomber sur un cadavre à demi immergé, les pieds sciés, attaché à une bouée, avait de quoi engendrer quelques traumatismes. Le militaire, lui, avait su garder son sang-froid. Son regard laissait penser qu'il avait vu autrement plus dur dans sa vie. Il n'avait pas touché au corps et avait tout de suite prévenu les autorités, après avoir improvisé un cordon de sécurité. De là, la machine s'était mise en marche. Aux mots « sans pieds », l'appel avait été immédiatement transféré à la 3e DPJ.

Martin observait le Dr Ferroni, agenouillé devant la dépouille de Nathan Percot. L'examen préliminaire permettait de conclure que le corps n'était resté que quelques heures dans l'eau.

— Je pourrai être plus précis après l'autopsie, dit-il, mais je pense que la mort remonte entre huit et douze heures. Il faut que je vérifie mes calculs en prenant en compte la température de l'eau. Avec un peu de chance, s'il a été nourri hier, comme son compagnon de route, je pourrai réduire l'espace-temps de deux heures.

Martin regarda sa montre. Elle indiquait sept heures trente. Le corps avait été découvert à cinq heures quarante-cinq. S'il se basait sur la fourchette large, Nathan Percot était mort la veille, en fin d'après-midi. Son tortionnaire avait dû attendre la nuit pour venir amarrer le corps dans le port.

Chloé et Francis visionnaient déjà depuis une demi-heure les caméras de vidéosurveillance. Elles étaient nombreuses et laissaient peu de points morts. Martin avait bon espoir. Il n'était pas à la recherche d'un fantôme. L'individu qu'ils traquaient aurait forcément été filmé, qu'il soit venu en bateau ou par la terre.

— Tu as remarqué qu'on a encore une variation sur le mode opératoire ? lui demanda Lazlo en arrivant dans son dos.

Martin se retourna, le visage empreint de lassitude.

— Vas-y.

— Cette fois-ci, ce sont les hommes qui meurent en premier. On s'était fait cette réflexion en constatant que c'était le pied de la petite Clara Faye qui portait l'inscription

« GAGNÉ », et elle se confirme. Les deux femmes sont encore détenues prisonnières alors que leurs mecs ont été refroidis.

Martin hocha lentement la tête. C'était en effet une nouvelle variation, une de plus à ajouter sur la liste.

— Ça t'inspire quoi ? demanda-t-il au commandant de l'UAC3.

— Rien. Ou beaucoup trop de choses.

— Lance-toi, au point où nous en sommes.

— Si on admet qu'on est face à plusieurs tueurs, pourquoi se contenter d'un genre ?

Martin le regarda sans comprendre.

— On parle du tueur, à chaque fois, mais peut-être que cette fois nous avons affaire à une tueuse.

— Parce que les hommes meurent en premier ? Par esprit de sororité, elle laisserait un peu de répit à ses prisonnières, c'est ça ton idée ?

— Propose-la à Chloé, je suis sûr que ça devrait lui plaire !

— C'est fort possible, mais moi, cette théorie ne me plaît pas.

— Pourquoi ? Parce que les femmes sont des êtres fragiles et doux qui ne s'adonneraient jamais à ce genre de rituels ?

Martin grimaça. Il cherchait un argument plus percutant mais n'en trouvait pas. Lazlo lui vint en aide.

— Je t'accorde que dans les archives, on trouve davantage d'hommes que de femmes responsables de crimes déviants mais on en trouve quand même.

— Je sais…

— Et si l'amour devient un mobile, alors là, la courbe s'inverse carrément.

— Ce raisonnement, en revanche, je te déconseille de le soumettre à Chloé.

Lazlo sourit franchement.

— Tu disais que l'affaire de la Seine t'inspirait beaucoup de choses, relança Martin, plus amène. Tu as quoi d'autre en tête ?

— Je finis par penser que Chloé a raison. J'ai beaucoup de mal à imaginer qu'Orban soit responsable de tout ça.

— Parce que c'est un homme.

— Ce n'est pas ça, non. Encore une fois, j'ai dit que ça pouvait être une femme. Il faut qu'on garde l'esprit ouvert. Mais qu'on ait affaire à un homme ou à une femme, on est surtout en présence d'une personne réfléchie et très patiente. Autant dire tout le contraire d'Orban.

— Je sens que tu as un raisonnement qui va avec cette affirmation, sourit Martin.

Lazlo gonfla le torse pour parfaire l'image du conférencier.

— Prends toutes les affaires précédentes. L'acte s'est toujours déroulé en deux temps. Une première découverte avec un corps ou deux, en fonction des dossiers, et, quelques semaines après, celui du gagnant. Là, notre individu y va au compte-gouttes. Clara Faye est celle qui est censée avoir gagné. Ça veut donc dire qu'elle doit mourir en dernier. Dans combien de temps ? On n'en a aucune idée. C'est comme si chaque cadavre nous octroyait un nouveau délai. Elle restera en vie tant qu'on n'aura pas Zoé Mallet sur la table d'autopsie.

— Charmant…

— Ce n'est pas moi qui établis les règles.

— Et donc ?

— Donc, on a une personne qui prend son temps. Qui joue avec nos nerfs en établissant un planning qu'elle est seule à connaître. Elle dispose les corps bien en vue et prend d'ailleurs beaucoup de risques pour le faire. Autant dire qu'elle se joue de nous. Comme ça, je dirais qu'elle prend autant de plaisir à exécuter le rituel qu'à nous narguer.

— Là-dessus, je suis raccord. Cette idée ne me quitte pas depuis le début de l'enquête. Ces pieds flottant dans la Seine, en plein centre de Paris, ça ne pouvait que nous alerter.

Les deux hommes mirent fin à leur conversation en voyant Lucas se rapprocher d'un pas alerte, le juge Vendôme derrière lui.

— On va avoir besoin de renfort, Martin, si on veut interroger tous les propriétaires de bateau.

— J'en ai conscience. J'ai déjà fait la demande. On devrait avoir deux ou trois bleus d'ici la fin de matinée. Monsieur le juge, on a un moyen d'empêcher les plaisanciers de quitter le port jusqu'à ce qu'ils arrivent ?

— Compliqué. Cela étant, j'imagine que la capitainerie est au courant des bateaux en partance. Vos hommes peuvent déjà commencer par ceux-là.

Martin acquiesça et transmit d'un regard la mission à Lucas.

— Et le légiste, il dit quoi ?

Le juge Vendôme avait posé la question tout en restant à bonne distance de Ferroni et, plus certainement, du cadavre.

— Rien de bien probant pour l'instant, répondit Martin. Nathan Percot a reçu deux coups de couteau. L'autopsie nous dira si tous deux étaient mortels, même si ça ne nous aidera pas. À part ça, pas grand-chose. Le Dr Ferroni pense que la mort remonte à une dizaine d'heures, avec deux heures de marge de manœuvre.

— Ça nous fait une amplitude de quatre heures, c'est une belle marge, dites-moi !

— Vous savez aussi bien que moi que la conservation dans l'eau complique le calcul. Il m'a promis d'affiner cette fourchette.

Le juge haussa les épaules. Oui, il le savait, mais il perdait patience. Deux cadavres en quatre jours, ce n'était pas vraiment ce qu'il avait espéré en prenant ce dossier. Qui plus est, Martin lui avait fait part des diverses théories auxquelles son équipe et lui avaient abouti, notamment celle qui induisait l'implication d'un tueur différent par affaire. La seule bonne nouvelle que Vendôme en ait tiré, c'est que Marcel Dupré pouvait tout compte fait être responsable des meurtres de la Durance. Martin comprenait sa réticence à rouvrir officiellement le dossier mais il restait persuadé que reprendre l'enquête était indispensable. Il tenta une nouvelle fois sa chance.

— Monsieur le juge, si, comme nous le pensons, les meurtres des Anglais sont les premiers à déplorer, cela peut vouloir dire que l'idée de ce rituel est partie de Dupré. Nous nous sommes concentrés pour l'instant sur son entourage indirect, mais si nous pouvions nous entretenir avec sa femme, ça nous ferait gagner du temps.

Le juge Vendôme semblait peser le pour et le contre quand ils furent interrompus par le martèlement de semelles en cuir sur le quai.

— On le tient ! les héla Francis à bout de souffle.

25

Les disques durs des caméras de surveillance de la capitainerie avaient été confiés aux experts. Les images étaient de piètre qualité. La plupart des membres de l'équipe s'étaient abîmé les yeux à vouloir discerner ce qui n'était pas visible avant de déclarer forfait. Oui, une silhouette, vêtue d'un bas de jogging et d'un sweat à capuche, avait été filmée en train de jeter un corps à l'eau depuis un quai. Il était même possible de distinguer qu'elle s'était mise à plat ventre pour fixer le cadavre à la bouée. La caméra positionnée à l'entrée du complexe touristique avait également saisi son arrivée. Capuche sur la tête, l'individu était arrivé dans une voiture qui semblait être un SUV de couleur foncée. Oui, les images démontraient que le tueur, ou la tueuse, était venu par la terre et qu'il, ou elle, s'était débarrassé du corps de Nathan Percot. Mais parce que tout cela s'était déroulé de nuit, sous les halos des lumières de sécurité trop puissantes, les images étaient voilées ou surexposées et aucun détail n'en ressortait. S'agissait-il d'un homme ou d'une femme ? Il était trop tôt pour le dire. Le gabarit de la silhouette ne permettait pas de se faire une idée tranchée. Quant à la plaque d'immatriculation du véhicule, elle était simplement illisible. Tout ce que l'équipe avait pu affirmer à Vendôme, c'est que le corps de Nathan Percot avait été déposé à cinq heures du matin. Trois quarts d'heure avant que l'ancien militaire, employé par la capitainerie, ne fasse sa tournée des quais.

Martin avait tenté de mettre la pression aux équipes du laboratoire mais les techniciens connaissaient leur métier. Ils ne s'étaient engagés à rien si ce n'est à faire leur maximum. Deux heures que les disques durs étaient entre leurs mains et Martin se retenait de les rappeler.

— J'ai du mal à croire que notre individu ait été aussi léger dans sa préparation, lui dit Lazlo, avant tout pour lui occuper l'esprit.

— Léger ? Manifestement, il connaissait les horaires des rondes du gardien.

— Pourtant il s'est laissé filmer.

— Il y a des caméras à tous les angles.

— Justement, il devait le savoir, mais il a quand même décidé de laisser le corps à cet endroit plutôt que de choisir un coin isolé.

— Tu penses que le Port-aux-Cerises a une signification pour lui ?

— Non, ça m'étonnerait, et pour tout te dire, je suis prêt à parier que les gars du labo se décarcassent pour rien. On ne verra pas son visage, pas plus que le numéro de sa plaque.

— Tu as l'air bien sûr de toi.

— Je te l'ai dit, il s'amuse avec nous. Il nous donne des billes et nous, on perd notre temps à jouer avec.

— Ce serait toi à la manœuvre, tu ne chercherais pas à analyser ces images ? demanda Martin, sur la défensive.

— Bien sûr que si, on n'a pas le choix. Simplement, je crois qu'on ferait mieux de passer à l'étape suivante en attendant les résultats.

— Et c'est quoi l'étape suivante, selon toi ?

— C'est toi le responsable de l'enquête !

Martin lui signifia d'un regard qu'il n'appréciait que moyennement la plaisanterie.

— Viens, je t'invite à déjeuner, proposa le commandant de l'UAC3 en retour.

— Tu crois vraiment que c'est le moment de passer deux heures à table ?

— Alors premièrement, je n'ai pas dit qu'on allait se taper la cloche, deuxièmement, je crois que c'est le timing idéal ! À voir ta tête, tu n'as pas fait une nuit correcte depuis le début de l'affaire et ta mère te dirait sûrement que tu as maigri.

— Ma mère me dit toujours que j'ai maigri !

— Pas étonnant, tu n'as que la peau sur les os. Allez viens, je te dis, c'est moi qui régale !

Les deux hommes s'étaient attablés dans un bar restaurant, situé deux cents mètres au nord du Bastion et qui avait l'avantage d'être assez calme à l'heure du déjeuner. Le patron des lieux s'amusait de voir les forces de l'ordre investir ses banquettes en milieu de journée, alors que les soirées mettaient à l'honneur des formations musicales aux influences rock ou reggae, et la clientèle qui allait avec.

Martin ne l'aurait jamais dit mais il était reconnaissant envers Lazlo. Cette pause était effectivement la bienvenue. Depuis plus d'une semaine, il ne quittait le Bastion ou son appartement que pour se rendre sur des scènes de crime ou à la morgue du Dr Ferroni. Ses pensées étaient constamment accaparées par l'enquête alors qu'il était le premier à dire à ses équipes qu'il fallait prendre du recul pour mieux embrasser un ensemble.

— Comment ça se fait que tu ne sois pas marié ? demanda Lazlo à peine eut-il passé sa commande.

— Je me doutais qu'on éviterait de parler l'affaire mais pas qu'on entrerait aussi vite dans le vif du sujet ! s'amusa Martin en tendant son menu au serveur.

— Quoi, tu veux causer de la pluie et du beau temps ?

— Je ne serais pas allé jusque-là mais entre les deux, il me semble qu'il reste une palette assez large de sujets à aborder.

— Tu préfères qu'on parle ton père ?

Martin se referma aussi sec.

— Je n'ai rien à dire sur mon père.

Lazlo s'adossa à sa chaise et le regarda sérieusement.

— Je ne comprends pas pourquoi tu tiens à porter cette croix. Ce n'est pas la tienne.

— Va dire ça à mes collègues de Lyon.

— Justement, je me suis entretenu avec ton ancien supérieur.

— De quel droit ?!

— T'emballe pas, Martin. Lui et moi, on se connaît depuis toujours. On a fait nos classes ensemble.

— Et ça justifie que tu lui parles de moi ?

— Pas de toi mais de ta demande de mutation.

— Je t'ai déjà dit que ça ne te regardait pas !

— C'est vrai, et si nous ne nous étions pas retrouvés sur cette affaire, je n'aurais pas cherché la vérité, sauf que – va savoir pourquoi – je t'ai à la bonne.

— Ben voyons !

— Je t'assure. J'aime bien ta façon de mener tes hommes et le fait que tu réfléchisses avant d'agir. J'en ai vu, des chefs de groupe, dans ma carrière et ce n'est pas une qualité si courante, crois-moi.

— Écoute Lazlo, je suis très flatté que tu me dises ça, et « va savoir pourquoi », je t'apprécie aussi, mais ça ne signifie pas que tu peux t'immiscer dans ma vie privée.

— Ce n'est pas ce que je veux.

— Alors quoi ?

— Alors rien. Je te l'ai expliqué, je cherche à comprendre. Pourquoi tiens-tu tellement à être responsable des crimes de ton père ?

— Tu savais qu'il était sorti de prison ? demanda Martin en éludant la question.

— On me l'a dit, oui.

— Et tu sais aussi qu'il est retourné avec ma mère ?

— Non, ça, j'avoue que je ne le savais pas.

— Ce mec a ruiné notre vie, à ma mère et moi, sans parler de l'opprobre qu'il a jeté sur notre institution, et maintenant qu'il est sorti, c'est comme si rien ne s'était passé.

— De l'eau a coulé sous les ponts. Cette histoire remonte à plus de trente ans et il a payé sa dette.

— Un commissaire s'est suicidé pour avoir fermé les yeux, désolé si j'ai du mal à pardonner aussi facilement.

— Ton père n'est pas responsable de la mort de cet homme, Martin. Il n'était qu'un des rouages d'une bande très bien organisée.

— Super consolation ! Il a quand même été accusé d'association de malfaiteurs, de braquage à main armée et de complicité dans un des trois homicides.

— Je sais tout ça. J'étais là quand l'IGPN l'a interrogé. Les services avaient fait descendre plusieurs unités de Paris pour faire le ménage. Personne ne savait à quel point les commissariats de Lyon avaient été gangrenés. Mais encore une fois, ton père n'était pas le cerveau du gang.

— « Le gang des ripoux de Lyon », si tu tiens à reprendre les mots exacts de la presse, précisa Martin. Ça fera une belle épitaphe !

— Je comprends que tu sois en colère…

— En colère ?! réagit Martin. Je ne suis pas en colère, Lazlo, je suis dégoûté. Puisque tu étais là, tu dois te souvenir de ce qu'a dit mon père pour sa défense. S'il a accepté de faire partie de cette bande, c'était pour ma mère et moi. Pour nous mettre à l'abri. Sauf que ma mère, à l'époque, quand elle passait le voir au commissariat ou qu'elle venait me chercher à l'école, il fallait qu'elle se lève deux heures plus tôt pour maquiller ses ecchymoses. Mon père buvait tellement le soir qu'il ne se souvenait même plus au matin l'avoir frappée. Une remarque de travers ou un repas trop froid, ça n'avait aucune importance. Il se prenait pour un cador à la maison, et devant vous il a joué les pleureuses déprimées. Encore aujourd'hui, ses anciens collègues considèrent que c'était un mec bien qui a fait des mauvais choix en voulant être un bon père de famille.

— Tu exagères.

— Vraiment ? Demande à ton pote, à Lyon. Tu verras ce qu'il te répondra.

— En tout cas, ça me rassure de voir que je me suis planté sur toute la ligne.

Martin fronça les sourcils.

— Je pensais que tu culpabilisais pour ce que ton père avait fait. En fait, tu as juste envie de le tuer et tu as fui ta ville de peur de tomber sur lui.

— Et alors ? Ça fait de moi un lâche ?

— Au contraire. Ça confirme ce que je disais. Ça fait de toi un gars qui réfléchit avant d'agir.

26

L'autopsie de Nathan Percot avait été calée en milieu d'après-midi. Martin avait dix minutes d'avance, il en profita pour prendre un mauvais café au distributeur. Troisième fois en huit jours qu'il arpentait les couloirs de l'IML. Il n'avait aucunement l'intention de se faire à ce rythme. Il but sa boisson amère en repensant à son déjeuner avec Lazlo. Les deux hommes s'étaient quittés sur le perron du Bastion d'une poignée de main un peu plus appuyée qu'à l'accoutumée. Martin cherchait encore à comprendre pourquoi il s'était livré aussi facilement. Lazlo lui inspirait pourtant des sentiments partagés.

D'un œil absent, Martin observait les va-et-vient du personnel quand Lucas le rejoignit.

— Tu as consulté tes mails ? lui demanda ce dernier sans plus d'introduction.

Martin regarda son téléphone tout en insérant une nouvelle pièce dans la machine à son intention. Deux messages en souffrance. Le premier contenait le résultat des analyses des images de vidéosurveillance du Port-aux-Cerises.

Comme l'avait prédit Lazlo, les techniciens n'avaient aucune information tangible à leur fournir. La plaque d'immatriculation était illisible pour la simple et bonne raison qu'elle avait été camouflée. En affinant les pixels, tout ce que l'on pouvait distinguer était une barre noire, réalisée avec du scotch ou de la peinture. Le compte rendu n'était pas plus précis.

Les techniciens avaient pris l'initiative de poser quelques repères sur les images. Cela leur avait permis de déduire que la silhouette mesurait entre un mètre soixante-dix et un mètre soixante-quinze. Ils ne pouvaient pas s'avancer sur son poids. Le bas de jogging un peu ample et le sweat à capuche faussaient l'appréciation.

— Tu savais parfaitement ce que tu faisais, murmura Martin.

— Je vois que tu parles toujours tout seul ! s'amusa Lucas en récupérant son café alourdi d'une dose létale de sucre. Tu me diras, il paraît que c'est signe d'intelligence.

— Qui dit ça ?

— Aucune idée, j'ai dû le lire quelque part. Tu as fini ta lecture ?

— Presque…

— Te fatigue pas, je vais t'aider. On n'a rien.

— Ils ont tout de même le modèle du SUV.

— Tu parles ! Une Dacia Duster qu'ils n'arrivent pas à dater et dont ils ne peuvent même pas nous donner la couleur. Tu imagines le nombre de modèles vendus depuis sa sortie ?

— Pour être honnête, pas vraiment.

— Plus de deux millions. J'ai vérifié.

— Pas en France, tout de même.

— Laisse tomber, je te dis. Au mieux, on saura qu'on tient notre mec quand on verra cette caisse garée devant chez lui.

— Notre mec ou notre nana, le reprit Martin.

— Pardon ?

Martin lui fit part des réflexions de Lazlo et sur la possibilité que le meurtrier des victimes de la Seine soit cette fois une femme.

— C'est vrai que les deux mecs se sont fait trouer avant leurs petites copines, commenta Lucas, déjà prêt à accepter cette idée. Maintenant, un mètre soixante-quinze, ce n'est pas courant pour une femme.

— Entre un mètre soixante-dix et un mètre soixante-quinze, le corrigea Martin. Ce n'est pas si rare non plus.

— Ouais, ben résultat, c'est bien ce que je disais. On n'a rien !

Martin ne l'écoutait déjà plus que d'une oreille, concentré sur son deuxième mail, rédigé cette fois par le juge Vendôme. Le magistrat avait lui aussi reçu le rapport et en était arrivé à la même conclusion. Ils se trouvaient dans une impasse et devaient envisager de nouvelles pistes à creuser. Le juge finissait son message en autorisant l'équipe de la 3e DPJ à s'entretenir avec la veuve de Marcel Dupré, à la condition qu'aucune allusion à une possible erreur judiciaire ne soit évoquée.

— Tu sais combien de temps Ferroni a l'intention de nous faire poireauter ? demanda Lucas qui commençait déjà à s'agiter.

— Rassure-toi, tu ne restes pas.

— Comment ça ?

— Tu avais prévu un truc pour les prochaines vingt-quatre heures ?

— En dehors de l'autopsie, tu veux dire ? Tu me connais. La routine. Boire des coups, finir en *after* et trouver la femme de ma vie. Pourquoi ?

— Tu pars pour Rochebrune, dans les Hautes-Alpes, interroger la veuve Dupré. J'ai besoin de garder Chloé et Francis à Paris, donc je te laisse y aller tout seul et te démerder.

— Soit, la femme de ma vie attendra.

— En revanche, Lucas, sur place je veux que tu te fasses accompagner. Tu n'interroges pas la veuve tout seul.

— Quoi, tu veux me chaperonner ?

— Tu sais aussi bien que moi que c'est un dossier sensible. Tout le monde craint les retombées d'une réouverture d'enquête.

— Je n'avais pas l'intention de l'attaquer comme un bourrin ! Tu ne me fais plus confiance ?

— Bien sûr que si, mais si jamais ça dérape dans les prochains jours, tu seras content d'avoir eu un témoin. Demande à un des collègues de là-bas de t'accompagner.

— Ils sont rattachés à quel commissariat, à Rochebrune ?

— Il y avait un mot qui n'était pas clair dans : « Je te laisse te démerder » ?

— Reçu ! J'imagine que pour mon billet de train et mon hôtel, je me démerde aussi ?

— Voilà.

— Tu me diras tout de même quels sujets tu veux que j'aborde avec elle ou j'improvise ?

— Je te ferai une liste mais libre à toi d'ajouter ta touche personnelle.

Lucas avala son café d'une traite et salua Martin d'un geste vaguement militaire.

Martin commençait lui aussi à trouver le temps long mais jamais il ne se permettrait la moindre réflexion. Ferroni n'était jamais en retard, à moins d'avoir une bonne raison. Il profita de cette attente pour tenter de faire un point sur les dernières avancées. À force d'analyser et de tordre dans tous les sens le peu de données dont ils disposaient, Martin et son équipe avaient fini par se persuader que chaque affaire impliquait un meurtrier en particulier. Mais ne faisaient-ils pas fausse route ? Dans les faits, rien ne leur permettait d'être aussi catégoriques. Cette hypothèse leur servait avant tout à justifier ce qu'ils n'étaient pas capables d'expliquer. Un rituel avec des règles établies. Un timing et un procédé que chaque meurtrier pouvait se permettre d'adapter. L'eau semblait être la seule figure imposée. Tous les cadavres avaient été retrouvés le long d'un cours d'eau ou à moitié immergés. Il fallait peut-être creuser aussi de ce côté. Martin prit son calepin et nota qu'il devait en parler à Chloé. Une recherche sur les symboliques de l'eau méritait d'être lancée.

Son attention fut attirée par la voix d'une femme qui demandait de l'assistance dans le vide. Elle tournait sur elle-même, au milieu du couloir, un air de désespoir plaqué sur le visage. En son for intérieur, Martin sut immédiatement de qui il s'agissait. Cette femme n'aurait pas dû se trouver là. Pas aujourd'hui, en tout cas. Il s'approcha, appréhendant les mots qui allaient être échangés.

— Je peux vous aider, madame ?

— On m'a dit d'attendre mais ça fait déjà vingt minutes et personne n'est revenu vers moi. Mon fils est ici, quelque part. Je voudrais juste le voir.

— Et votre fils s'appelle comment ?

— Nathan. Nathan Percot.

Martin cherchait une approche douce mais la femme le prit de court.

— Il ne travaille pas ici, ajouta-t-elle pour préciser sa démarche. Il est… Enfin, je veux dire, il doit être…

— Je suis le capitaine Martin Vaas, l'aida Martin. C'est moi que vous avez eu au téléphone ce matin. Permettez-moi de vous présenter à nouveau toutes mes condoléances.

— C'est très gentil, répondit la femme, le regard hagard.

— Pardonnez-moi, madame Percot, mais que faites-vous là ? Je vous ai dit que nous vous rappellerions pour organiser votre venue.

La mère de Nathan Percot posa sur lui des yeux implorants.

— J'ai besoin de le voir, capitaine.

— C'est que…

— J'ai pris le premier train pour Paris. Je ne pouvais pas rester chez moi à ne rien faire.

— Je comprends, madame Percot, mais le moment n'est pas idéal.

— Vous avez dit que vous auriez besoin que j'identifie le corps de mon fils.

— C'est exact.

— Alors pourquoi attendre ?

Martin n'avait aucun argument à opposer à cette femme. Il devinait, qui plus est, qu'elle ne partirait pas avant d'avoir eu gain de cause. Elle avait été la première à déclarer la disparition de son fils et n'avait eu de cesse d'appeler les gendarmes de sa commune pour qu'ils la tiennent au courant. Chloé l'avait elle aussi eue au téléphone, à plusieurs reprises.

— Laissez-moi deux minutes, finit-il par dire, le temps que j'arrange ça.

Il crut un instant que la femme allait se jeter à son cou mais elle se contenta de lui prendre la main et de la serrer entre ses doigts mouillés de larmes.

La séance d'identification se déroula dans un silence monacal. Martin s'attendait à tout moment à voir la mère de Nathan Percot s'écrouler. Ferroni la laissa caresser le visage de son fils. Elle tenta maladroitement de le recoiffer. Les deux hommes ne cherchèrent pas à entendre les mots qu'elle murmura à l'oreille de son enfant. Ils auraient préféré s'éclipser de la pièce pour préserver ce moment d'intimité. Mme Percot, contre toute attente, avait cessé de pleurer. Martin crut même distinguer un sourire sur ses lèvres, comme si elle était enfin en paix. L'attente, l'angoisse, la prémonition d'un drame. Cette femme venait de laisser derrière elle tous ces sentiments. Martin avait lu dans le dossier qu'elle avait élevé son fils seule et que le père n'avait jamais fait partie de l'équation. Nathan était son seul enfant et certainement sa raison de vivre. La vibration de son téléphone lui permit de chasser cette pensée.

Il regarda discrètement le message envoyé par Lucas. Comme à son habitude, il n'avait pas disserté.

Grégory Orban venait d'être localisé.

27

Martin se sentait inutile dans cette salle d'autopsie alors que son équipe était partie récupérer Grégory Orban. Contrairement à ce qu'ils avaient pu croire un temps, l'homme n'était pas chez lui, dans le quartier de La Cotonne à Saint-Étienne, mais en région parisienne. Rémi Falcone, l'ex-compagnon de braquage avec lequel Lucas s'était entretenu trois jours plus tôt, s'était manifesté. Orban était venu solliciter son aide pour monter un nouveau braquage et s'était emporté quand Falcone l'avait rembarré. Les deux hommes en étaient venus aux mains et il avait fallu l'intervention de plusieurs jeunes que le travailleur social était censé éduquer pour que la rixe prenne fin. Grégory Orban était parti défait et furieux, des menaces plein la bouche. Maintenant qu'il agissait pour le bien de la communauté comme « grand frère » dans une banlieue difficile, Rémi Falcone ne se sentait plus rattaché à un quelconque code d'honneur entre malfrats. C'est pourquoi il n'avait pas hésité à prendre son téléphone pour communiquer le point de chute d'Orban à Lucas. Ce dernier fut à peine surpris d'apprendre que Véronique Laval avait accepté d'héberger son ancien amant. Pour que tout soit fait dans les règles, Lucas avait réussi à convaincre Falcone de porter plainte pour agression, permettant ainsi au juge Vendôme de délivrer un mandat d'amener. Tout s'était déroulé si vite que Martin s'était presque senti hors-jeu.

— Je sais que cela devient répétitif, le surprit Ferroni, mais je ne vous ai jamais vu aussi désintéressé par mon travail.

— Désolé, docteur, je pensais à autre chose.

— Un souci ?

— Au contraire. Peut-être le début d'une éclaircie.

— Tant mieux parce que votre affaire alourdit sacrément ma charge de travail. Il serait peut-être temps de vous démener !

Martin lui adressa un sourire en coin.

— Je disais donc que le coup porté au cœur a été fatal. La lame s'est enfoncée de dix centimètres sans rencontrer d'obstacle.

— Et la deuxième plaie ?

— Je m'apprêtais à l'analyser. Définitivement, vous n'écoutiez pas un traître mot de ce que je racontais. Je vais finir par me vexer !

Martin s'approcha au plus près de la table pour lui montrer qu'il était maintenant tout à lui.

Le légiste positionna la lampe scialytique au-dessus de l'abdomen et écarta la plaie à l'aide d'une pince de Pozzi. Le claquement de langue qu'émit Ferroni suffit à mettre Martin en alerte.

— Qu'est-ce qui se passe ?

— Laissez-moi trente secondes et je vous réponds.

Ferroni avait maintenant la tête penchée sur la blessure, si bien que Martin ne pouvait rien distinguer. Il ne sut cependant quoi penser quand le légiste sortit la pince, une boule vermillon et difforme à son extrémité.

— Qu'est-ce que c'est ?

— Aucune idée, admit Ferroni. Passez-moi le plateau à votre droite.

Martin s'exécuta sans quitter la pince des yeux. Ferroni déposa la boule et se servit de deux bistouris pour l'étaler. Martin avait cru à un amas de chair ou un caillot de sang qui aurait éclaté sous la pression des deux lames. Il comprit en même temps que le légiste qu'ils avaient en réalité affaire à un bout de papier froissé.

— Voilà qui est peu courant ! commenta Ferroni tout en étalant délicatement le papier sur le plateau argenté.

Une fois aplatie, la feuille mesurait dix centimètres et demi de long sur trois de hauteur. Les bordures suggéraient qu'elle avait été déchirée sur un des côtés, dans la longueur.

— Un message de votre tueur ? s'enquit Ferroni.

— Dans ce cas, il m'a cru plus intelligent que je ne le suis !

Le sang avait imbibé le papier mais il était encore possible de lire, dans une typo désormais rosée sur fond rouge, les mots « Soirée » et « Bobo », séparés d'un écart de cinq centimètres.

— Comment ça a pu se retrouver là ? demanda Martin, toujours penché sur le papier.

— Je crois que ça a été poussé au plus loin grâce à la lame. Regardez les peaux autour de la plaie. C'est loin d'être une coupure nette. Si je devais me projeter, ce que je ne ferai pas dans mon rapport, je dirais que l'opération s'est déroulée en deux fois. Une première pour procéder à l'incision, une deuxième pour faire pénétrer le papier.

— OK mais pourquoi mettre une feuille dans le ventre de sa victime si ce n'est pas pour y laisser un message ?

— Ce n'est pas moi l'enquêteur, rappela Ferroni pour la forme. Mais ce qui est sûr, c'est qu'elle n'a pas été avalée de travers. Cette perforation à l'abdomen est le seul point d'entrée possible.

L'autopsie se poursuivit alors que l'esprit de Martin était focalisé sur ce bout de papier. *Soirée bobo*, se répétait-il inlassablement. Si le tueur se jouait d'eux, comme il en était désormais persuadé, alors cet indice était une mise à l'épreuve. Une énigme qu'il se devait de résoudre. *À moins que ce ne soit que le premier élément d'une série*, continua-t-il à cogiter. *La première partie d'un message. La suite viendra avec le prochain cadavre...*

— Capitaine, vous êtes toujours avec moi ?

Martin sursauta malgré lui.

— Je disais que votre homme est mort dix heures avant qu'on ne découvre son corps. Je vais faire analyser son contenu stomacal mais je peux déjà vous dire qu'il a été nourri peu de temps avant de recevoir le coup fatal.

— Il a eu le droit à de la viande, lui aussi ?

— Comme vous pouvez le constater ! répondit Ferroni en plaçant sous ses yeux un bocal à demi rempli d'un liquide jaunâtre agrémenté de morceaux solides. Il n'a malheureusement pas eu le temps de la digérer. Je vous dirai quel type de viande après analyse.

— Je ne suis pas sûr que ça puisse nous aider.

— Allez savoir. Imaginez qu'on lui ait fait avaler du cheval ou du renne, ça simplifierait vos recherches.

— Vous y croyez autant que moi !

— Il faut bien qu'il y en ait un de nous deux qui reste positif.

Ferroni avait raison. Martin devait se ressaisir s'il ne voulait pas que son attitude déteigne sur son équipe. Il devait réfléchir au coup d'après et cesser de se positionner en spectateur dans cette affaire. Jusqu'ici, il s'était contenté de récolter les indices que le tueur était prêt à lui laisser or il n'était même pas capable de déchiffrer le dernier. *Soirée bobo*, s'obstina-t-il pourtant à répéter.

— Pour les pieds, continua Ferroni comme si de rien n'était, même mode opératoire que pour son compagnon de voyage. Les péronés ont été sciés en partie basse. Nous ferons des comparaisons, mais il semble que l'instrument à dents utilisé soit le même. En tout cas, à première vue, ça y ressemble fortement. En revanche, pour ce qui est de la pesée des organes, je pense que j'irai plus vite sans vous dans mes pattes.

Comme Martin ne réagissait pas, Ferroni claqua ses deux mains gantées.

— Fichez le camp ! dit-il à l'intention du capitaine de la 3e DPJ.

— Pardon ?

— Vu que vous n'êtes pas avec moi, autant que vous alliez rejoindre votre équipe. Vous serez plus utile là-bas.

Martin le remercia d'un hochement de tête et s'éclipsa après avoir pris soin de prendre en photo le bout de papier.

28

Lucas Morgon tentait de se stabiliser, une main agrippée au comptoir de la voiture-bar du TGV. Il avait réussi à sauter *in extremis* dans le dernier train en partance pour Gap où un collègue de la police nationale l'attendrait. Son arrivée était prévue à vingt-deux heures trente et il s'apprêtait, de fait, à déguster son cinquième sandwich triangle de la semaine. Son entrevue avec la veuve Dupré était calée à neuf heures le lendemain matin. Le brigadier Cochet l'avait prévenu que l'adresse proche de Rochebrune était à environ une heure de voiture. « Si ça roule bien », avait-il tenu à préciser. Lucas s'offrit donc une bière pour atténuer l'idée d'une courte nuit dans un hôtel bon marché.

Comme convenu, Martin lui avait préparé une liste de questions à poser à Isolda Dupré. Lucas ne l'avait pas encore consultée. Il avait emporté le dossier de la Durance pour l'étudier mais, depuis presque deux heures qu'il était dans ce train, il ne l'avait pas ouvert. Son esprit était toujours dans la salle d'audition où avait été entendu Grégory Orban.

Témoin assisté dans l'affaire pour agression à l'encontre de Rémi Falcone, son ancien complice de braquage, Orban avait souri tout au long de la première heure de questions. Il avait accepté l'avocat commis d'office et l'avait à peine regardé quand celui-ci s'était assis à ses côtés. Leur entrevue n'avait duré que cinq minutes, signe qu'Orban était confiant dans la suite des événements.

Lorsque Martin avait repris la main, à son retour de l'IML, et que les questions avaient dévié sur sa manie d'entailler des pieds, Orban s'était raidi. Son avocat, déconcerté l'espace d'un instant, avait tenté de recentrer l'interrogatoire mais le duel était déjà engagé. Orban, un premier temps sur la défensive, s'était peu à peu libéré. Il avait compris qu'il n'y avait pas de dossier à proprement parler et que les enquêteurs qui se trouvaient face à lui n'avaient pas de quoi l'inquiéter. Il avait alors adopté l'attitude que tous les membres de la 3e DPJ avaient anticipée. Suffisant, arrogant, Grégory Orban avait vite ressenti le besoin de se vanter.

Bien évidemment, il n'avait rien dit au sujet des deux femmes qu'il avait violées. Officiellement, ce n'était pas lui et Orban était suffisamment intelligent pour ne pas se laisser berner. Concernant Véronique Laval, son ancienne maîtresse, il s'était montré plus éloquent. Il avait d'ailleurs affiché un grand sourire en rappelant que, malgré ce petit incident, cette femme avait à nouveau accepté de l'héberger. « Je savais au fond de moi qu'elle avait aimé ! » avait-il ajouté, le regard libidineux. Véronique Laval n'avait jamais porté plainte. Cet aveu était donc sans conséquence.

Chloé était entrée dans la salle et avait tendu un dossier à Martin d'un air grave. L'avocat avait été le premier à comprendre que l'agression de Falcone n'était qu'un prétexte pour faire venir Orban. Cela ne devait pas être la première fois qu'il était spectateur d'une telle mise en scène. Il avait tenté d'interrompre l'interrogatoire mais Orban l'avait rabroué en quelques phrases.

Le témoin assisté avait les yeux braqués sur la couverture du dossier où le mot « Tarn » était écrit en lettres capitales.

Son teint avait blêmi mais, de toute évidence, il souhaitait que le sujet soit abordé. La curiosité, le goût du risque, Lucas avait observé attentivement Orban sans parvenir à interpréter ses pensées.

Martin avait pris tout son temps. Il avait gardé le silence en tournant les pages du rapport, le dossier relevé vers lui, si bien qu'Orban et son avocat n'avaient eu d'autre choix que d'attendre le premier assaut. Il s'était fait en images. Martin avait déposé un cliché de l'identité judiciaire. Un seul pour commencer. L'avocat s'était penché en avant et avait reculé d'un air écœuré. Il avait jeté un regard à son client et vu avec effroi qu'Orban souriait. La vue de la jeune compagne de François Spontini, allongée aux côtés d'un adolescent, leurs vêtements en sang et leurs pieds amputés, semblait l'électriser.

Martin avait alors sorti une deuxième photographie. François Spontini, couché au même endroit, un seul pied manquant. Cette fois, le sourire d'Orban s'était fait différent. Luca avait cru y lire une sorte de victoire.

— Vous n'avez pas récupéré son pied droit ? avait demandé Orban d'un ton railleur.

Lucas se souvenait qu'aucun des membres amputés n'avait été retrouvé et que le pied gauche de François Spontini était vierge de toute inscription. Orban les regardait avec morgue comme s'il savait qu'il avait gagné la partie. Lucas avait réfléchi aussi vite qu'il l'avait pu pour cerner ce qu'ils avaient manqué. La question d'Orban ne pouvait pas être innocente. Lucas s'était retenu de réagir quand il avait compris enfin de quoi il retournait et surtout pourquoi le mode opératoire des victimes du Tarn était différent.

Si, à l'époque, les enquêteurs avaient retrouvé les membres manquants, ils auraient certainement constaté que le pied droit de Spontini avait le mot « GAGNÉ » gravé sous la plante.

Et cette seule anomalie aurait permis aujourd'hui de rattacher Orban à ces meurtres. Une comparaison entre le pied de Spontini et celui de Véronique Laval aurait pu être faite. La profondeur des entailles, la lame utilisée. Orban s'était entraîné sur sa maîtresse avant de passer à l'acte et, plutôt que de laisser le pied de Spontini avec la marque « GAGNÉ », il avait fait disparaître le seul élément susceptible de l'incriminer. Lucas avait alors observé Martin de biais. Ses traits indiquaient qu'il était arrivé à la même conclusion que lui.

Par principe, Martin avait demandé à Orban où il se trouvait au mois de juin de l'année 2018. L'homme avait haussé les épaules, affichant un air faussement contrit. Il était vraiment désolé mais il ne se souvenait plus. L'avocat avait cherché une dernière fois à rappeler les droits de son client mais Orban lui avait fait signe de se taire. Il était en position de force et ne voulait surtout pas que Martin puisse croire le contraire.

Ce qu'Orban n'avait pas anticipé, c'est que son attitude s'assimilait presque à un aveu pour les membres de la 3e DPJ. Ils n'avaient peut-être pas encore suffisamment d'éléments pour monter un dossier à charge mais, maintenant qu'ils étaient convaincus qu'ils suivaient la bonne piste, ce n'était plus qu'une question de temps.

De retour à sa place, Lucas observa discrètement la jeune femme qui était assise face à lui. Elle n'avait pas levé les yeux de son livre depuis que le train avait quitté la gare de Lyon à Paris. Il avait cherché à en lire le titre sans y parvenir. Il hésitait maintenant à le lui demander, seul moyen subtil qu'il avait trouvé pour entamer la conversation. Lucas n'avait plus de relations sérieuses depuis que sa dernière épouse l'avait quitté. Il multipliait les aventures et se convainquait chaque soir que c'était la meilleure période de sa vie. Il ne leurrait personne, même pas lui. Lucas avait une peur viscérale du vide. La solitude lui pesait. Il s'était toujours imaginé être accueilli, après une dure journée de travail, par une épouse aimante et ses trois ou quatre enfants. À l'image de son père, ouvrier dans le bâtiment, qui embrassait sa mère tous les soirs comme s'ils ne s'étaient pas vus depuis une éternité. Ils laissaient cependant toujours un interstice dans leur étreinte pour que ses deux sœurs et lui aient la possibilité de s'y glisser. Des enfants, il en avait déjà deux, sauf qu'ils dormaient chacun dans un foyer auquel il n'avait plus accès qu'un week-end sur deux. Ses ex-compagnes ne lui avaient jamais rien reproché, si ce n'était d'être déjà en couple avec son métier et ses coéquipiers. Un scénario tristement banal auquel il avait espéré échapper.

Sans crier gare, la jeune femme releva les yeux et les posa sur lui. Lucas esquissa un sourire auquel elle répondit. C'était suffisant pour qu'il soit déjà sous le charme. Il chercha une phrase intelligente à dire, une amorce qu'elle trouverait originale, mais le chef de bord lui ôta ce plaisir. Le train arrivait en gare de Valence et, aussi séduisante que pouvait être l'idée d'une aventure ferroviaire, Lucas ne pouvait pas se permettre de manquer sa correspondance.

Il se leva, attrapa son sac sur le porte-bagages et adressa un denier sourire à celle qu'il appellerait désormais devant ses collègues, « l'inconnue du TGV ».

Sept minutes plus tard, le charme était déjà rompu. Installé cette fois à une place isolée, rassasié et désaltéré, Lucas n'avait plus aucune raison valable de procrastiner. Il sortit le dossier de la Durance et se laissa porter vingt ans en arrière.

29

— Si je te dis « Soirée bobo », tu penses à quoi ?

— À toi !

Martin regarda Chloé, interloqué. La jeune femme, pour sa part, gardait les yeux rivés sur son ordinateur.

— Mais je ne suis pas un bobo !

— Un peu quand même.

— Pas du tout ! Je ne suis même pas parisien.

— Parce que pour toi, les bobos sont forcément parisiens ? Première nouvelle ! Bon, à ta décharge, il ne peut pas s'agir de toi. Tu as parlé de soirée. Ça se saurait si tu sortais. Mais pourquoi tu me demandes ça ?

Martin posa son téléphone à côté de la souris.

— Si tu voulais bien arrêter deux secondes ce que tu fais, et surtout arrêter de me vanner, tu verrais que je suis très sérieux.

Chloé prit le téléphone dans ses mains et observa attentivement la photo que Martin avait affichée.

— C'est quoi ?

— Un bout de papier retrouvé dans l'abdomen de Nathan Percot.

— Tu déconnes ? réagit Chloé en se tournant enfin vers Martin.

— Pas le moins du monde. Alors ?

— Alors quoi ?

— Tu en penses quoi ?

Chloé le regarda d'un air ahuri, comme si elle s'inquiétait tout à coup pour sa santé mentale.

— Tu veux que je te réponde, là, tout de suite ? Je n'en sais rien, laisse-moi déjà le temps de digérer l'information.

— Nathan Percot n'a pas eu le temps de la digérer, lui.

Martin s'adonnait peu à l'humour noir d'ordinaire et s'amusa de voir Chloé décontenancée.

— Suis-moi dans la salle de réunion, dit-il, déjà en route. J'ai besoin qu'on soit à deux pour réfléchir.

Chloé imprima les recherches qu'elle venait de lancer et le rejoignit en courant, son ordinateur portable sous le bras.

Martin avait fait un agrandissement de la photo et l'avait scotché sur une des parois vitrées, faute de place restante sur les tableaux.

Le bout de papier rouge à la typo ensanglantée était maintenant l'objet de toutes les attentions. Francis s'était invité dans la salle de réunion et Lazlo les avait rejoints peu de temps après. Il ne manquait que Lucas. Martin lui avait envoyé la photo avec une courte explication pour qu'il puisse y réfléchir à ses heures perdues, mais avant tout pour qu'il ne se sente pas déconnecté de l'enquête.

— Tu dis qu'il fait quelle taille, ce papier ? demanda Francis, installé au plus près de Martin, contrairement à son habitude.

— Très précisément dix centimètres et demi de longueur. Pour la largeur, on se rapproche des trois, mais ça varie en fonction des marques de déchirure.

— Et l'aspect ?

— Glacé, répondit Martin aussi sec.

— Tu veux dire vernis ?

— Je ne connais pas les termes exacts d'imprimerie, s'impatienta Martin, mais les gars du labo pourront nous renseigner. Tout ce que je peux dire, c'est que le papier est brillant. C'est important ?

Pour toute réponse, Francis prit son portefeuille dans la poche intérieure de sa veste, dont il ne se séparait pour ainsi dire jamais, et en sortit une feuille pliée en deux.

— Une promo que j'ai reçue dans ma boîte aux lettres ce matin, dit-il en dépliant le flyer avant de le déposer sur la table.

L'offre d'une deuxième pizza à moitié prix attira tous les regards. Martin comprit où il voulait en venir. Il sortit un instant de la salle et revint avec une règle pour prendre la mesure de la largeur du feuillet.

— Dix centimètres et demi, tout juste, annonça Martin à la cantonade. Sur quatorze virgule huit de large.

— C'est un format A6, précisa Francis, étonnant tout son entourage. C'est classique pour un flyer.

— Et tu sais ça comment ?

— C'est important ?

— Pas vraiment, admit Martin de bonne grâce. Donc on a un bout de flyer déchiré dans l'estomac de notre victime. Ça nous dit quoi ? Est-ce que l'un de vous a une idée du message que le tueur a voulu nous faire passer ?

Chloé n'avait encore rien dit mais Martin reconnaissait les signes avant-coureurs d'une idée non assumée. Elle remuait sur sa chaise, le visage grimaçant. Il l'aida à sa façon :

— Lance-toi Chloé ! Qu'est-ce que tu risques ? Au pire, tu sors une connerie, on te charrie vingt secondes et on passe à autre chose.

Chloé pouvait se montrer susceptible quand elle était prise en tort mais tout le monde attendait maintenant qu'elle s'exprime. La jeune femme se lança d'une voix mal assurée.

— Tu pars du principe que c'est un message du tueur, mais on est tous d'accord pour dire que ce sont les victimes qui s'infligent ces blessures. Que ce soit entre elles ou par automutilation.

— C'est exact, et donc ?

— Et donc ce message pourrait très bien provenir d'elles.

— Quand tu dis d'elles, tu veux dire des victimes ?

— Oui.

Martin avait malgré lui froncé les sourcils, stoppant net Chloé dans sa course. Ce fut cette fois Lazlo qui vint à sa rescousse.

— Ce que propose la petite n'est pas dénué de sens. D'autant que, comme tu l'as dit en préambule, si le tueur a voulu nous laisser un message, il ne s'y est pas vraiment pris de la bonne façon. La preuve, aucun de nous ici n'est capable de le déchiffrer. Pellegrino, dites-nous ce que vous avez en tête, exactement.

Chloé le remercia d'un regard. Martin s'étonna qu'elle ne réagisse toujours pas au surnom paternaliste que Lazlo s'évertuait à lui donner. Un privilège de l'âge, peut-être, ou le respect de l'ancienneté. Il regarda Chloé et lui fit signe de continuer. La jeune femme, désormais en confiance, s'éclaircit la voix.

— Il est possible que les victimes aient cherché à nous laisser un indice permettant de les retrouver.

Cette fois Martin ferma les yeux et pencha sa tête en arrière. Chloé se détendit totalement. La théorie faisait son chemin et Martin cherchait maintenant un moyen de l'intégrer aux prochaines réflexions. Quand il rouvrit les paupières, tout le monde se tenait prêt.

— Nos trois voyageurs restants savent que l'un d'entre eux va mourir, dit-il d'un ton neutre. Tout comme leur compagnon, Jordan Buch, ils vont devoir le poignarder, ou s'infliger la mort. Ce point reste encore à déterminer mais laissons-le de côté pour l'instant. Clara, Zoé et Nathan ont compris que cette issue est inévitable et que le scénario se répétera encore. Ils décident donc d'un commun accord de laisser une trace dans le corps de celui qui y passera en premier afin de donner une chance aux deux autres.

Martin fit une pause et interrogea Chloé du regard. La jeune femme lui fit comprendre d'un mouvement de tête qu'il avait bien traduit sa pensée.

— C'est scabreux, dit-il pour lui-même, mais ça se tient. Sauf qu'on ne comprend pas plus le message : « Soirée bobo ».

— Ils ont fait avec ce qu'ils avaient sous la main, commenta Lazlo de sa voix posée. Leur tortionnaire a certainement refusé de leur fournir un stylo et du papier.

Martin aurait préféré que le commandant de l'UAC3 s'abstienne de ce dernier commentaire mais il décida de passer outre et de rester concentré.

— OK, ils prennent ce qui est à leur portée. Un flyer. Sauf que leur tortionnaire les observe quand il les oblige à se tuer. Forcément. Il doit s'assurer que le job sera fait. Les victimes n'ont donc pas le choix. Elles se voient contraintes de déchirer le flyer pour ne garder qu'une fine bande et pouvoir l'enrouler autour du couteau, sinon elles seraient repérées. Clara, Zoé et Nathan ont préparé leur coup. Ils y ont bien réfléchi et ils se sont dit qu'avec la partie insérée dans l'abdomen de celle ou celui qui allait mourir, on serait en mesure de les retrouver.

Un silence pesant s'installa. Chacun imaginait le stratagème extrême que les trois jeunes voyageurs avaient mis en place pour s'offrir un peu d'espoir.

— Ces petits ont de la ressource, finit par dire Lazlo. On ne peut pas leur retirer ça.

— À nous de leur prouver qu'on en a aussi.

30

Le brigadier Cochet n'était pas un bavard, ce qui, en cette heure matinale, convenait parfaitement à Lucas. Les deux hommes étaient partis de Gap à huit heures du matin et s'approchaient maintenant de Rochebrune.

Lorsque Lucas avait exposé la raison de son déplacement, il s'était étonné de ne susciter aucune réaction. D'ordinaire, quand une vieille affaire classée refaisait surface, les policiers de la juridiction concernée se sentaient toujours un peu menacés. En découvrant le brigadier Cochet en bas de son hôtel, une heure plus tôt, Lucas avait compris ce manque d'intérêt. Le policier devait encore être en primaire quand Marcel Dupré avait été accusé d'avoir tué le couple d'Anglais.

Lucas avait relu plusieurs fois le dossier de la Durance et un sentiment de malaise ne le quittait plus depuis. Dupré était peut-être coupable de ces meurtres mais il n'avait jamais avoué et les éléments apportés par les enquêteurs ne prouvaient pas concrètement sa culpabilité. Il n'était question que d'un faisceau de présomptions. Lucas se demandait par quel miracle le juge d'instruction avait réussi à convaincre le procureur de porter l'affaire aux assises. La pression médiatique, peut-être, ou les enjeux touristiques. La région attirait beaucoup d'étrangers. « Les disparus de la Durance », comme l'avait titré *Le Dauphiné*, ne lui faisaient assurément pas une bonne publicité. Arrêter Marcel Dupré avait certainement permis de mettre fin à une parano naissante. Les deux Anglais n'étaient pas morts à la même date, ils avaient été retrouvés à trois semaines d'intervalle. Au même endroit, à un mètre près. Une bonne base pour alimenter de sordides légendes.

Le fait que Marcel Dupré ait été condamné aux assises, malgré la maigreur du dossier, n'avait en revanche rien de surprenant. Les éléments de personnalité présentés au jury étaient à eux seuls suffisamment accablants. Dupré avait été décrit comme un homme rustre, bourru, impulsif et colérique. Il refusait le passage sur ses terres aux randonneurs et rabrouait les habitants du coin qui venaient lui quémander de l'aide. Il avait fini par en payer le prix. Quand les gendarmes avaient entamé l'enquête de voisinage à la recherche d'un coupable, le nom de Dupré s'était retrouvé sur de nombreuses lèvres. Personne n'avait osé dire qu'il avait commis ces actes mais tous étaient convenus qu'il en avait le profil. Quand le parquet avait confié le dossier à la police nationale, un nouveau tour d'horizon avait été réalisé. Les voisins de Dupré s'étaient convaincus entre-temps de la culpabilité de Dupré et avaient enlaidi encore un peu plus son portrait.

Les procès en assises n'étant pas retranscrits, Lucas avait tenté de joindre l'avocat général qui avait porté l'affaire. Le magistrat n'exerçait plus mais une secrétaire lui avait promis qu'elle ferait son possible pour lui transmettre le message. En attendant, le policier devait se contenter de l'ordonnance de mise en accusation rédigée par le juge d'instruction.

Le témoignage d'Isolda Dupré n'avait pas vraiment servi la cause de son mari. Ses propos, sans être accusateurs, atténuaient à peine ceux déjà inscrits au dossier. « Marcel est un homme au sang chaud, avait-elle dit, qui n'aime pas qu'on se mêle de ses affaires. Il n'a pas un mauvais fond mais il a du mal à se faire respecter. Alors parfois, il mord. » Cette description ne correspondait pas vraiment à celle du psychiatre qui avait suivi Dupré en prison. Un soumis, qui ne voulait surtout pas se faire remarquer. La détention l'avait certainement confronté à plus fort que lui au point de lui émousser les crocs.

En dehors de ces témoignages, rien n'accusait Marcel Dupré si ce n'étaient des lieux et une date communs aux Anglais et à la famille Dupré, et qui, en d'autres circonstances, auraient relevé de la simple coïncidence. La visite d'un site qui s'était déroulée en trois temps. Un musée, un belvédère, avant de finir par un restaurant. Chaque année, de nombreux touristes suivaient ces mêmes étapes, dans cet ordre précis. Le Muséoscope du lac de Serre-Ponçon est un endroit prisé de la région, recommandé dans la plupart des guides touristiques. Le restaurant panoramique à proximité est presque considéré comme un passage obligé. Les enquêteurs le savaient mais ils avaient jugé que ces deux rencontres fortuites avaient suffi à faire germer un plan diabolique dans l'esprit torturé de Marcel Dupré. Celui de séquestrer deux touristes Anglais que personne ne viendrait chercher. Dans quel but ? Une théorie avait été avancée, une histoire créée de toutes pièces, que rien, ni personne, n'était venu infirmer. Dupré avait enfermé ce couple certainement dans l'optique de négocier une rançon mais les choses avaient dérapé. Il avait dû vouloir obtenir les faveurs de Kelly Browning mais celle-ci s'était rebellée, alors il l'avait poignardée. Un coup de sang, sûrement, sa femme avait dit qu'il en était coutumier. Paniqué, il avait maintenu en détention le mari, Tom Browning, dans le hangar qui se trouvait à plus de deux cents mètres de sa maison. Pourquoi ? Là encore, les arguments en valaient mille autres. Pour Lucas, en tout cas, ils n'étaient pas convaincants.

Dupré n'avait jamais eu l'intention de tuer une première fois et ne voulait pas recommencer. Il ne pouvait cependant pas relâcher son prisonnier, au risque de se faire arrêter. Alors, il avait cessé de nourrir Tom Browning et attendu que le temps œuvre pour lui.

Restait une dernière question, une question de taille, qui avait tout de même dû obséder les enquêteurs : pourquoi Dupré avait-il inscrit le mot « GAGNÉ » sous le pied de son prisonnier ?

Une analyse psychiatrique, versée au dossier, avait tenté d'y répondre. Elle suggérait que Marcel Dupré, rongé par la culpabilité, et paniqué à l'idée de garder son prisonnier plusieurs semaines à l'insu de sa femme, avait tenté de s'en sortir par une approche psychologique. Il avait dû chercher à développer un syndrome de Stockholm chez Tom Browning, ce qui l'aurait mis à l'abri d'une dénonciation s'il décidait finalement de le libérer. Le psychiatre insistait sur le fait que Dupré avait perdu ses moyens en assassinant Kelly Browning et que son esprit était si confus que ses actes, à partir de cet instant, ne répondaient plus à aucun entendement. *Tu parles !* s'était agacé Lucas à l'encontre du médecin. *Tu avances n'importe quoi mais c'est Dupré qui délire…* Toujours selon l'analyste, Dupré avait écrit ce mot sous le pied de Tom Browning pour lui faire comprendre qu'il serait épargné. Il avait dû attendre un signe de reconnaissance qui, bien évidemment, n'était pas venu alors il avait cherché un autre moyen pour se faire aimer. Il avait commencé à priver son prisonnier de toute alimentation afin d'incarner à ses yeux la figure nourricière, l'unique personne qui serait à même de le sauver. Lucas s'était obligé à relire plusieurs fois ce passage avant de lever les yeux au ciel. Cette dernière explication différait de celle des enquêteurs et le policier se demandait laquelle avait été avancée au procès.

Aux yeux de Lucas, le dossier n'était qu'un ramassis de conjectures plus bancales les unes que les autres. Ordre avait été donné d'obtenir la tête de Dupré et chacun avait apporté sa pierre à l'édifice, en l'occurrence à son échafaud.

Vingt ans s'étaient écoulés depuis cette sombre affaire. Marcel Dupré était mort et enterré et personne ne voulait remettre sa culpabilité en question. Lorsqu'il avait joint Isolda Dupré pour solliciter une rencontre, Lucas s'était attendu à une réaction, ou au moins à quelques questions. La veuve s'était contentée de donner un horaire avant de raccrocher. Lucas n'avait aucune idée de la manière dont il serait reçu. Peut-être que cette femme avait fait son deuil et qu'évoquer le passé de son mari ne suscitait plus d'émotion chez elle. Peut-être même s'était-elle persuadée depuis longtemps que son époux était un assassin et qu'il avait eu ce qu'il méritait. Elle avait cessé de lui rendre visite peu de temps après son incarcération.

Lucas répétait ses phrases d'accroche alors que le brigadier Cochet se garait devant la maison. Le juge Vendôme et Martin lui avaient donné certaines instructions. Il avait l'autorisation de parler de nouveaux crimes ressemblant à ceux des Browning, avec des modes opératoires légèrement différents, mais à aucun moment il ne devait laisser croire qu'une révision du procès de Marcel Dupré était envisagée, même s'il était le premier à douter de sa culpabilité.

31

Chloé pestait contre son GPS qui ne réactualisait pas sa position en temps réel. Elle avait manqué un embranchement et se retrouvait maintenant perdue dans une zone blanche, alors qu'elle devait être à moins de dix minutes de sa destination. Son interlocuteur lui avait dit qu'il serait présent jusqu'à midi mais qu'il ne pourrait pas l'attendre passé ce délai. Il lui restait vingt minutes pour faire demi-tour et retrouver le bon chemin.

Contre toute attente, il ne lui avait pas fallu longtemps pour déchiffrer une partie du message laissé dans l'abdomen de Nathan Percot. Les mots « Soirée » et « Bobo » étaient espacés de cinq centimètres, Chloé les avait donc pris séparément. Elle était rapidement tombée sur une boîte de nuit nommée le Bobo Club, située à Barbizon, en Seine-et-Marne. Cette géolocalisation avait suffi pour qu'elle s'y intéresse de plus près. Martin avait ciblé ce département dès le début de l'enquête. Il se trouvait à mi-chemin entre Paris et Gien, dernière étape connue de leurs pèlerins. L'analyse de l'eau extraite des pieds repêchés dans la Seine évoquait elle aussi la possibilité que les membres aient été immergés préalablement dans cette zone. Chloé pouvait parfois interpréter les signes à sa convenance, Martin le lui avait plus d'une fois reproché, alors elle avait approfondi ses recherches avant de les partager avec quiconque.

Elle avait réussi à obtenir le numéro de portable du patron de la discothèque et s'était entretenue longuement avec lui. Sans lui dévoiler le pourquoi de ses questions, elle avait insisté sur l'importance des réponses. Elle avait, dans un premier temps, axé ses demandes sur le club et ses fréquentations. Le gérant s'était targué d'avoir une clientèle select et un grand nombre d'habitués. L'homme était fier de sa décoration qui, à l'entendre, n'avait rien à envier aux clubs branchés de la capitale. Et contrairement à eux, il offrait deux pistes de danse avec deux ambiances musicales différentes. *En même temps,* avait pensé Chloé, *une boîte qui s'appelle le Bobo Club, ça ne doit pas trop effrayer la concurrence!* Elle avait écouté d'une oreille distraite un interlocuteur plein d'orgueil, pressée d'en arriver à l'objet principal de son appel. Elle avait fini par l'interrompre quand il s'était lancé dans une diatribe à l'encontre de l'État qui assommait sa branche de taxes. Chloé pouvait être patiente mais certains sujets l'exaspéraient. Elle avait alors réorienté la conversation sur les caméras de vidéosurveillance des lieux. Pour la première fois, le patron avait perdu de son assurance. Oui, il avait bien un système en place mais il était en panne depuis une semaine. Chloé lui avait dit que les images qui l'intéressaient remontaient certainement à plus longtemps. L'homme s'était raclé la gorge, pris en flagrant délit de mensonge. À bien y réfléchir, peut-être que le système était défaillant depuis deux ou trois mois. Le gérant du Bobo Club était reparti de plus belle sur la difficulté d'assumer les charges d'un tel établissement. Chloé y avait mis court en changeant à nouveau de sujet. Qu'en était-il de la communication du club? Imprimait-il parfois des flyers? Le patron s'était montré plus prolixe. Oui, le Bobo Club organisait souvent des soirées à thème et le faisait savoir en diffusant des affichettes en masse.

Une typo blanche sur un fond rouge, c'était tout à fait possible, même si les couleurs variaient régulièrement. Pour mettre fin au doute, la policière lui avait demandé s'il pouvait lui envoyer un exemplaire. Il avait pris en photo le flyer qui était en ce moment distribué à Barbizon et ses environs. Chloé avait expulsé un discret « Yes ! » en découvrant la mise en page du papier publicitaire. La première ligne était en tout point comparable au message retrouvé dans l'abdomen de Nathan Percot. Les mots « Soirée » et « Bobo » étaient espacés de cinq centimètres, la typo était exactement la même. La deuxième ligne finissait l'accroche. « Soirée blanche » au « Bobo Club ». Étaient ensuite inscrites les informations utiles telles que l'adresse du club, la date de la soirée, la tenue exigée et le droit d'entrée, réclamé aux hommes uniquement.

Son interlocuteur étant dans de bonnes dispositions, Chloé avait poussé sa chance en lui demandant s'il était possible de récupérer tous les flyers imprimés au cours de la dernière année. Sans le lui préciser, elle espérait pouvoir dater celui qui avait été déchiré. Elle avait cru l'entendre souffler à l'autre bout de la ligne mais, plutôt que d'insister en usant d'autorité, elle avait pris sa voix la plus douce pour le remercier par avance de toute l'aide qu'il pourrait lui apporter. L'homme, loin d'être dupe, avait rigolé franchement mais avait comblé ses attentes au-delà de ses espérances. Il lui avait fourni le nom de son imprimeur qui s'occupait également de la mise en page et qui avait certainement archivé toutes les commandes passées.

Chloé avait tenté de joindre Martin pour lui faire part de cette première avancée mais elle était tombée sur sa messagerie. Il était arrivé à l'aube au Bastion, bien avant elle, mais en était reparti comme une furie deux heures après. Quand elle avait voulu l'intercepter, il lui avait fait comprendre d'un geste brusque que ce n'était pas le moment, avant d'ajouter qu'il espérait être de retour en fin de journée. Cette agitation était survenue deux minutes après que Lazlo était entré dans son bureau. Il avait refermé la porte de Martin, ce que personne ne se risquait à faire, et s'était entretenu avec lui, sans prendre la peine de s'asseoir. Chloé avait pu distinguer au travers de la porte vitrée que la discussion était rapidement montée d'un cran. Martin s'était levé d'un bond, le visage rouge de colère. Elle l'avait vu s'adresser à Lazlo, le regard mauvais, mais ses mots étaient restés confinés dans l'enceinte du bureau.

Dix minutes plus tard, elle croisait Lazlo à la machine à café sans oser lui demander la raison de sa visite à la 3e DPJ. Le commandant de l'UAC3 l'avait regardée, un sourire contrit sur le visage, expression qu'elle ne l'avait encore jamais vu afficher.

— C'est grave ? avait-elle tout de même avancé.

— Je suis sûr que ça ira, avait-il répondu, laconique.

Depuis, Chloé se démenait pour ne plus y penser.

Martin lui avait demandé la veille de mener des recherches sur la symbolique de l'eau. Elle avait trouvé tellement de résultats qu'elle ne savait même pas par où commencer. Elle aurait voulu partager cette tâche avec un de ses coéquipiers mais elle était seule dans l'open-space. Francis avait profité de l'absence de leur supérieur pour repartir chez lui. Un réparateur quelconque devait passer dans la journée. Chloé avait hoché la tête sans lui adresser un regard, de peur qu'il puisse y lire toute sa déception et surtout son exaspération. Lucas était à l'autre bout de la France, certainement en train d'interroger la veuve de Marcel Dupré. Lui non plus ne serait pas de retour avant la fin de la journée. Alors Chloé avait continué à creuser la piste du message que leur avaient adressé les victimes.

Barbizon. Clara Faye et Zoé Mallet étaient certainement retenues prisonnières dans cette commune située au sud de Paris et qui ne recensait que mille deux cents habitants. Les quatre jeunes avaient-ils passé une soirée au Bobo Club avant de se faire enlever ? Chloé n'avait pas réussi à se faire à cette idée. Cela ne ressemblait en rien à leur façon de vivre. Une boîte select à la décoration chic, c'était loin de l'image qu'ils renvoyaient. De plus, l'entrée pour les hommes était payante et leur budget était serré. Peut-être que ce flyer leur avait été donné dans la rue et que l'une des victimes l'avait gardé dans sa poche. Cette hypothèse était de loin la plus plausible mais aussi la plus décourageante. Le patron du Bobo Club avait précisé que les tracts étaient distribués un peu partout aux environs de Barbizon. Impossible de savoir dans quelle commune ils se trouvaient exactement. Si Chloé arrivait à retrouver la date exacte de la soirée annoncée, elle pourrait ensuite se tourner vers la société qui gérait la diffusion de ces affiches, interroger tous ceux qui avaient distribué ce flyer en espérant que l'un d'eux se souviendrait d'un groupe de quatre jeunes portant chacun un sac à dos. Ce genre de détail pouvait être plus marquant qu'un visage.

Martin n'aimait pas qu'elle parte seule en mission mais Martin n'était pas là, aussi s'était-elle décidée à passer à l'action, sans attendre sa bénédiction. Elle avait éteint son ordinateur et pris son sac, laissant le résultat de ses recherches bien en évidence sur son bureau. L'imprimeur des flyers serait certainement plus disposé à lui exposer ses archives si elle se déplaçait en personne. À leur retour, Martin et Lucas seraient bien obligés d'admettre qu'elle pouvait être aussi utile sur le terrain.

Fallait-il encore qu'elle arrive à destination.

32

Martin referma la porte de la chambre d'hôpital, le visage fermé et les yeux plus secs que jamais. L'angoisse qui lui comprimait les poumons depuis plusieurs heures s'était évaporée mais sa colère n'était toujours pas retombée. Il savait qu'il devait repartir de ce lieu, de cette ville, et le plus vite possible. Il lui restait suffisamment de temps pour attraper le train de quinze heures et arriver à Paris en fin d'après-midi.

Il devait des excuses à Lazlo, il en était conscient, mais il avait été plus simple de passer ses nerfs sur lui que de faire face à la réalité. Lazlo n'avait pourtant été que le messager d'une nouvelle à laquelle Martin s'attendait.

Il s'était entretenu avec les médecins. Ils pensaient l'avoir rassuré en lui disant qu'il n'y aurait pas de graves séquelles physiques. Six semaines de plâtre et un peu de rééducation. Les hématomes seraient vite résorbés. Martin les avait remerciés du bout des lèvres, avant tout pour ne pas avoir évoqué le fond du sujet.

Il était entré dans la chambre, une boule au ventre. Cela faisait si longtemps qu'il avait presque oublié à quoi ressemblait le visage de sa mère lorsque celui-ci était boursouflé. Son père lui avait cette fois épargné le nez, cassé à deux reprises par le passé. Les deux bras plâtrés, c'était en revanche une nouveauté. Sa mère aurait besoin d'assistance dans son quotidien. Martin appréhendait d'entendre la solution qu'elle lui proposerait.

Il s'était penché et l'avait embrassée sur le front, rare espace qui ne la faisait pas souffrir. Elle n'avait pas dit un mot et s'était contentée de pleurer. Martin avait esquissé un sourire, mais tous les deux savaient parfaitement que le cœur n'y était plus.

Lorsque sa mère lui avait annoncé qu'elle était décidée à laisser une nouvelle chance à son père, une violente dispute avait éclaté entre eux. Martin avait eu des mots durs dans le seul but de lui faire entendre raison. Marie Vaas, qui avait pourtant eu la force de divorcer et de reprendre son nom de jeune fille, l'avait regardé d'un air désespéré. Elle l'avait supplié de comprendre. « Comprendre quoi ? avait-il crié. Comprendre que tu aimes te faire tabasser ? » Sa mère avait alors sorti le seul argument contre lequel il ne pouvait pas lutter. Elle aimait encore son père et ne supportait pas de vivre sans lui. Elle avait donné le change ces dernières années, le temps de l'élever, lui, mais maintenant qu'il avait sa vie, elle était en droit de mener la sienne comme elle l'entendait. Bien sûr, Marie Vaas lui avait assuré que son père avait changé, qu'il n'était plus le même, que ses années de prison l'avaient calmé. Martin s'était retenu de rire. Oui, la détention pouvait métamorphoser un homme mais il n'avait jamais vu un loup se transformer en agneau. Sa mère lui avait soutenu que les années noires qu'ils avaient vécues étaient dues à l'alcool et que son père était maintenant sobre. Martin lui avait rétorqué qu'il ne lui laissait pas deux semaines pour retomber dans ses travers. Il savait pourtant que c'était peine perdue. Il aurait pu continuer à contrecarrer tous les arguments de sa mère, il n'aurait jamais pu lui retirer ses espoirs. À moins de l'éloigner, ou de faire à nouveau enfermer son père, cette situation se déroulerait avec ou sans son accord, et le scénario se répéterait encore et encore.

Marie Vaas était arrivée aux urgences au milieu de la nuit. Personne n'était en mesure de dire qui l'avait déposée. Elle avait franchi les portes automatiques seule, le visage en sang, les bras collés le long du corps.

Elle avait prétendu être tombée dans l'escalier. Martin l'avait connue plus inventive. Le manque d'habitude, certainement, mais ses réflexes d'autojustification reviendraient, à n'en pas douter. Car Martin savait pertinemment que l'histoire recommencerait. Demain, dans un mois ou dans un an, ce n'était qu'une question de temps.

Martin avait eu du mal à digérer le fait d'apprendre la nouvelle par Lazlo. Le commandant de l'UAC3 ne connaissait pas sa mère et avait à peine croisé son père. Il avait pourtant été contacté par le commissaire Ventoux, le responsable du commissariat du 3e arrondissement de Lyon, ce vieux copain avec qui il avait fait ses classes. Ce dernier était l'ancien supérieur de Martin, la logique aurait donc voulu qu'il l'appelât directement. Lazlo n'avait pas cherché à mentir sur les raisons de cette maladresse. Tout le monde, à Lyon, craignait sa réaction. Sa mère la première. Avant d'être sédatée, elle avait spécifié qu'elle ne voulait pas que son fils soit mis au courant. Ventoux, d'une manière détournée, était passé outre cette volonté.

Marie Vaas avait bien évidemment refusé de porter plainte à l'encontre de son ex-mari. Martin savait que, s'il le faisait à sa place, d'autres drames seraient à déplorer. Malgré toutes ses exactions, son père était toujours protégé par ses anciens collègues. Ils lui étaient restés fidèles, considérant que la peine qu'il avait purgée était une injustice de plus faite à la police.

Si Martin le faisait arrêter, la vie de sa mère deviendrait vite un enfer. La sienne aussi, mais cela, il s'en moquait. La nouvelle génération serait peut-être plus en mesure d'agir efficacement pour lutter contre les violences faites aux femmes, mais tant que des hommes penseraient qu'une petite correction de temps en temps n'avait jamais fait de mal à personne et que cela devait surtout rester de l'ordre du privé, il n'y aurait pas de réelle solution. D'autant plus si ces hommes faisaient partie des autorités.

Martin avait appelé le commissaire afin d'obtenir des renseignements sur son père. L'homme s'était montré affable même s'il était évident que cette situation le mettait mal à l'aise. Il avait répondu à toutes les questions sans jamais lui adresser de mots personnels. Son père était injoignable et il avait disparu de la circulation. Oui, par principe, il avait envoyé deux policiers à l'appartement de sa mère mais, non, il ne s'y trouvait pas. Tout était rangé soigneusement. Pas de meubles ou de vaisselle cassés, pas de traces de sang. Non, bien sûr que non, il ne remettait pas en question ce qui s'était passé. Il n'était peut-être pas le meilleur limier de la police mais il se doutait bien que sa mère n'était pas tombée dans l'escalier. Non, il ne cherchait pas à couvrir son père, il ne l'avait jamais fait, mais il avait les mains liées. Sa mère ne voulait pas porter plainte et, si elle le faisait, Dieu seul savait quelles pourraient être les conséquences. Il n'avait pas les moyens de surveiller tous les abrutis qui se trouvaient dans ses rangs. La meilleure solution était peut-être de convaincre Marie Vaas de changer de vie. Pourquoi pas de l'installer à Paris. Le commissaire Ventoux avait terminé son laïus d'une voix qui se voulait plus paternaliste. « Fais pas de conneries, Martin, avait-il dit. S'il y en a un qui doit tomber, c'est ton père, pas toi. »

33

Lucas avait refusé la proposition du brigadier Cochet de visiter la région. Son entrevue avec la veuve Dupré ne s'était pas éternisée et, à peine installé dans la voiture de Cochet, il avait modifié sa réservation. Ce déplacement lui avait fait perdre un temps précieux. De plus, Lucas n'était pas satisfait de la façon dont il avait mené l'entretien.

Attablé dans un coin de la voiture-bar du TGV, il cherchait encore à comprendre ce qui l'avait à ce point déstabilisé.

Isolda Dupré avait reçu Lucas et son acolyte d'un jour dans le salon. Tous les volets étaient fermés et seul un rai de soleil transperçait la pénombre grâce à une persienne abîmée. Lucas avait cru un instant que cet agencement était pensé pour se protéger de la chaleur et il s'était permis d'allumer la lampe qui se trouvait à sa portée. Isolda Dupré avait aussitôt placé une main devant ses yeux et ordonné d'une voix froide de l'éteindre. Elle souffrait d'une terrible migraine et la lumière l'indisposait. Lucas s'était plié à la requête. Résultat, l'entretien s'était déroulé sans que personne ne puisse réellement se distinguer. Dans l'impossibilité de lire ses notes ou même d'en prendre de manière assurée, le policier avait été contraint d'improviser et cette situation l'avait passablement agacé. Il avait hésité plus d'une fois à s'imposer, à rallumer la lampe pour observer les réactions de son interlocutrice. Il s'était retenu pour ne pas la braquer. Deux heures plus tard, il se demandait si c'était bien la vraie raison. Isolda Dupré, par son détachement et parfois sa froideur, l'avait impressionné ou plutôt intimidé.

Ballotté par le train, son Coca à la main, il relisait les questions que Martin lui avait demandé de poser. Il n'en avait omis aucune, mais ce constat était loin de lui suffire. Lucas ne s'était pas trouvé percutant, il avait manqué de mordant. Non pas qu'il ait eu en tête d'attaquer cette femme, mais il était sorti de chez elle avec la sensation désagréable de ne l'avoir jamais intriguée. À aucun moment elle n'avait paru surprise que la police s'intéresse à son mari alors qu'il était mort depuis sept ans. Elle avait répondu à toutes les questions sans tergiverser, ni varier le timbre de sa voix. Quand Lucas lui avait parlé de crimes récents ressemblant à ceux de son époux, elle s'était contentée d'un « Ah » sans plus de marque d'intérêt.

Son carnet sous les yeux, Lucas tentait de décrypter les bribes de phrases qu'il avait inscrites dans le noir. Son écriture était à peu près aussi lisible que celle de Martin. Il souffla, déchira les feuilles concernées et s'attela à tout remettre au propre.

Tel un greffier, il essaya de retranscrire sa rencontre avec Isolda Dupré dans son intégralité.

Avant d'être conduits dans le salon, Lucas et le brigadier Cochet avaient pu observer quelques secondes Isolda Dupré à la lumière du jour alors qu'elle les attendait sur le pas de la porte. Lucas se surprit d'être en mesure de la décrire tant ce moment lui avait paru fugace sur l'instant.

Il était inscrit au dossier qu'Isolda Dupré avait soixante-cinq ans mais elle en paraissait facilement quinze de moins.

Étonnamment pâle pour une personne vivant dans cette région ensoleillée, elle avait un visage ovale encore bien dessiné. Quelques rides autour des yeux et sur le contour des lèvres mais rien qui puisse trahir son âge. Ses yeux étaient d'un noir profond et ses cheveux, retenus dans le cou par un chignon lâche, avaient dû être de la même couleur. Quelques fils d'argent s'étaient invités depuis pour adoucir l'ensemble. Lucas avait pu observer longuement le portrait de Marcel Dupré et il n'avait eu de cesse, durant l'entretien, de se demander comment cet homme, si peu charismatique, avait réussi à séduire une telle femme. Le couple avait eu un fils sur le tard, Isolda avait déjà quarante ans, mais le dossier ne précisait pas à quelle époque Marcel et elle s'étaient rencontrés, ni dans quelles circonstances.

Petite et menue, Isolda Dupré pouvait paraître fragile au premier abord, mais l'échange qui avait suivi avait démontré qu'elle n'était pas le genre de femme à se laisser impressionner.

Une fois installé, Lucas avait tenté de l'amadouer en la remerciant plusieurs fois de les recevoir aussi rapidement, mais son hôtesse, enfoncée dans son fauteuil, le visage dissimulé dans l'ombre, ne s'était même pas donné la peine de répondre.

Lucas termina son Coca d'une traite et commença à noter leur conversation dans le détail :

« Madame Dupré, après les événements, avez-vous demandé des explications à votre époux ?

— Des explications de quel genre ?

— Savoir ce qu'il avait en tête quand il a décidé d'enlever ce couple d'Anglais, par exemple ?

— Non.

— Vous n'avez pas cherché à comprendre ?

— Il n'y avait rien à comprendre.

— Parce que vous pensiez que votre mari était innocent, c'est ça ?

— C'est ce qu'il m'a dit, mais c'est ce que prétendent tous les coupables, n'est-ce pas ? »

Le ton neutre était presque glaçant.

« Mais vous le pensiez coupable ou pas ?

— Quelle importance ? La police le croyait coupable, tout comme les jurés.

— Vous n'avez jamais pensé qu'il pouvait s'agir d'une erreur judiciaire ? »

Lucas hésita à rayer cette dernière phrase. Il l'avait prononcée, mais elle allait à l'encontre de toutes les recommandations qui lui avaient été faites. Il décida néanmoins de l'assumer. Dans le contexte, cette question était justifiée et ne pas la poser aurait pu éveiller les soupçons. Il reprit, d'une main tremblant au rythme des secousses du TGV :

« Mon mari n'a rien trouvé à dire pour sa défense. Les enquêteurs lui ont posé de nombreuses questions sur son emploi du temps, ses réponses étaient toutes évasives. De mon côté, je ne pouvais pas l'aider puisque je ne savais jamais où il passait ses journées.

— Et vous ne lui avez pas demandé d'être plus précis ?

— À quoi bon ? S'il n'avait pas réussi à l'être avec les gendarmes et la police, pourquoi l'aurait-il été avec moi ?

— C'est ça qui vous a convaincue de sa culpabilité ?

— Il gardait constamment un Opinel sur lui. Ce n'était pas un souvenir, il n'avait aucune valeur sentimentale, mais il ne s'en séparait jamais. Quand ils sont venus l'arrêter, il ne l'avait plus.

— Le rapport ne mentionne pas la disparition de ce couteau.

— Parce qu'il ne le leur a pas dit. Et moi non plus.

— Donc vous le pensiez coupable. C'est pour ça que vous avez cessé de lui rendre visite en prison ?

— Mon mari a tout d'abord été interné à Arles, puis aux Baumettes, avant d'être à nouveau transféré à Salon-de-Provence. On parle de quatre heures de route aller-retour à chaque fois. Et puis, il avait pris la peine maximum. Je devais m'occuper de mon fils qui était encore jeune.

— Vous aussi.

— Effectivement, moi aussi. Je n'avais pas l'intention de rester la femme d'un détenu toute ma vie.

— Vous n'avez pourtant pas divorcé.

— Je l'aurais fait sans hésiter si cela avait servi à quelque chose. J'ai préféré avoir des unions libres. En restant mariée, j'ai pu hériter de cette maison à la mort de Marcel.

— Et aujourd'hui ?

— Aujourd'hui quoi ?

— Vous êtes en couple avec quelqu'un ?

— Pourquoi, vous voulez m'épouser ? »

Lucas se souvenait d'avoir souri dans la pénombre tout en profitant de cette relance pour entrer dans le vif du sujet.

« Je vous demande ça parce que des meurtres ressemblant étrangement à ceux commis par votre mari ont été constatés récemment.

— Ah. Et vous pensez que mon prétendant actuel aurait décidé de devenir un meurtrier en s'inspirant de mon mari dans l'espoir de me séduire ? »

Aucune émotion dans le ton, pas même une once d'ironie, inscrivit Lucas pour retranscrire fidèlement son souvenir.

« Vous avez donc un prétendant actuellement ?

— J'en ai toujours. Et j'ai aussi des amants. Pour une nuit, un mois, trois ans. Je n'aime pas être seule.

— Et votre fils, il le vit comment ?

— Votre question est pathétique. Parce que je suis une mère, je ne devrais pas aimer être désirée ? Mon fils a quitté la maison à l'âge de seize ans pour faire une école hôtelière. Contrairement à vous, et heureusement pour moi, il a l'esprit ouvert. Il a vu défiler des hommes dans cette maison, c'est vrai, mais il savait qu'aucun d'eux ne prendrait sa place. Quant à son père, il avait cinq ans quand il l'a vu partir, les menottes aux poignets. Il n'en garde pas un souvenir reluisant. »

Lucas gardait un goût amer de ce passage. Isolda Dupré ne lui avait laissé aucune chance de se rattraper. Elle lui avait renvoyé une image de lui dont il n'avait jamais réussi à se défaire par la suite. Il avait pourtant cherché plus d'une fois à apaiser les tensions.

« Isolda, c'est assez rare comme prénom. C'est de quelle origine ?

— Celte. Et je vous confirme qu'il n'est plus donné aux petites filles depuis longtemps. Mes parents étaient férus de Moyen Âge. Ils ont dû croire qu'ils relanceraient une mode. »

Lucas avait fini par abandonner tout sujet un peu plus personnel, au risque de s'enliser.

« Ce couple d'Anglais, vous vous souvenez les avoir vus au musée ?

— Ni au musée, ni plus tard au restaurant. Cette journée avait été un vrai cauchemar. Léandre ne tenait pas en place et ne cessait de pleurer.

— Léandre ?

— Notre fils. Tout ça pour dire que je ne dis pas que nous n'avons pas croisé ce pauvre couple, je dis juste que j'étais trop occupée pour observer ceux qui m'entouraient.

— Il est inscrit dans le dossier qu'une de vos granges avait été nettoyée avant l'arrivée des gendarmes et que ce point les avait mis en alerte. Il vous arrivait souvent de nettoyer vos granges ?

— Pourquoi cette question ? Vos meurtres ont eux aussi été perpétrés dans des granges ? »

Lucas avait manqué de repartie et Isolda Dupré avait continué sur sa lancée :

« Une grange, ça ne se nettoie pas, mais il est vrai que mon mari en avait déblayé une peu de temps avant cette histoire. Il était censé me préparer un atelier.

— Un atelier ? Vous êtes artiste ?

— Je l'ai été, avant que nous ne décidions de venir ici.

— Et vous étiez dans quel domaine ?

— La sculpture.

— Pourquoi avoir arrêté ?

— Parce que l'inspiration s'est tarie. Je pensais que l'isolement me serait bénéfique, ça n'a pas été le cas. Et puis Léandre est arrivé. »

Isolda s'était exprimée, une fois de plus, sans trahir la moindre émotion. Ni regret ni remords dans le ton de sa voix. Un simple énoncé des faits.

« Pourquoi êtes-vous restée ici ? Vous auriez pu refaire votre vie ailleurs.

— Cette question a-t-elle un rapport avec vos meurtres ? »

Lucas ne l'inscrivit pas dans son carnet mais, à cet instant précis de l'entretien, il s'était mis à étouffer. Le manque de lumière, la voix blanche d'Isolda Dupré, la présence du brigadier Cochet qui, tout en se voulant discret, ne cessait de gigoter sur son fauteuil. Il avait donc précipité les choses en posant les dernières questions que Martin lui avait imposées.

« Pourquoi, selon vous, votre mari s'en est-il pris à ce couple d'Anglais ?

— Aucune idée. Les policiers ont parlé d'une rançon.

— Vous y avez cru ?

— Allez savoir. Mon mari et moi ne croulions pas sous l'or. Peut-être qu'il y a vu une opportunité.

— Vous parlez de lui comme si vous le connaissiez à peine.

— Connaît-on vraiment jamais une personne ? Il avait quarante-cinq ans quand nous nous sommes mariés. J'en avais douze de moins. Il avait un passé, tout comme moi, mais je n'ai pas cherché à le connaître. Lui non plus. Peut-être que nous aurions dû. Nous avons vécu une passion les premières années jusqu'à ce que l'on vienne s'installer ici. Après…

— Après ?

— Après rien. La vie, l'ennui. Je suis sûre que vous savez ce que c'est.

— Vous ne savez donc pas ce que faisait votre mari avant de vous connaître ?

— Je viens de vous le dire, mais libre à vous d'enquêter. »

Au vu des réponses tranchantes, Lucas avait appréhendé sa prochaine question.

« Et votre fils ?

— Quoi, mon fils ?

— Vous avez dit qu'il était parti à l'âge de seize ans. Il fait quoi maintenant ? »

Lucas nota que, pour la première fois, un blanc s'était installé.

« Vous le voyez toujours ?

— Moins que je ne le voudrais. Il est très occupé.

— Il fait quoi ?

— Il travaille dans un grand restaurant.

— Où ça ?

— Je ne vois pas ce que mon fils vient faire là-dedans. Je vous rappelle qu'il avait cinq ans, à l'époque.

— Je sais bien, mais j'aurais tout de même aimé lui parler.

— Il travaille au Japon. À Kyoto, plus exactement. Je vous donnerai son numéro. »

Lucas avait eu la sensation qu'Isolda Dupré avait cédé à regret.

« Je n'ai plus qu'une seule question, madame Dupré. Connaissez-vous un certain Grégory Orban ?

— Non, je devrais ?

— Il était incarcéré à Salon-de-Provence en même temps que votre mari.

— Et vous pensez que j'organisais des soirées avec ses codétenus ?

— Votre mari aurait pu vous parler de lui.

— S'il l'a fait, je ne m'en souviens pas. C'est lui que vous soupçonnez ?

— Je ne peux rien vous dire à ce stade de l'enquête.

— Vous venez de le faire. »

34

Martin attendait Chloé à la terrasse d'un café, cour Saint-Émilion. Il avait écouté ses messages dans le train et lui avait proposé de la retrouver près de la gare de Lyon. Il n'avait aucune envie de repasser au Bastion, pas plus qu'il n'avait envie de croiser Lazlo. Martin n'avait pas connu le quartier de Bercy, et ses entrepôts désaffectés, avant sa transformation en un lieu commerçant aux rues pavées et arborées où le bruit incessant de la ville peinait à se faire entendre. Le Dr Ferroni lui avait fait découvrir cet endroit, situé non loin de l'IML. Il arrivait aux deux hommes d'y venir après une journée passée ensemble pour se déconnecter de leur réalité.

Martin vit Chloé arriver au loin avec son sourire plein de fraîcheur et ses yeux malicieux. De quoi chasser temporairement le souvenir du visage meurtri de sa mère. Il l'accueillit pourtant froidement, endossant mécaniquement son rôle de supérieur.

— Tu sais que je n'aime pas que tu sois seule sur le terrain.

Chloé s'abstint de répondre et s'assit en lui tendant une feuille imprimée. Il s'en saisit et comprit immédiatement de quoi il s'agissait. Il tenait en main la copie du flyer dont les victimes de la Seine s'étaient servies pour leur transmettre un message.

— Bien joué, dit-il en esquissant son premier sourire. Mais tu aurais tout de même dû y aller avec Francis.

— Tu es le premier à dire que le temps nous est compté.

— Je ne vois pas le rapport. Pourquoi il ne t'a pas accompagnée ?

— Il devait s'occuper d'un truc.

— Un truc ?

— C'est sans importance, je t'assure. Et puis je ne suis pas partie serrer un dealer de coke. Je suis juste allée interroger un imprimeur.

— Raconte-moi comment tu as fait pour nous dégoter ça, lui proposa Martin d'un ton plus conciliant, comprenant qu'il n'obtiendrait pas de réponse à sa question.

Chloé s'exécuta, un brin de fierté dans les yeux. Le graphiste avec lequel elle s'était entretenue avait rapidement identifié le flyer correspondant au bout de papier déchiré qu'elle lui avait montré en photo, le fond rouge étant rarement utilisé. Il s'était tout d'abord étonné de la typo rosée, n'ayant aucun souvenir d'avoir sélectionné cette nuance mais Chloé lui avait tout de suite précisé que les lettres étaient en réalité blanches. Elle avait été soulagée qu'il ne lui demande pas comment la couleur avait été altérée.

L'affichette promotionnelle avait été imprimée cinq semaines plus tôt pour être distribuée dans la foulée. Elle indiquait qu'une soirée « Prohibition » était organisée au Bobo Club le samedi 16 avril. Chloé avait demandé des éclaircissements sur le thème, plus par curiosité que par réel intérêt, mais le graphiste avait souri d'un air navré. Il n'était qu'un exécutant et ne mettait jamais les pieds dans cet établissement.

Il lui avait fourni l'adresse à laquelle les tracts étaient toujours livrés sans pouvoir lui donner le contact de la société. Chloé avait rappelé le gérant du Bobo Club qui le lui avait fourni sans discuter. Elle attendait désormais que le responsable de l'agence de marketing viral, qui s'occupait de la distribution, la rappelle suite aux deux messages qu'elle lui avait laissés.

Martin l'avait écoutée sans l'interrompre, amusé par sa pugnacité.

— Et donc ta théorie, dit-il, c'est qu'une des personnes embauchées par cette boîte a distribué ce flyer à nos victimes.

— Quatre jeunes, deux filles, deux garçons, ça doit faire partie du brief du démarcheur, non ?

— Quatre jeunes avec un sac à dos, précisa Martin, sceptique.

— Ce n'est pas la cible idéale, je te l'accorde, mais généralement, les gamins qui font ce genre de boulot doivent se débarrasser de toute la pub qu'on leur a donnée s'ils veulent être rappelés. Pas sûre qu'ils fassent dans le sur-mesure.

— Le scénario tient la route. Ça vaut le coup de creuser cette piste.

— Et toi ? demanda Chloé d'un air détaché.

— Quoi, moi ?

— Ça avait l'air sérieux, ce matin.

Martin haussa les épaules comme si ce simple geste suffisait à expliquer son départ précipité.

— C'était personnel ou professionnel ? insista Chloé.

— Personnel.

— Ah… parce que j'ai eu l'impression que c'était en rapport direct avec ta conversation avec Lazlo.

Martin la regarda sans rien dire.

— J'ai compris, poursuivit-elle, les lèvres pincées. Tu ne veux pas en parler.

— Voilà.

— Même si tu sais que tu peux me faire confiance.

— Voilà.

— Et donc tu ne me raconteras rien.

— Voilà.

Martin lui sourit et elle confirma d'un geste de la tête qu'elle avait reçu le message.

— Et Orban ? demanda-t-elle pour changer de sujet. On était vraiment obligés de le relâcher ?

— Il valait mieux suspendre la garde à vue si on ne voulait pas griller toutes nos chances de le coincer. On n'aurait jamais pu monter un dossier solide en quarante-huit heures.

— Mais tu es d'accord pour dire qu'il a un rapport avec ces meurtres ?

— Lesquels, ceux de la Seine ?

— Je parle d'une manière générale. Ceux de la Seine, du Tarn…

— La preuve qu'on aurait été un peu légers pour lancer des accusations. On n'est même pas sûrs de ce qu'on veut lui reprocher. Maintenant, si je devais me projeter, je dirais qu'il est effectivement responsable des meurtres du Tarn. Pour les Allemands retrouvés au bord de la Moselle, tu as réussi à me convaincre que ce n'était pas lui. Quant à ceux de la Seine, je n'en sais rien. Il a réussi à nous fournir un alibi pour les deux nuits où les corps de Jordan Buch et de Nathan Percot ont été déposés.

— Tu parles d'alibis ! Il était soi-disant chez Véronique Laval, celle-là même qui a accepté de le loger cinq ans après qu'il lui a tailladé les pieds.

— Tu peux prouver qu'elle ment ?

Chloé fit une moue comme à chaque fois qu'elle se sentait impuissante.

— De toute façon, je croyais que tu ne le pensais pas coupable des meurtres de la Seine, s'étonna Martin.

— C'est ce que j'ai dit, je sais, mais tu ne peux pas partir du principe que j'ai forcément raison.

— Parce que tu crois que c'est ce que je fais ?

— C'est l'impression que tu donnes, en tout cas.

— Alors au risque de te décevoir, ça ne marche pas comme ça. Je te demande ton avis, tu me le donnes. Ce que j'en fais après dépend d'une foule de données. Les faits, l'avis des autres membres de l'équipe, mon intuition… Et même si je décide d'adopter ton idée ou celle d'un autre, je garde toujours à l'esprit qu'on peut faire fausse route. Rassurée ?

Chloé hocha la tête telle une petite fille venant de se faire réprimander.

— Maintenant, reprit-il, ça m'intéresse de savoir pourquoi tu es prête à remettre tes propres hypothèses en question. Tu penses finalement qu'Orban a recommencé et qu'on doit lui imputer les derniers meurtres ?

— Je n'en sais rien. Je me dis que c'est notre seul suspect et qu'on l'a laissé partir. Imagine que je me sois plantée et qu'on retrouve demain Zoé Mallet, amarrée dans le port de la Bastille !

— Il aura déjà plus de mal à le faire.

— Pourquoi ?

— Le juge Vendôme a accepté qu'on mette en place une filature. Tous les faits et gestes d'Orban sont scrutés de près depuis qu'il a quitté le Bastion.

— Pourquoi tu ne me l'as pas dit ?

— Parce qu'on a mis le dispositif en place tôt ce matin, avant que je ne sois obligé de m'absenter. J'aurais dû te prévenir mais… disons que j'ai eu d'autres choses à penser.

— Des choses personnelles dont tu ne veux pas parler.

— Voilà.

— En attendant, j'ai un tas de questions que j'aurais aimé lui poser.

— Tu auras d'autres occasions.

35

Le néon blafard soulignait les cernes des quatre protagonistes. Deux heures qu'ils étaient enfermés dans la salle d'audition. À l'extérieur, le jour se levait mais il n'y avait aucune fenêtre pour le leur indiquer.

Martin avait reçu l'appel à deux heures du matin. Il avait raccroché sitôt le message délivré sans prendre le temps de l'interpréter. Son cerveau avait enregistré les données et les lui décrypterait dès qu'il serait suffisamment éveillé. D'autres réflexes s'étaient mis en place. Un coup de fil au juge Vendôme, avant de prévenir Lucas, pour que la procédure soit respectée.

Une heure plus tard, la garde à vue était signifiée.

Martin découvrait Véronique Laval. Elle correspondait au portrait que Lucas lui en avait fait à la différence près qu'elle ne cherchait plus à jouer les séductrices. Lucas s'adressait d'ailleurs à elle avec une bienveillance que Martin ne lui connaissait pas. L'avocat, lui, se retenait de bâiller. Sa présence était nécessaire mais pas forcément utile à ce stade. Véronique Laval avait déjà exposé les faits à deux reprises sans que personne n'ait eu le temps de le lui demander. Le défenseur aurait d'autres occasions de briller. Martin et Lucas étaient les premiers à espérer qu'il saurait réduire la peine qui serait prononcée. Même le juge Vendôme ne semblait pas vouloir s'acharner.

Leur interlocutrice était vêtue d'un T-shirt et d'un bas de survêtement qui étaient loin de correspondre à sa taille. Chloé, le visage encore chiffonné de sommeil, s'était excusée en lui tendant la seule tenue de rechange qu'elle avait trouvée dans les bureaux de la 3e DPJ. La robe d'intérieur de Véronique Laval avait été saisie à son arrivée par les équipes scientifiques et devait déjà être découpée pour être analysée.

La femme s'était prêtée à une inspection complète de son corps sans ciller. Elle avait tendu ses mains, ouvert la bouche, et s'était déshabillée sans prononcer le moindre mot. Elle avait cessé de pleurer dès qu'elle avait aperçu Lucas dans la salle d'audition. Elle avait même esquissé un sourire comme pour se faire pardonner d'être ici. Des traces de rimmel maculaient ses joues. À aucun moment elle n'avait cherché à les effacer. Non, Véronique Laval ne cherchait plus à séduire et son visage accusait maintenant le nombre de ses années.

Il aurait pu se passer plusieurs jours, ou au moins plusieurs heures, avant que l'on découvre le corps de Grégory Orban. Véronique Laval aurait pu décider de quitter son trois-pièces en pleine nuit, ou même au petit matin. L'odeur du cadavre en décomposition aurait fini par inquiéter les voisins mais Véronique Laval aurait pu être à des milliers de kilomètres avant que les autorités soient alertées. Elle aurait pu fuir, se cacher, ou tout au moins essayer. Au lieu de cela, elle était descendue dans la rue à minuit, vêtue de ses chaussons et de sa robe ensanglantée, et s'était dirigée droit vers une voiture garée à une trentaine de mètres de la porte de son immeuble. Chancelante sur la chaussée, elle avait frappé au carreau de la porte passager.

Les deux policiers d'astreinte à la surveillance de Grégory Orban s'étaient regardés, stupéfaits. Celui assis à droite de l'habitacle avait baissé sa vitre, une main posée sur la crosse de son arme réglementaire. Véronique Laval s'était penchée vers lui et avait avoué d'une voix blanche avoir tué son amant. Elle avait ensuite tendu ses poignets en offrande, les yeux perdus dans le vide.

Les deux flics étaient montés à l'appartement pour découvrir la scène de crime. À leur grand étonnement, l'intérieur était parfaitement ordonné. Aucune trace de lutte ou d'une scène de ménage qui aurait dérapé. La vaisselle du soir avait été lavée, deux flûtes à champagne finissaient de sécher sur l'égouttoir. Le cadavre de la bouteille était posé à terre, à côté des poubelles. Il était difficile de concevoir qu'un carnage s'était déroulé dans la pièce d'à côté.

La chambre à coucher était déjà imprégnée d'une odeur métallique caractérisée. La lumière tamisée estompait les traits d'Orban mais pas le contraste du sang sur les draps blancs. L'homme avait les chevilles et les poignets maintenus au cadre du lit par des foulards bariolés. Ses pieds étaient tailladés, mais ce n'était pas cela qui l'avait tué. Son torse n'était plus qu'une plaie béante. Il avait été éventré du sternum au pubis. Un couteau de cuisine était posé en évidence sur un oreiller. Les policiers ne s'étaient pas donné la peine de vérifier les constantes de Grégory Orban. Son visage, figé par la douleur, était exsangue. Le plus aguerri des deux flics s'était fait la réflexion que la mort remontait sûrement à plusieurs heures. Il avait retenu son collègue d'une main quand celui-ci avait voulu s'approcher du lit. L'heure n'était plus aux constatations, ils devaient sécuriser la pièce et prévenir la 3e DPJ.

— Pourquoi ? demanda Lucas pour la deuxième fois depuis le début de l'interrogatoire.

— Parce qu'il le fallait.

— Vous l'avez déjà dit, madame Laval, mais ça ne suffit pas.

— Et moi je vous ai déjà demandé de m'appeler Véronique.

— Nous y reviendrons plus tard, intervint Martin.

Lucas s'adossa à sa chaise d'un air las sans quitter Véronique Laval des yeux.

— Comment saviez-vous que des policiers se trouvaient en bas de votre immeuble ? continua Martin.

— Grégory me l'avait dit.

— Il savait qu'il était surveillé ?

— Bien sûr. Grégory connaissait vos méthodes. Il a eu affaire à vous toute sa vie.

— Ça ne vous dérangeait pas ?

— Quoi donc ?

— De savoir qu'on vous avait à l'œil par la même occasion.

— Vous allez trouver ça étrange, mais d'une certaine façon, je me sentais protégée.

— Ce n'est pas étrange, non. Ce qui l'est plus, c'est que vous ayez décidé de tuer votre amant alors que deux policiers se trouvaient sous vos fenêtres.

— Sur le moment, je n'y ai pas pensé.

— À quoi avez-vous pensé ?

Véronique Laval baissa les yeux et répondit dans un murmure obligeant Martin à la faire répéter.

— J'ai pensé qu'il fallait l'arrêter.

— Et vous ne vous êtes pas dit que c'était justement le rôle de la police de faire ça ?

— Vous ne comprenez pas. Grégory me faisait peur. J'ai senti qu'il allait redevenir violent. Je devais faire quelque chose.

— Vous êtes en train de me dire que c'était de la légitime défense.

— En quelque sorte, oui.

— Madame Laval, Grégory Orban était pieds et poings liés. Même si votre avocat est très doué, je pense qu'il aura du mal à convaincre qui que ce soit.

— J'ai essayé de prévenir le pire, ajouta Véronique Laval dans un sursaut.

Martin se redressa, intéressé par la suite.

— Qu'est-ce que vous entendez par là ?

— Grégory allait recommencer, c'était inévitable.

— Recommencer quoi ?

— À faire du mal, et pas qu'à moi.

— Qu'est-ce qui vous fait dire ça ?

— Son regard, capitaine. Il avait cette lueur maléfique dans les yeux, celle qu'il avait le soir où il s'est acharné sur mes pieds.

— Vous vous êtes sentie menacée ?

— Oui.

— Pourtant, il vous a laissée l'attacher. À ma connaissance, une personne qui est en passe de devenir violente n'accepte pas ce genre de soumission.

— J'ai réussi à l'amadouer. On avait bu pas mal de champagne.

— Donc vous avez attendu qu'il soit ivre pour l'attacher en vous disant qu'ainsi, il ne vous ferait pas de mal.

L'avocat sortit instantanément de sa torpeur et empêcha Véronique Laval de répondre en posant une main autoritaire sur son bras.

— Ma cliente a avoué, dit-il fermement. Elle a tué son amant de peur qu'il ne s'en prenne encore une fois à elle. Je crois que c'est clair pour tout le monde. Maintenant, il est tard, nous sommes tous fatigués, peut-être que nous pourrions reprendre l'interrogatoire demain matin, qu'en pensez-vous ?

Martin regarda l'avocat, un sourire triste sur le visage. Lui aussi aurait aimé se contenter de cette version mais les premières constatations du légiste l'en empêchaient.

— Il est écrit ici, reprit Martin en pointant du doigt le rapport préliminaire qu'il avait sous les yeux, que Grégory Orban est mort entre dix-neuf heures et vingt et une heures, soit au moins trois heures avant que votre cliente se décide à prévenir nos collègues.

— J'étais sous le choc, réagit immédiatement Véronique Laval. J'ai mis du temps à comprendre ce que j'avais fait.

— Je peux l'entendre, répondit doucement Martin, comme je peux comprendre que vous ayez décidé de faire le ménage dans votre appartement avant d'avouer votre crime. Ce sont des mécanismes qui ne nous sont pas inconnus. En revanche, ce qui m'intéresse, c'est de savoir à quel moment vous avez décidé de l'éventrer. Au dîner ? Quand vous étiez en train de boire du champagne ? Ou alors lorsqu'il était attaché et qu'il ne pouvait donc plus vous faire de mal.

— Ma cliente n'a pas à répondre à cette question, intervint l'avocat. Si vous voulez prouver la préméditation, il faudra trouver mieux que ça. Ma cliente avait déjà été traumatisée par cet homme. Un seul mot de cette brute aura suffi à déclencher un réflexe de protection.

Martin laissa s'installer quelques secondes de silence pour mieux observer Véronique Laval. « Traumatisée » n'était pas le mot qu'il aurait employé. Encore maintenant, quand elle évoquait cet épisode, ses sentiments semblaient partagés. Martin était persuadé qu'elle retenait une part de vérité sur ce qu'il s'était passé dans cette chambre à coucher.

— Vous avez dit qu'il allait refaire du mal, et pas seulement à vous.

— J'en étais persuadée, répondit Véronique Laval en le regardant droit dans les yeux.

— Vous pensiez à d'autres personnes en particulier ?

— Non, pas spécialement.

— Il vous avait parlé d'autres femmes qu'il fréquentait ?

— Non.

Ce « non » sorti sans l'once d'une hésitation n'avait convaincu personne.

— Vous avez toujours su que Grégory Orban avait d'autres maîtresses, intervint Lucas. C'est vous qui me l'avez dit.

Véronique Laval déglutit bruyamment et accepta le verre d'eau qu'il lui tendit. Elle but trois gorgées péniblement avant de s'expliquer.

— Bien sûr que j'étais au courant mais Grégory savait qu'il ne devait pas en parler devant moi.

— Pourtant hier soir, avança Martin, il l'a fait.

Les épaules de Véronique Laval s'affaissèrent, tout comme son visage. Martin savait qu'ils arrivaient à un point tendu de l'interrogatoire et il n'était pas question de la brusquer. Il dévia légèrement le sujet pour obtenir les réponses qui l'intéressaient.

— Madame Laval, quand nous avons cherché à vérifier l'alibi de Grégory Orban, vous nous avez dit qu'il était chez vous les nuits du 22 et du 25 mai. Est-ce que vous confirmez toujours cette version ?

— Le 25, il était avec moi, oui.

— Mais le 22 ?

— Je ne m'en souviens pas.

— Madame Laval ?

— Je me suis endormie tôt ce soir-là. Quand je me suis réveillée à huit heures, il était là, je peux vous le jurer.

— Vous ne vous êtes pas réveillée une seule fois dans la nuit ? fit semblant de s'étonner Martin.

Elle haussa les épaules comme pour s'excuser.

— Madame Laval, ce ne serait pas judicieux de nous mentir à ce stade de l'enquête.

— Je me suis levée une fois, finit-elle par avouer, vers quatre heures, je crois. Il n'était pas encore rentré.

— Et pour le 25, vous êtes sûre de vouloir maintenir votre déclaration ?

— Je vous dis la vérité. Il était avec moi et, pour être honnête, j'aurais préféré que ce ne soit pas le cas et qu'il accepte son invitation.

— Son invitation ?

— Une personne l'a appelé en début de soirée et lui a demandé de le rejoindre.

— Un homme ou une femme ?

— Je n'en sais rien. De toute façon, Grégory a refusé.

— Vous avez entendu sa conversation ?

— Quelques bribes mais ça n'avait pas vraiment de signification. Il a dit que ce n'était pas à lui de faire ça. La personne à qui il parlait n'avait qu'à se débrouiller.

— Cette personne, il la tutoyait ou il la vouvoyait ?

— Il la vouvoyait.

— Et c'est tout ce qu'il a dit ?

— Oui. Enfin… pas tout à fait. Il a ajouté : « De toute façon, c'est elle qui gagnera à la fin. »

— « C'est elle qui gagnera à la fin » ? répéta lentement Martin.

— C'est ça.

— Et vous ne savez pas de qui il parlait ?

— Non. J'ai bien cherché à savoir mais Grégory s'est mis en colère. La soirée ne s'est pas vraiment passée comme je l'espérais. En même temps, c'était ma faute, je n'aurais pas dû lui poser autant de questions.

Martin tiqua. Ces excuses, il les avait entendues trop souvent dans la bouche de sa mère. Il se ressaisit.

— Vous avez posé ces mêmes questions hier soir, je me trompe ?

— J'avais besoin de savoir, dit-elle pour sa défense.

— Et il s'est à nouveau énervé ?

— Pas vraiment. Il m'a plutôt… rejetée. Il m'a dit que tout ça était en rapport avec l'amour, le véritable amour, celui que je ne connaîtrais jamais et que j'avais été incapable de lui donner. Il m'a dit que…

Mais Véronique Laval ne put finir sa phrase. Elle explosa en sanglots.

— Je crois que vous en avez assez entendu pour ce soir, abrégea l'avocat. Il semble évident que vos questions ne se rapportent plus aux actes de ma cliente. Si c'est en tant que témoin assisté que vous souhaitez l'interroger, le juge Vendôme n'aura qu'à nous le notifier.

36

Les recherches de Lucas sur le passé de Marcel Dupré l'avaient mené bien plus loin qu'il n'aurait pu l'imaginer. Il avait regretté, dans un premier temps, de ne pas avoir été affecté à ce qui était devenu en une nuit l'affaire Grégory Orban. Il aurait préféré approfondir les déclarations de Véronique Laval, se pencher sur les appels téléphoniques d'Orban, notamment celui reçu peu avant que le corps de Nathan Percot avait été amarré dans le Port-aux-Cerises. S'ils se fiaient aux paroles rapportées par Véronique Laval, la personne qui avait contacté Orban ce soir-là avait requis son aide et ce dernier avait refusé. Tout laissait à penser que le service demandé consistait à déplacer le cadavre de Nathan Percot. Cette piste pouvait à elle seule changer le cours de l'enquête.

Remonter cet appel passait en priorité. Bien évidemment, Lucas était prêt à parier qu'il avait été émis d'un téléphone jetable, cependant, avec une heure précise et le numéro d'Orban, les techniciens sauraient facilement le borner. Leur zone de recherches serait nettement plus limitée.

Lucas avait plaidé sa cause auprès de Martin, sans succès. Le capitaine de la 3e DPJ avait attribué une tâche à chaque membre de son équipe et attendait que chacun s'y plie sans discuter. L'affaire Orban serait traitée en parallèle des autres recherches par Lazlo et par Martin lui-même.

Chloé et Francis poursuivraient les investigations menées sur les crimes de la Seine et interrogeraient toutes les personnes ayant distribué le flyer du Bobo Club, à Barbizon et dans les environs. Quant à Lucas, Martin avait décidé qu'il continuerait de creuser la piste de Dupré. Il ne démordait pas du fait que l'affaire de la Durance était à l'origine de toutes les autres et que Lucas devait la décortiquer jusqu'à ce qu'il ne subsiste plus aucune zone d'ombre. Ce dernier avait fini par comprendre que le rôle qui lui était imposé était loin d'être secondaire. Martin lui faisait assez confiance pour démêler une histoire vieille de vingt ans que tout le monde, à commencer par sa hiérarchie, pensait classée.

Isolda Dupré avait dit ne rien connaître du passé de son mari. Marcel avait quarante-cinq ans l'année où il l'avait épousée. Un âge qui lui avait laissé le temps de vivre plusieurs vies avant de se ranger.

Grâce aux registres de l'état civil, Lucas avait découvert qu'Isolda n'avait pas été la seule femme légitime de Dupré. Marcel s'était marié une première fois à trente-trois ans et l'était resté onze années consécutives. En réalité, l'homme était veuf depuis moins d'un an quand il avait épousé Isolda. Était-il encore avec sa première femme quand il l'avait rencontrée ? Lucas regrettait de ne pas avoir posé plus de questions sur leurs relations quand il en avait eu l'occasion. En même temps, il imaginait facilement le silence péremptoire qu'Isolda lui aurait opposé. Lucas aurait eu du mal à justifier cet intérêt soudain pour le passé de son défunt mari. Officiellement, Marcel Dupré avait été reconnu coupable de deux homicides et avait passé le reste de ses jours en prison. Aucune enquête en cours n'était censée le concerner de si près. Lucas avait donc poussé seul ses investigations.

La première épouse de Dupré était morte d'un arrêt cardiaque à l'âge de trente-huit ans. Il n'y avait pas eu d'autopsie. Élisabeth Dupré souffrait d'une malformation génétique. Lucas, non sans mal, avait réussi à obtenir le nom de son médecin traitant. Malgré les vingt-cinq années écoulées, le praticien se souvenait parfaitement de cette femme et regrettait encore ce qui était arrivé. Élisabeth Dupré était suivie pour son problème cardiaque mais avait annulé plusieurs rendez-vous d'affilée. Il était évident que le docteur se reprochait encore de ne pas avoir insisté pour qu'elle vienne le voir à son cabinet. « Nous aurions pu prévenir ce drame, avait-il dit d'une voix grave, mais j'ai pensé qu'elle avait besoin de souffler. » Élisabeth avait subi une fausse couche six mois auparavant et souffrait de plus de terribles migraines. Le praticien avait diagnostiqué une légère dépression et lui avait prescrit un traitement adapté à sa situation. Quand elle avait annulé consécutivement trois consultations, il l'avait appelée. Elle lui avait assuré que les cachets faisaient effet et lui avait promis d'honorer le rendez-vous suivant. Trois jours plus tard, il apprenait de la bouche de Marcel Dupré que le cœur d'Élisabeth avait lâché. Lucas avait cherché à savoir maladroitement dans quel état d'esprit était l'époux quand il l'avait appelé. Le médecin avait eu du mal à cerner la question avant de répondre qu'il était dans l'état d'esprit d'un homme qui venait de perdre l'amour de sa vie. Dévasté et en colère. Les Dupré formaient un couple magnifique, avait-il ajouté. Marcel Dupré était éperdument amoureux de sa femme, il l'accompagnait à chaque rendez-vous et la couvait du regard. Tout ce que l'on pouvait éventuellement lui reprocher, c'était de trop vouloir la protéger. Les deux époux se tenaient constamment la main, même en sortant du cabinet. Les Dupré s'aimaient d'un amour rare, avait-il conclu sèchement. Lucas s'était abstenu de rétorquer que cet époux transi d'amour s'en était finalement remis assez aisément puisqu'il s'était remarié un an après.

Rien n'indiquait que la mort d'Élisabeth Dupré puisse être considérée comme suspecte mais cette pensée s'était déjà instillée dans l'esprit de Lucas.

Il avait pu joindre la sœur aînée d'Élisabeth qui devait avoir aujourd'hui une soixantaine d'années. Tout d'abord réticente à l'idée d'évoquer des souvenirs douloureux, elle avait fini par se plier à l'exercice quand Lucas lui avait dit que seule la relation de sa sœur avec son mari l'intéressait. Si les premiers mots ressemblaient en tout point à ceux prononcés par le médecin d'Élisabeth, les derniers étaient plus nuancés.

Selon elle, l'osmose du couple s'était détériorée la dernière année. La fausse couche de sa sœur en était certainement l'origine. Cette grossesse arrivait après des années de tentatives, au départ naturelles puis médicalement assistées. Lucie Carron, la sœur d'Élisabeth, avait eu la sensation que Marcel était le plus affecté des deux. Il était devenu plus distant, nettement moins attentionné. Élisabeth aurait pu se remettre d'avoir perdu cet enfant, c'était une battante. Elle aurait repris les traitements jusqu'à ce qu'un nouveau miracle se produise. Oui, elle aurait pu accepter ce drame mais pas celui de voir Marcel s'éloigner. Pour Lucie Carron, la dépression de sa sœur était surtout due à cela. Elle n'avait pas supporté de constater que l'amour de Marcel, si intense les dix premières années, s'étiolait. Le fait que le cœur d'Élisabeth ait fini par lâcher relevait presque de la symbolique aux yeux de sa sœur.

Sentant l'émotion contenue dans la voix de son interlocutrice, Lucas avait respecté quelques secondes de silence avant de poser la question qui lui brûlait désormais les lèvres.

Marcel avait-il eu une maîtresse durant cette période de flottement ? La sœur avait répondu d'une voix lasse qu'elle ne pouvait pas l'affirmer avec certitude mais qu'à l'époque, elle en était persuadée. « Et Élisabeth ? avait insisté l'enquêteur. Elle avait des doutes, elle aussi ?

— Je pense que oui, mais elle ne me l'aurait jamais avoué. »

Lucas, pour sa part, s'était fait son idée. Après la fausse couche de sa femme, Marcel Dupré avait fini par se désintéresser d'elle au point d'en rencontrer une autre. Isolda avait dit s'être mariée avec lui quand celui-ci avait quarante-cinq ans, mais elle s'était abstenue de préciser depuis combien de temps durait leur relation. Il était tout à fait imaginable qu'elle ait été sa maîtresse avant qu'ils ne décident d'officialiser leur union. Isolda avait évoqué des premières années de passion sans pour autant les rattacher à son mariage. D'autres questions commençaient maintenant à germer dans la tête du policier.

Marcel Dupré avait-il tué Élisabeth pour vivre librement son amour avec Isolda ? Il y avait d'autres moyens de quitter une femme. D'un autre côté, il avait tenu à épouser chacune d'elles. Peut-être que cet engagement revêtait pour lui quelque chose de vénérable. « Les liens sacrés du mariage », murmura Lucas sans même en avoir conscience. Il eut tout à coup le sentiment de tenir le début d'une hypothèse.

Il repensa aux paroles d'Isolda Dupré et à la description qu'elle avait faite de leur visite familiale au musée, ce fameux jour où leur route avait croisé celle des Anglais. Les mots de la veuve résonnaient encore à ses oreilles : « Cette journée avait été un vrai cauchemar ! » Isolda n'avait pas cherché à cacher que la relation qu'elle entretenait avec son mari battait déjà de l'aile depuis un bon moment. Peut-être que cette sortie, loin de ressembler à la journée parfaite que Marcel Dupré avait voulu organiser, avait eu sur lui un effet dévastateur. Une sorte de déclencheur, comme la fausse couche de sa première femme.

Les deux Anglais, aperçus à plusieurs reprises sur leur parcours, étaient en voyage de noces. Tout dans leur attitude devait le démontrer. Les regards langoureux, sûrement, les mains entrelacées, probablement, les yeux attirés irrésistiblement par ce nouvel anneau à leur doigt, symbole de leur alliance.

Peut-être que ce lien qui les unissait avait tout à coup ravivé des souvenirs chez Marcel Dupré et qu'il n'avait pas supporté d'avoir sous les yeux ce qu'il avait lui-même perdu. Par dépit, il aura voulu rompre cette union sacrée.

Lucas était assez intelligent pour admettre qu'il n'était pas le meilleur de l'équipe dans l'analyse psychologique. Il appela Chloé pour confronter ses idées.

— Ce n'est pas dénué de sens, dit-elle sans plus de tact.

— Donc ça te paraît possible !

— Ça pourrait rejoindre l'histoire d'amour.

— L'histoire d'amour d'Orban ? s'étonna Lucas.

— Celle dont il parlait et qui l'obsédait.

— Quel rapport avec Dupré ? Orban n'a jamais été marié et on ne peut pas vraiment dire que c'était un romantique si on s'en tient à ses relations.

— Tu crois en l'amour ?

— Ce n'est pas moi que tu dois analyser !

— Tu crois en l'amour ou pas ?

— Oui. Enfin, j'imagine. Enfin… je n'en sais rien.

— Tu n'oses pas y croire parce que tu t'es déjà planté deux fois.

— Je t'ai dit que ce n'était pas moi le sujet ! s'agaça Lucas.

— Calme-toi. Ce que j'essaie de te faire comprendre, c'est qu'on a tous envie d'y croire, même si nos actes ont tendance à prouver le contraire.

— Tu parles de toi, là ?

— Moi ? Pourquoi est-ce que j'irais chercher l'amour alors que je travaille à tes côtés ?

— Fais ta maline ! Un jour, je te prendrai au mot, Chloé.

— D'ici là, continue de creuser cette idée d'amour idéalisé chez Dupré. Vois s'il n'a pas été fiancé avant son premier mariage, ou s'il n'a pas vécu une autre grande histoire qui l'aurait marqué. Ça pourrait même remonter à l'adolescence. L'éventualité qu'il ait pété les plombs à force de déceptions, c'est plutôt intéressant.

— Tu me donnes des ordres, maintenant ?

— Je voulais essayer, pour voir. Alors, ça donne quoi ?

— Pas mal. Mais ne t'avise pas de recommencer.

37

Les relevés téléphoniques de Grégory Orban étaient déjà entre les mains des techniciens. Martin leur avait fourni la plage horaire qui les intéressait en particulier. Dans la soirée du 25 mai, Orban avait reçu un appel qui pouvait avoir été émis par celui ou celle qui détenait Clara Faye et Zoé Mallet. Le responsable du laboratoire s'était engagé à faire passer cette analyse en priorité.

Martin s'était installé dans la salle de réunion pour avoir une vue d'ensemble des éléments que son équipe et lui avaient accumulés. Le tableau affichait désormais les photos de onze cadavres, en comptant celui d'Orban. Le couple d'Anglais, les trois Allemands, François Spontini, sa jeune compagne et son fils adolescent. S'étaient depuis ajoutés ceux de Jordan Buch et Nathan Percot. Tous morts à cause d'une histoire d'amour, si l'on prenait en considération les dernières paroles de Grégory Orban. Cette phrase, prise hors contexte, n'avait aucun sens mais elle devait en avoir un pour ceux qui s'adonnaient à ce rituel. Enlever des couples, les séquestrer, et les tuer avant d'éliminer le dernier.

— Pas les tuer. Les forcer à se tuer, se reprit Martin à voix haute

Le message laissé dans l'abdomen de Nathan Percot avait entériné cette théorie.

Martin enrageait de se sentir aussi impuissant. Clara Faye ayant eu droit à l'inscription « GAGNÉ » sous sa chaussure, il était logique de penser qu'elle serait la dernière à mourir mais les jours de Zoé Mallet étaient comptés. Il le savait et ne pouvait rien y faire. Tout comme Lucas, Martin ne s'attendait pas à une adresse précise de la part des techniciens. Au mieux, ils pourraient leur dire quelle antenne relais avait été activée pour passer cet appel à Grégory Orban. Ils leur indiqueraient une zone à balayer. Le chemin serait encore long, trop long pour Zoé Mallet.

Martin s'arrêta davantage sur la photo de Jordan Buch prise par la brigade fluviale le matin de la découverte de son cadavre. Le cliché, maintenant agrandi, était terrifiant. Plus qu'une figure de proue, Martin y voyait désormais un Christ sacrifié, les bras à l'horizontale, retenus par deux anneaux d'amarrage, le corps, droit comme un i, la tête penchée sur le côté. Les chevilles sectionnées, rasant l'eau de la Seine, accentuaient cette représentation sinistre qu'aurait pu peindre Le Caravage.

Martin, les yeux toujours rivés au cliché, se déroula à nouveau l'interrogatoire de Véronique Laval. Elle s'était rétractée et avait finalement admis ne pas avoir passé la nuit du 22 mai avec Grégory Orban, soit le jour où la dépouille de Jordan Buch avait été déplacée. Martin intégra cette information et scruta la photo d'un œil nouveau. Une évidence le frappa.

Pour un homme seul, cette mise en scène aurait demandé une énorme préparation. Le tortionnaire à bord d'une embarcation n'aurait jamais pu maintenir, à la seule force de ses biceps, le cadavre de Jordan Buch, tout en relevant les membres supérieurs à l'horizontale. Il aurait fallu qu'il fabrique un système de poulie pour suspendre les deux bras, qu'il stabilise la victime en position verticale à l'aide d'un harnais. Même avec cet attirail, la tâche aurait été ardue et aurait surtout demandé beaucoup trop de temps.

La solution la plus probable était que le tortionnaire avait bénéficié de l'aide d'un ou plusieurs complices. En l'occurrence, Grégory Orban, qui s'était absenté du domicile de sa maîtresse la nuit où cette opération s'était déroulée. Mais l'homme avait refusé de se déplacer la nuit du 25 mai. Conséquence : Nathan Percot, retrouvé au petit matin du 26, n'avait pas eu droit à autant d'attention que son compagnon. Son corps avait été amarré à la bouée d'un bateau et à moitié immergé. Les caméras de vidéosurveillance du port avaient capté les déplacements d'une seule silhouette. Nathan Percot aurait-il bénéficié, lui aussi , d'une réelle mise en scène si Orban ne s'était pas désisté ? Le tortionnaire de Paris ressentait-il le besoin de mettre en valeur la carcasse de ses victimes ? Martin nota le mot « ARTISTE » dans son carnet, suivi d'un point d'interrogation. Malgré cela, il était loin de se réjouir de ses déductions.

Elles confirmaient qu'Orban n'était pas le responsable des meurtres de la Seine, point dont il s'était déjà convaincu depuis plusieurs jours. Il y avait néanmoins un nouvel élément qui se dégageait. Orban connaissait celui ou celle qui retenait séquestrées Clara Faye et Zoé Mallet. Tous deux avaient été en contact, à plusieurs reprises. Ils s'étaient même vus. Quelle était la nature de leur relation ? Orban avait accepté de donner un coup de main pour déplacer un corps, ce n'était pas un maigre service. Pourtant, Véronique Laval avait précisé que l'échange téléphonique s'était déroulé dans le vouvoiement. Au vu de la personnalité du bonhomme cela paraissait étonnant. Cela signifiait surtout que les deux individus ne s'étaient pas connus en prison. Jamais Orban n'aurait vouvoyé un ex-détenu. Alors d'où pouvaient-ils se connaître ? *À moins qu'il ne se soit adressé à plusieurs personnes au bout de la ligne*, se dit Martin. *Non, impossible, les vidéos ne montraient qu'un individu dans le Port-aux-Cerises. S'il y avait eu davantage de complices, ils s'y seraient pris au moins à deux pour déplacer le corps de Nathan Percot.*

Un autre point pouvait être mis en avant : la confirmation de l'implication d'Orban dans cette histoire. S'il n'était pas responsable des meurtres de Jordan Buch et de Nathan Percot, il ne faisait presque plus aucun doute qu'il l'était pour ceux du Tarn. Il connaissait donc ce rituel pour l'avoir lui-même pratiqué et c'est pour cette raison que le tortionnaire de la Seine n'avait pas hésité à faire appel à lui. Maintenant qu'il était mort, il serait plus difficile de le prouver. Martin préféra ne pas y penser.

Il s'attarda sur une autre phrase prononcée par Orban, pour le moins énigmatique. « De toute façon, c'est elle qui gagnera à la fin. » Qu'avait-il voulu dire par là ? Que Claire Faye s'en sortirait ? Martin avait du mal à y croire. Personne, jusqu'ici, n'avait réchappé à ce rituel. Même les gagnants finissaient par succomber.

Lazlo l'interrompit à ce stade de ses réflexions en débarquant dans la salle de réunion, un sachet de croissants à la main.

— J'ai cru comprendre que ton équipe et toi aviez eu une courte nuit, dit-il en lui tendant le paquet.

— Merci, c'est sympa. Il est quelle heure ?

— Dix heures. Déphasé ?

— Je croyais que j'avais loupé le déjeuner, dit-il en se ruant sur les viennoiseries.

— J'étais avec Vendôme, juste avant. Il a encore moins bonne mine que toi. Manque d'habitude, j'imagine.

— Tu étais avec lui pour parler de l'affaire ?

— Ce n'était pas le motif de notre rendez-vous mais tu penses bien que ça a vite dérapé. De toute façon, je ne pense pas qu'il soit en mesure de traiter d'autres dossiers en ce moment.

— Et je suppose que tu le lui as dit.

— Ça aurait été une erreur de ne pas le faire.

— Et il l'a pris comment ?

Lazlo se contenta de grimacer.

— L'ambiance de l'autre côté doit être un peu tendue, souligna Martin.

— Tendue ? J'ai connu des prises d'otages qui l'étaient nettement moins. Vendôme a voulu ce dossier pour effacer ses conneries de jeune magistrat ambitieux, il doit amèrement le regretter à l'heure qu'il est. Et tu sais comment ça se passe, dans ces cas-là ?

— La pression ne devrait pas tarder à nous retomber dessus, répondit Martin d'un haussement d'épaules. Tu sais quoi, s'ils veulent me dessaisir de l'enquête, qu'ils ne se gênent pas !

— Un coup de mou ?

Martin, qui regrettait déjà ses paroles, balaya l'air d'un geste de la main.

— Regarde ce mur ! dit-il pour justifier sa mauvaise humeur. J'aurai bientôt plus d'éléments que je n'en ai jamais eu besoin au cours d'une enquête et pourtant, je n'ai pas la moindre idée de ce qui se trame réellement.

— Tu devrais prendre les choses dans l'ordre, Vaas.

— C'est-à-dire ?

— Il sera toujours temps de te demander pourquoi tous ces crimes ont été commis. Pour l'heure, ta priorité, c'est d'empêcher qu'il y en ait d'autres.

— Tu crois que je ne le sais pas ?

— Tout doux. Je crois surtout que tu manques de recul. Et de sommeil, aussi. Regarde le côté positif. Tu as déjà réduit ta zone de recherches à un seul département.

— Super ! On parle d'un territoire d'environ six mille kilomètres carrés. Une paille !

— La petite m'a dit que le secteur qui vous intéressait était Barbizon et ses environs.

— Faut vraiment que tu arrêtes de l'appeler la petite, tu sais.

— Je n'y peux rien, elle me fait penser à ma fille. Mais ne va pas le lui répéter, elle pourrait se méprendre sur notre relation.

— C'est mal la connaître, sourit enfin Martin, soulagé de ne plus être seul à cogiter. Cela étant, c'est vrai qu'elle a sacrement réduit la zone. On n'a plus qu'à espérer que le relevé téléphonique d'Orban nous la diminue de moitié, si ce n'est plus.

— Vendôme m'a dit qu'il attendait le résultat du labo pour rameuter la cavalerie. Tu auras toute l'aide nécessaire pour tes recherches. Il a même prévu de demander l'assistance des pandores.

— Tu sais que plus personne ne les appelle comme ça ?

— Il paraît. Mais il paraît qu'il y a une flopée de mots que je dis encore alors que je ne devrais pas, alors… Note, au passage, que j'ai beaucoup de respect pour les gendarmes. Maintenant, que dirais-tu d'arrêter de me faire passer pour un vieux con et de me parler plutôt de ton entrevue avec Véronique Laval. J'ai lu le compte rendu de l'interrogatoire. Tu penses qu'elle t'a tout dit ?

— À quel sujet ?

— Au sujet d'Orban. Pour ce qui est de son mobile à elle, j'ai bien peur que ce soit plié. Personne n'achètera la légitime défense. Elle l'a tué parce qu'elle n'a pas supporté d'être rejetée une fois de plus.

— J'espère que le juge sera plus conciliant que toi.

— Sûrement. Les cicatrices sur ses plantes de pieds feront leur petit effet, elle bénéficiera de circonstances atténuantes. Je ne me fais pas trop de souci pour elle. Mais je pense que tu devrais demander au juge de l'entendre en tant que témoin assisté dans l'affaire de la Seine.

— Pourquoi ?

— Elle t'a raconté à chaud, si je puis dire, ses derniers échanges avec Orban. Elle a pu omettre certaines phrases, des détails importants. Cette histoire d'amour qu'elle ne lui aurait pas donné, crois-en mon expérience d'homme marié, ça a dû la travailler. Elle a dû vouloir qu'il s'explique, connaître le fond de sa pensée. Et surtout, qu'il lui crache le nom de la femme qui lui avait mis cette idée en tête.

Martin observa Lazlo et ne put se retenir de rire.

— Effectivement, on sent que c'est l'expérience qui parle !

— Reste à savoir si Orban connaissait la règle d'or, pontifia Lazlo de sa voix grave.

— Qui est ?

— Même sous la menace, ne jamais avouer.

38

Chloé et Francis avaient déjà interrogé une dizaine d'intérimaires embauchés par la société de marketing viral en charge de la distribution des flyers du Bobo Club. Les deux brigadiers avaient pris le parti de suivre la liste qui leur avait été fournie par ordre alphabétique. Après une matinée d'entretiens, le résultat avait de quoi les désespérer. Personne ne se souvenait avoir croisé la route de quatre jeunes équipés de sac à dos et encore moins de leur avoir remis un flyer. Il leur restait encore huit personnes à contacter.

Chloé s'était étonnée qu'un tel dispositif soit mis en place pour la seule promotion d'une soirée dans une boîte de nuit. Francis lui avait démontré en quelques chiffres que la dépense devait être vite rentabilisée. Dix-huit personnes sur deux jours, à raison de vacations de deux heures payées au smic horaire, ce n'était pas grand-chose comparé au prix d'une bouteille dans une boîte ou au tarif exigé à l'entrée. Chloé avait tenté de faire le calcul de tête mais s'était vite arrêtée, ce qui avait fait sourire son coéquipier. « On ne peut pas être bonne partout ! » lui avait-il dit sans une once de malignité.

La jeune femme était soulagée que Francis l'ait accompagnée sans chercher à se débiner même si elle s'était retenue de tout commentaire sur le trajet les menant à Barbizon. Elle était fatiguée de devoir lui trouver des excuses auprès de Martin mais, surtout, elle savait qu'elle avait encore besoin d'être assistée sur le terrain par des policiers aguerris. Tant que son travail consistait à lancer des recherches, échafauder des théories ou même se lancer dans l'établissement d'un profil, elle se sentait l'égale de ses coéquipiers. Il en allait tout autrement dès qu'il s'agissait d'arpenter le pavé ou d'entrer en action. Chloé n'avait pas encore cet instinct de flic qui permettait de flairer le danger. Elle ne scrutait pas ses interlocuteurs comme elle était censée le faire. À deux reprises, elle avait failli être prise à partie par des petits malfrats dont elle ne s'était pas méfiée. Lucas était intervenu la première fois et se prenait depuis pour son protecteur. Francis l'avait sortie d'affaire lors de la seconde altercation mais lui avait eu la délicatesse de ne rien dire. Il avait remis les gamins à leur place sans un geste brusque ni même un mot de travers. Il s'était interposé calmement en se plaçant devant sa collègue avant de les mater d'un regard. Plusieurs jours après cet incident, Chloé lui avait demandé comment il avait fait. Il lui avait répondu qu'elle devait voir les truands comme des chiens abandonnés. « Tu dois leur faire comprendre dès les premiers instants que c'est à eux d'avoir peur », avait-il dit sans chercher à en rajouter. Si elle était incapable de s'approprier les mots de Francis, Chloé s'essayait tout de même depuis, chaque matin devant sa glace, à adopter ce regard. Elle doutait d'y arriver.

Ils s'étaient offert une pause après avoir déambulé plusieurs heures dans les rues pavées de Barbizon. Chloé avait pris le temps d'admirer les façades fleuries et les enseignes des galeries d'art qui se comptaient en nombre dans ce village où de nombreux artistes étaient venus chercher l'inspiration.

Elle n'avait quasiment rien avalé depuis trois heures du matin, aussi Francis lui proposa-t-il de s'arrêter dans une pizzeria qui se trouvait sur l'artère principale. Il la regarda dévorer sa napolitaine, un brin amusé. Elle était la première femme qu'il côtoyait à être capable de manger comme deux hommes sans s'inquiéter pour sa ligne. Lui devait surveiller son poids et même son cholestérol. Plutôt que de ressentir une pointe de jalousie, il savourait par procuration les écarts gargantuesques de Chloé et lui demandait souvent à la fin du repas de choisir le dessert qu'il aurait aimé déguster.

Elle avait hésité plusieurs fois, entre deux bouchées, à évoquer le sujet qui la taraudait. Cela faisait des semaines qu'une occasion comme celle-ci ne s'était pas présentée. Quand elle se sentit prête, Francis lui coupa l'herbe sous le pied.

— J'ai besoin que tu sois encore un peu patiente, dit-il sans plus d'introduction. Je sais que je ne suis pas très présent en ce moment mais il faut que tu me laisses un peu de temps. C'est tout ce que je te demande.

— Tu m'inquiètes, Francis.

— Ne le sois pas. Fais-moi confiance.

Chloé sonda son regard et accepta de clore le sujet en reprenant une bouchée.

Ils s'étaient entendus avec le patron pour mobiliser une table le reste de l'après-midi afin de continuer leurs entretiens dans un cadre informel, plus propice à l'échange qu'un pas de porte. Chloé avait contacté toutes les personnes qu'ils devaient interroger et avait réussi le miracle d'établir un planning de rendez-vous en un temps record.

Le onzième intérimaire, et premier à s'installer à la terrasse de la pizzeria, n'était toujours pas celui qu'ils recherchaient. L'adolescent de dix-neuf ans avait avoué avoir jeté la totalité des flyers dans la première poubelle qu'il avait trouvée. Il s'était inquiété des conséquences de ses actes face aux deux policiers qui eux-mêmes avaient hésité un instant à le faire marcher en le menaçant de poursuites. Chloé avait été la première à craquer et à le libérer.

S'était ensuite présentée une jeune fille, avec cinq minutes d'avance sur l'horaire convenu. Elle était très heureuse à l'idée d'aider la police, avait-elle tenu à dire d'emblée, mais il s'était avéré qu'elle n'avait rien pu faire pour les satisfaire. Non, quatre jeunes avec des sacs à dos, elle s'en serait souvenue. Elle-même pensait faire un tour du monde dès qu'elle aurait économisé assez, alors pensez bien qu'elle leur aurait posé un tas de questions si elle les avait croisés. Chloé lui avait tendu sa carte, comme elle l'avait fait avec tous les autres, si jamais quelque chose leur revenait.

Ils sentirent qu'ils tenaient peut-être leur perle rare quand le treizième intérimaire fronça les sourcils d'un air inspiré.

— C'est possible, dit le jeune homme qui ne devait pas avoir atteint la majorité. On croise beaucoup de monde, vous savez.

— On s'en doute, mais quatre jeunes en vadrouille, ça doit se remarquer.

— On a beaucoup de touristes, répliqua-t-il pour justifier son hésitation. Barbizon est connu pour être le village des impressionnistes et la commune fait partie du parc naturel du Gâtinais. Dès que les beaux jours arrivent, ça déboule de partout.

Chloé se fit la réflexion que ce gamin aurait mieux fait de travailler à l'office du tourisme avant de recentrer la discussion.

— Mais vous pensez les avoir vus ?

— Vous pouvez me tutoyer, vous savez, je ne le prendrais pas mal.

— OK, tu les as vus, oui ou non ?

— Il me semble. J'étais trop loin pour distinguer leur visage mais ça devait être eux. Après, imaginez que je me plante et que vous partiez sur une fausse piste.

— Ça, on en fait notre affaire, sourit Chloé, se demandant s'il n'était pas finalement voué à être flic. Tu dis que tu étais loin, ça signifie donc que tu ne leur as pas donné de flyer.

— Pas la peine. Ce n'était pas la cible du Bobo Club.

— C'est-à-dire ?

— Pas le look. On est censés rameuter du monde pour cette boîte de nuit. Le patron estime que sa clientèle est select, moi, je la trouve plutôt ringarde, après, chacun son point de vue. Mais eux, ils avaient l'air plutôt cool.

— Tu entends quoi par « cool » ? voulut savoir Francis.

— Pas guindés. Ouverts, même.

— Ouverts ?

— L'un d'eux s'est dirigé vers une vieille avec un plan en papier. J'imagine qu'au départ, c'était pour lui demander son chemin. Déjà, de vous à moi, c'est plutôt cool, le plan en papier. Moi, je ne sais même pas si j'arriverais à me repérer dessus. Bref, ils ont discuté deux minutes et après, la vieille a rejoint le groupe et ils sont partis tous ensemble. C'est bien qu'ils devaient être sympas, non ?

— Et cette *vieille*, tu pourrais nous la décrire ?

Le gamin fronça de nouveau les sourcils, à la recherche de ses souvenirs.

— Elle était plus vieille que vous, dit-il en s'adressant à Chloé, mais je pense qu'elle était plus jeune que ma mère. Pas facile à dire.

— Et elle a quel âge ta mère ? demanda Francis qui se retenait de rire.

— Quarante-cinq, je crois. Un truc dans le genre.

— Ça nous laisse une belle marge, commenta Chloé d'un ton désinvolte. Et sinon, quoi d'autre ?

— À peu près votre taille, dit-il une fois de plus à l'attention de la brigadière. À part ça, elle était brune, enfin les cheveux super noirs. Mince, bien plus que vous, et elle était habillée un peu comme une bourgeoise. Genre tailleur, talons aiguilles et tout. Pas du tout le style des quatre. C'est sûrement pour ça que ça m'a marqué.

— Elle, tu aurais pu lui donner un flyer du Bobo Club ? s'enquit Francis.

— Si elle était passée devant moi ? Sans hésitation.

39

À leur retour de déjeuner, Lazlo et Martin trouvèrent Lucas affairé à disposer méthodiquement de nouveaux portraits. Il s'était octroyé un pan de mur de la salle de réunion, resté vierge jusqu'ici. Comme la plupart des membres de l'équipe, Lucas n'avait dormi que quelques heures et ses gestes trahissaient une surdose d'adrénaline due à son manque de sommeil et aux deux litres de café qu'il avait avalés.

Martin observa les nouvelles photos sans rien dire et se fit la réflexion qu'à ce rythme, ils finiraient bientôt par obstruer la seule fenêtre qui leur apportait un peu de lumière du jour.

Son collage achevé, Lucas s'écarta d'un pas pour que son auditoire puisse avoir une vue d'ensemble du tableau. En haut de la composition pyramidale qu'il venait de créer, le cliché de Marcel Dupré. La photo anthropométrique qui se trouvait dans le dossier de la Durance et que tout le monde connaissait. Un niveau en dessous, les portraits de deux femmes. À gauche, une blonde aux yeux bleus, au sourire discret. À droite, une brune au regard énigmatique et le visage d'un jeune homme positionné légèrement en dessous. Au-dessus de chacun, un nom et une date.

— Je vous présente les deux Mme Dupré, dit Lucas en se tournant vers Lazlo et Martin. À gauche, Élisabeth, mariée une dizaine d'années à Dupré, jusqu'à ce qu'elle décède en 1993. À droite, Isolda, que j'ai eu la chance de rencontrer et qui l'a épousé en 1995.

— Vite recasé, commenta Lazlo.

— Je trouve aussi.

— Cause de la mort de la première ? demanda Martin.

— Crise cardiaque. Trente-huit ans. C'est jeune, mais elle avait une malformation génétique. Elle était suivie de près pour ses problèmes de cœur.

— Pas d'assez près, manifestement, ponctua Lazlo.

— J'ai parlé à son médecin. Élisabeth avait loupé plusieurs rendez-vous de contrôle. Mais pour lui, pas de doute, c'est une mort naturelle.

— Pas pour toi ?

— Je ne sais pas. Je trouve que Dupré s'est vite remis de son décès.

Lucas leur relata en quelques phrases sa conversation avec la sœur d'Élisabeth. Sa relation quasi parfaite avec Dupré jusqu'à la fausse couche et l'apparition rapide d'Isolda dans le paysage. Rien dans les faits énoncés ne donnait matière à plus d'investigations sur la mort d'Élisabeth Dupré et Martin décida de clore le sujet, tout au moins pour un temps.

Lucas passa à la photographie du jeune homme qu'il présenta comme étant le fils de Marcel et Isolda Dupré. Léandre, vingt-cinq ans, commis dans un grand restaurant à Kyoto.

— Tu as pu échanger avec lui ? voulut savoir Martin.

— Pas encore. J'ai essayé à deux reprises mais je suis tombé direct sur sa messagerie.

Lucas vit Martin froncer les sourcils.

— C'est ma faute. J'ai mal calculé mon coup avec le décalage horaire. Il devait être quatre et six heures du matin pour lui. Je ferai gaffe la prochaine fois. De toute façon, je te rappelle qu'il avait à peine dix ans au moment des meurtres des Allemands.

— Mais qu'il en a vingt-cinq aujourd'hui, ajouta Martin froidement.

Lucas hocha la tête. L'appel serait passé dans les meilleurs délais.

Lazlo et Martin observèrent un peu plus attentivement les quatre portraits pour mieux s'imprégner de leur histoire. Le commandant de l'UAC3 fut le premier à dire tout haut ce que les autres pensaient sans oser le formuler.

— Vous m'expliquez comment un mec comme Marcel Dupré a réussi à se marier avec ces deux canons ?

— La photo anthropométrique ne le met peut-être pas en valeur, répondit Martin d'un ton las.

— On sait qu'il ne roulait pas sur l'or, insista Lazlo, et qu'il avait un caractère colérique, donc c'était quoi, son truc ?

— Pour ce qui est de son caractère, intervint Lucas, j'avoue que plus ça va, plus j'ai du mal à me faire une idée.

— Les gendarmes ont écrit dans leur rapport qu'il était belliqueux.

— Je sais, mais en fonction des personnes auxquelles je m'adresse, j'ai droit à différentes versions. Le médecin d'Élisabeth m'a décrit Marcel Dupré comme un mari avenant, tendre et même surprotecteur. La sœur a eu à peu près les mêmes mots jusqu'à ce qu'elle noircisse le tableau en évoquant la dernière année d'Élisabeth. Mais, là encore, il n'était pas vraiment question de violence. Elle m'a dit que son beau-frère était devenu plus distant, fuyant, ce qui ressemble à la description que m'a faite le psy qui l'a suivi en prison.

— Tu veux dire que son mariage avec sa seconde femme l'aurait changé ? déduisit Martin.

— Je ne sais pas. J'ai juste du mal à me faire une image précise de ce mec. Tu me diras, la Isolda, elle n'est pas mal non plus, dans le genre insaisissable.

— Vous lui avez demandé de quelle origine était son prénom ? rebondit Lazlo.

— J'ai posé toutes les questions que vous aviez notées. C'est celte et ça date du Moyen Âge. C'était vraiment important ?

— Du tout, simple curiosité.

Martin le regarda d'un air dubitatif.

— J'aime bien connaître la signification des prénoms, se justifia Lazlo d'un haussement d'épaules.

— Vraiment ?!

— Figure-toi qu'on en apprend beaucoup sur un prénom et la personne qui le porte ! Prends Élisabeth, par exemple. Ça signifie « Dieu est serment » ou encore « Dieu est promesse ». Pas facile à assumer. Tu te sens forcément un peu investi d'une mission.

— Et tu sais ça comment ?

— Ma femme voulait appeler notre fille comme ça, alors j'ai fait des recherches et je lui ai démontré par A plus B que ce n'était pas une bonne idée.

— Et vous l'avez appelée comment pour finir ?

— Élisabeth.

Martin et Lucas sourirent de concert.

— Eh bien, si vous vous lancez dans des recherches sur le prénom Isolda, relança Lucas, je suis preneur de vos conclusions, parce que, personnellement, j'ai été incapable de la cerner.

— Elle t'a paru suspecte ?

— Rien à voir. Elle m'a semblé… détachée. Mais ce n'est pas tant ça qui m'a perturbé. C'était plus le décalage entre ses mots et son comportement. Cette femme te dit qu'elle est à l'origine une artiste et qu'elle multiplie les amants comme bon lui semble, sauf qu'au niveau de l'ambiance, je peux t'assurer qu'on était loin de Woodstock. La nana vit recluse, dans le noir, et a une attitude hyper-austère.

— Artiste, tu dis ? réagit Martin en repensant à ses notes.

— Oui, elle m'a raconté qu'elle sculptait avant de s'installer à Rochebrune.

Martin observa à nouveau le portrait d'Isolda Dupré. Lucas lui avait précisé que le cliché datait un peu mais que la femme était toujours aussi belle.

— Tu as remarqué qu'elle ne faisait pas son âge, rappela-t-il à Lucas sans détacher ses yeux du mur.

— Je dirais qu'elle fait dans les cinquante, cinquante-cinq ans, un truc dans le genre. Pourquoi ?

Martin avait lu les premiers résultats des interviews menées auprès des intérimaires de la société de marketing viral. Chloé avait rédigé sur son smartphone un rapport préliminaire qu'elle avait envoyé par mail à toute l'équipe.

— Chloé a dit que nos quatre jeunes avaient suivi une femme très brune.

— Je t'arrête tout de suite, réagit Lucas. Elle a dit que le gamin situait cette femme entre vingt-huit et quarante-cinq ans. Il n'aurait pas pu se tromper à ce point.

— Il y a des âges plus difficiles que d'autres à évaluer, surtout quand on est jeune.

— Il a estimé qu'elle était plus jeune que sa mère qui a quarante-cinq ans. Autant dire que l'inconnue qu'on cherche en a peut-être trente ou trente-cinq. Non, je crois vraiment que tu fais fausse route. Et puis Isolda n'est plus aussi brune. Elle a quelques cheveux gris maintenant.

— Ça se teint.

— Laisse tomber, Martin. Ce n'est pas elle, je t'assure.

Martin regarda Lucas d'un air étonné.

— La lumière lui donne des migraines, se justifia Lucas. Elle est plus pâle qu'un spectre, sans parler du fait que c'est un poids plume. Jamais elle n'aurait pu déplacer un corps. Je suis sûr qu'elle n'a pas mis le nez dehors depuis des lustres.

— Pour quelqu'un qui estimait avoir eu du mal à la cerner, sourit Lazlo, je trouve que vous nous en faites un portrait bien précis.

Lucas s'apprêtait à répondre mais Martin ne lui en laissa pas l'occasion.

— Vérifie tout de même ses déplacements des dernières semaines. Tout porte à croire que notre meurtrier, ou notre meurtrière, s'est fait aider par Grégory Orban pour déplacer le corps de Jordan Buch. Il, ou elle, a pu charger quelqu'un d'autre de s'occuper de celui de Nathan Percot.

— Comme tu voudras, abdiqua Lucas.

Martin avait conscience que cette demande ferait perdre un temps précieux à son second s'il s'agissait d'une fausse piste, mais ils avaient absolument besoin de mettre un nom sur cette inconnue de Barbizon. Véronique Laval était la seule autre brune référencée dans leur dossier et, contrairement à Isolda, personne ne lui aurait donné moins que son âge.

— J'ai encore d'autres recherches à faire, reprit Lucas comme s'il avait deviné les pensées de Martin.

— Comme quoi ?

Lucas avait gardé ce qu'il estimait être le meilleur pour la fin. Il exposa sa théorie d'un Marcel Dupré obsédé par l'amour indéfectible, celui qui ne meurt jamais. À force de déceptions, Dupré aurait fini par dérailler pour s'en prendre au premier couple renvoyant l'image d'un bonheur parfait.

— Tu en as parlé à Chloé ? lui demanda Martin après avoir pris le temps d'intégrer cette idée.

— Oui. C'est même elle qui m'a dit de creuser. Elle pense que je devrais remonter encore plus loin dans le passé de Dupré. Qu'Élisabeth et Isolda ne devaient pas être ses premiers revers amoureux. Elle pense qu'il y a pu y avoir une histoire plus importante que toutes les autres.

40

Martin tentait de joindre Lazlo depuis plus d'une heure. L'homme était sur messagerie et le policier commençait sérieusement à s'inquiéter. Le commandant de l'UAC3 avait quitté la salle d'audition sans crier gare, le visage blême. Martin ne l'avait pas vu consulter son téléphone, personne n'était venu lui glisser un mot à l'oreille. Soit Lazlo s'était soudain senti mal, et avait préféré s'éclipser pour prendre l'air, soit sa réaction faisait suite à des mots qui avaient été prononcés.

Martin visionnait pour la deuxième fois l'interrogatoire qu'il avait lui-même mené.

Sur les conseils de Lazlo, et avec l'appui du juge Vendôme, il avait pu convoquer Véronique Laval comme témoin assisté dans les affaires qu'il traitait, notamment celle de la Seine et celle du Tarn. Martin était désormais convaincu, tout comme le magistrat, que Grégory Orban était l'auteur des meurtres de François Spontini, de son fils et de sa maîtresse. Martin avait espéré que Véronique Laval saurait leur dire où se trouvait son amant durant l'été 2018. Malheureusement, sur ce point, elle n'avait pas changé sa version. Elle avait coupé les ponts avec Orban après qu'il lui avait tailladé les pieds et ne l'avait pas revu jusqu'à ce qu'il débarque chez elle, une semaine plus tôt. Elle n'avait aucune idée de ce qu'il avait fait ou vécu ces cinq dernières années. Martin s'était étonné qu'elle ne lui ait pas posé plus de questions. Véronique Laval avait admis du bout des lèvres qu'elle avait eu peur qu'il se braque et qu'elle avait imaginé le faire tranquillement avec le temps. Temps qu'elle ne lui avait finalement pas laissé.

Martin avait alors déposé les photos des victimes du Tarn sous ses yeux. La femme avait posé une main tremblante devant sa bouche. Elle avait demandé si Orban était responsable de ce massacre, ce à quoi Martin avait répondu avec honnêteté qu'il le pensait mais qu'il était dans l'incapacité de le prouver. Il avait espéré que cet aveu mettrait l'ancienne amante dans de bonnes dispositions et qu'elle comprendrait de quoi il retournait.

— Nous pensons que Grégory Orban avait un complice et que ce dernier continue de sévir. Vous êtes peut-être la seule à pouvoir mettre fin à cette série meurtrière, avait-il ajouté pour enfoncer le clou.

Véronique Laval avait hoché discrètement la tête, signe qu'elle était prête à coopérer.

Martin regrettait que la caméra n'ait filmé que le témoin et son avocat. Il aurait voulu pouvoir observer les réactions de Lazlo et comprendre à quel moment son attitude avait changé. Véronique Laval n'avait jamais porté le regard sur le commandant de l'UAC3, seules ses paroles pouvaient donc avoir eu un impact sur lui. Martin, qui avait mis l'enregistrement sur pause, souffla un grand coup avant de relancer le fichier, encore plus concentré :

« Vous nous avez dit que Grégory Orban s'était absenté la nuit du 22 mai. Vous confirmez cette version ?

— Oui.

— À quelle heure est-il parti de chez vous, ce soir-là ?

— Je ne sais pas. Je dormais déjà.

— Et vous vous êtes couchée à quelle heure ?

— Vers minuit. Nous avions pas mal bu, je me suis écroulée.

— Il vous avait dit qu'il avait l'intention de sortir ?

— Non. Je m'en suis aperçue quand je me suis levée dans la nuit. Il devait être quatre heures du matin.

— Et vous n'avez pas cherché à le joindre ?

— Non. Il n'aurait pas apprécié.

— Vous auriez pu prétexter que vous vous inquiétiez. »

Véronique Laval haussa les épaules tout en baissant les yeux.

« Et quand vous l'avez vu dans votre lit au matin, vous ne lui avez pas posé de questions ?

— Je lui ai demandé où il était allé mais il m'a répondu que ça ne me regardait pas alors je n'ai pas insisté.

— Je vois. Et la veille, il avait reçu un coup de fil ?

— Pas devant moi, en tout cas.

— Très bien. Alors reparlons plutôt de la conversation téléphonique qu'il a eue le soir du 25 mai. Vous nous avez indiqué qu'il vouvoyait son interlocuteur. Pensez-vous qu'il s'adressait à une seule personne ou que ce "vous" signifiait qu'ils étaient plusieurs à l'autre bout de la ligne ?

— Je n'en sais rien.

— Vous n'entendiez pas de voix à travers le haut-parleur ?

— Non, je n'étais pas à côté de lui. Quand il a reçu l'appel, il s'est levé du canapé et s'est placé devant une des fenêtres. Ça voulait dire que je ne devais pas l'interrompre pendant qu'il parlait.

— Donc vous ne pouvez pas nous dire s'il s'adressait à un homme ou à une femme.

— Je vous ai déjà répondu que non.

— Je sais, mais parfois certains éléments reviennent en mémoire avec le temps.

— Je n'en sais rien, désolée.

— Vous nous avez rapporté qu'Orban avait dit à son interlocuteur que ce n'était pas à lui de faire ça, que la personne à qui il parlait devait se débrouiller. Vous avez ajouté qu'il aurait achevé sa conversation par : "De toute façon, c'est elle qui gagnera à la fin."

— C'est ça.

— Vous êtes sûre que vous ne vous souvenez de rien d'autre ?

— Non.

— Et vous ne lui avez pas demandé, après coup, de qui il parlait ?

— Non. »

Martin mit à nouveau l'enregistrement sur pause et observa attentivement le visage de Véronique Laval. Sa réponse avait fusé mais son regard avait dévié. Le policier s'en était aperçu durant l'interrogatoire et avait hésité à lui poser de nouveau la question. Il avait préféré lui laisser du mou pour mieux la ferrer. Il s'éloigna légèrement de l'écran et repassa en mode lecture.

« Cette nuit, vous nous avez avoué qu'Orban vous avait rejetée. Qu'il vous avait reproché de ne pas avoir été capable de lui donner le véritable amour. Vous alliez ajouter quelque chose, mais vous vous êtes arrêtée. Que vouliez-vous nous dire de plus ?

— Je ne vois pas de quoi vous parlez.

— Je peux vous repasser l'enregistrement de votre interrogatoire, si vous le voulez. Peut-être que ça vous aidera à vous souvenir.

— Je suis désolée, capitaine, mais je ne vois vraiment pas ce que j'aurais pu ajouter. Une fois qu'il m'a dit ça, je n'avais plus trop envie de parler, vous pouvez facilement l'imaginer.

— Moi oui, mais mon collègue, le commandant Lazlosevic, ici présent, a une autre théorie. Il est persuadé que vous avez voulu en savoir plus.

— Plus que quoi ? Grégory venait de me dire que je n'avais pas su l'aimer. Ça me paraissait suffisant et surtout sans appel.

— Eh bien il pense que vous avez voulu savoir qui avait bien pu lui mettre cette idée en tête.

— Je ne comprends pas.

— Il y a cinq ans, votre amant vous entaille les pieds en vous expliquant qu'il veut vous raconter une histoire d'amour. Hier, vous l'assassinez parce qu'il vous dit que vous n'avez pas été capable de lui donner ce véritable amour. Si cette histoire l'obsédait, elle a dû vous hanter, vous aussi. Vous avez dû lui demander pourquoi il vous parlait de ça constamment. Pendant quinze ans, votre relation s'est bien passée, sans accroc particulier. Vous ne vous fréquentiez qu'épisodiquement mais vous étiez sur la même longueur d'onde, je me trompe ?

— Non.

— Et un jour il débarque et vous parle d'amour. En toute logique, vous avez dû soupçonner l'intervention de quelqu'un. D'une femme, *a priori*.

— Orban voyait d'autres femmes, je vous l'ai dit, ça aussi.

— Sauf qu'aucune d'elles n'avait eu d'impact sur votre relation. »

Martin compta les secondes de silence imposées par son témoin. Huit. Huit secondes qu'il s'était empêché de combler. Véronique Laval n'avait plus assez de force pour résister.

« Je lui ai juste demandé s'il me quittait pour une autre femme.

— Et que vous a-t-il répondu ?

— Que je n'avais rien compris. Que cet amour parfait, il aurait aimé le vivre avec moi mais que j'étais comme tous les autres.

— Vous voulez dire toutes les autres ?

— Non. Il a dit tous les autres.

— J'imagine que vous lui avez demandé de s'expliquer.

— Bien sûr. Il m'a dit que les mots avaient de la valeur, qu'il n'était pas question de prétendre qu'on aimait quelqu'un plus que tout si on n'était pas prêt à le prouver. Il m'a parlé de sacrifice, de don de soi, sauf qu'il était tellement survolté que je ne comprenais rien. Je me suis mise à pleurer, alors il s'est calmé. Il m'a assuré qu'il n'y avait pas d'autre femme mais que la princesse aux mains blanches avait raison. L'amour, le vrai, est si rare qu'il doit se mériter. Et je n'étais pas celle qu'il lui fallait.

— La princesse aux mains blanches ?

— C'est ça. Je lui ai demandé de qui il parlait et il m'a dit que ça n'avait pas d'importance. Que cette femme n'était qu'une messagère.

— Vous n'avez pas insisté ?

— Pour quoi faire ? Il m'a fait comprendre que ce n'était pas sa maîtresse et je l'ai cru. J'aurais préféré, pourtant. J'aurais eu un ennemi à combattre. Non, Grégory me quittait parce qu'il ne m'aimait plus. Ou parce que je ne l'aimais pas assez. Je lui ai dédié presque vingt ans de ma vie. J'ai supporté ses longues absences, pardonné ses incartades. J'ai enduré ses colères sans jamais rien lui reprocher. Et là, d'un coup, il balaye notre histoire d'un revers de la main comme si elle n'avait représenté qu'une amourette de vacances.

— C'est là que vous avez pris la décision de le tuer ?

— Je ne sais plus. C'est possible. Tout est flou dans ma tête. Ce que je sais, c'est que j'aimais Grégory et que je n'ai pas su le lui prouver. »

Martin coupa la lecture de l'enregistrement. La suite, il s'en souvenait parfaitement et elle ne méritait pas qu'il s'y attarde puisque Lazlo n'était déjà plus dans la pièce. Il repositionna le curseur une minute plus tôt.

41

Chloé avait recontacté un par un les intérimaires déjà interrogés. Certains ne lui avaient pas caché leur agacement de devoir se plier à de nouvelles questions, d'autres n'avaient pas hésité à lui dire qu'ils n'étaient plus disponibles. Au total, elle avait réussi à en revoir sept sur les treize déjà croisés. Aucun d'eux ne se souvenait avoir distribué un flyer du Bobo Club à une femme brune, mince, d'âge moyen et habillée en tailleur. La description était cependant trop vague pour que les intérimaires soient sûrs de leur réponse. Il leur avait été plus facile d'être catégoriques quand la recherche avait porté sur quatre jeunes affublés de sacs à dos.

Il était vingt heures passées et la logique aurait voulu que Chloé reporte la suite de ses entrevues au lendemain. Il ne restait cependant plus que cinq noms sur sa liste, cinq intérimaires que Francis et elle n'avaient pas encore croisés. Son coéquipier l'avait abandonnée deux heures plus tôt sans se donner la peine, cette fois, de lui fournir une excuse. Elle n'avait pas cherché à le retenir et n'avait pas l'intention d'en référer à Martin. Francis lui avait demandé de lui faire confiance et cette simple requête avait clos le sujet. Chloé regarda une nouvelle fois sa montre avant de prendre sa décision. Revenir à Barbizon lui prendrait encore une matinée, un temps précieux qu'elle passerait loin de son équipe. Elle composa le numéro suivant inscrit sur sa liste.

Le jeune homme qu'elle rencontra en début de soirée devait avoir à peine trois ou quatre ans de moins qu'elle. Il lui avait demandé de la rejoindre dans un bar où il travaillait quatre soirs par semaine. La distribution de flyers venait en complément de cet emploi, avait-il tenu à lui expliquer.

Chloé s'était installée au comptoir, sur un tabouret haut, et avait attendu patiemment que le serveur lui accorde un moment, entre deux commandes.

— Je suis désolé, dit-il en s'approchant d'elle, c'est un peu le rush mais ça ne devrait pas tarder à se calmer. On est encore dans l'*happy hour*, c'est pour ça.

— Pas de souci, c'est déjà sympa de votre part d'avoir accepté de me parler aussi rapidement.

— Je vous sers quelque chose à boire ?

Chloé regarda sa montre et grimaça.

— Un Coca, ce sera parfait.

— Boulot boulot, s'amusa le jeune homme.

— Boulot, voiture, fatigue, tout ça, quoi.

— Alors va pour un Coca !

Chloé se redressa sur son assise tandis que son interlocuteur préparait sa boisson. Elle se regarda dans le miroir qui se trouvait face à elle, à moitié dissimulé par les bouteilles d'alcool exposées sur des étagères. Ses traits accusaient le coup de sa courte nuit et elle se pinça le haut des joues pour raviver son teint. Elle se félicita de ne pas avoir Francis à ses côtés. Il n'aurait pas manqué de lui faire remarquer qu'elle faisait moins de coquetteries avec ses collègues.

— Vous disiez que vous aviez besoin de renseignements sur une distribution que j'aurais faite pour le Bobo Club ? lui demanda le serveur alors qu'elle ne l'avait pas vu revenir.

— C'est ça. Un flyer pour une soirée « Prohibition » qui avait lieu le 16 avril.

— Je m'en souviens, oui, mais ça remonte à plus d'un mois. Qu'est-ce que vous voulez savoir exactement ?

Chloé était fatiguée de répéter le même discours depuis des heures. Elle aurait préféré profiter de ce bar et de son ambiance festive pour décrocher. Elle s'imagina, le temps d'un instant, échanger quelques phrases anodines avec cet inconnu qui n'était pas pour lui déplaire. Elle se ressaisit quand le jeune homme s'inquiéta de ne pas la voir répondre.

— Désolée, j'étais perdue dans mes pensées, bredouilla-t-elle, confuse. Vous disiez quoi ?

Il sourit tout en passant machinalement un coup de torchon sur le zinc.

— Dure journée ? demanda-t-il en la regardant droit dans les yeux.

— Dure semaine, admit Chloé.

— Alors j'espère que je vais pouvoir vous aider.

Elle le remercia d'un regard et redoubla de concentration.

— Nous sommes à la recherche d'une femme qui a reçu un des flyers distribués ce jour-là. Brune, entre vingt-cinq et quarante-cinq ans, plutôt mince, habillée en tailleur avec des chaussures à talons.

— Vous êtes en train de me décrire la majorité des habitantes du coin, s'amusa le serveur.

— J'en ai conscience. On nous l'a décrite un peu bourgeoise, mais je ne sais même pas si je peux me fier à ce portrait. Tout ce que je peux vous dire de plus, c'est qu'elle est partie à un moment donné avec un groupe de quatre jeunes randonneurs.

— Fallait plutôt commencer par là.

— Ça vous rappelle quelque chose ? réagit Chloé, tout à fait éveillée.

— L'association ne passait pas inaperçue.

— C'est vous qui lui avez donné ce flyer ?

— Oui, je sais qu'il lui arrive d'aller dans ce club.

— Vous la connaissez ?

Chloé ne pouvait plus cacher son excitation.

— C'est un grand mot. Elle vient ici de temps en temps.

— Vous avez déjà discuté avec elle, vous connaissez son nom ou son adresse ?

— Si je posais de telles questions à une cliente, je serais viré sur-le-champ ! rigola le serveur. Non, vous savez ce que c'est. On échange surtout des banalités. Je crois qu'elle bosse dans l'immobilier, certainement pour l'agence qui se trouve au bout de la rue.

Chloé regarda sa montre par réflexe.

— Ne rêvez pas. Les boutiques sont fermées à cette heure-ci. Et puis, je vous dis ça, si ça se trouve, elle ne travaille pas du tout là-bas. Elle est peut-être free-lance. C'est moi qui ai déduit qu'elle bossait dans cette agence parce que c'est la seule à proximité. D'ailleurs, maintenant qu'on en parle, je me rends compte que ça fait pas mal de temps que je ne l'ai pas vue.

— Combien exactement ?

— Je ne sais pas. Deux ou trois semaines, peut-être plus. Ça remonte peut-être même à ce flyer. Difficile à dire. Je vois défiler pas mal de monde le soir.

— Qu'est-ce que vous pouvez m'apprendre d'autre au sujet de cette femme ?

— Je peux déjà vous assurer qu'elle se rapproche clairement plus des quarante-cinq ans que des vingt-cinq, affirma-t-il en faisant signe à un client accoudé au bar qu'il arrivait dans une minute.

— Vous pourriez me la décrire ?

— Plutôt belle, si on aime le genre mystérieux. Assez renfermée. Le regard froid mais profond en même temps.

— Vous avez l'air d'aimer ce style, le titilla Chloé pour le regretter aussitôt.

— Disons qu'elle ne laisse pas indifférent mais je vous arrête tout de suite. Trop rigide pour moi.

— Rigide ?

— Dans son attitude. Quand elle vient ici, elle s'assoit comme vous, sur un tabouret, le dos toujours bien droit. Elle passe son temps à regarder la salle dans le reflet du miroir. Lorsqu'un homme cherche à l'approcher, c'est à peine si elle tourne la tête vers lui pour le remettre à sa place.

— Elle ne parle qu'à vous ?

— Pour ainsi dire. Et au patron quand c'est lui qui la sert. Et une fois de plus, « parler » est un grand mot. Je ne connais même pas son prénom. Elle passe la plupart de son temps à observer les autres clients, les lèvres pincées. C'est comme si elle venait en repérage mais qu'elle ne trouvait personne à son goût.

Chloé commençait à se faire une idée plus précise de la personnalité de leur inconnue. Ces descriptions étaient toutefois loin d'être suffisantes pour lancer un avis de recherche.

— Vous accepteriez de venir à Paris pour nous aider à faire son portrait-robot ?

— C'est que je bosse quasiment tous les soirs et la journée, je suis à la fac.

Elle observa plus attentivement son interlocuteur, se demandant si elle ne s'était pas trompée sur son âge.

— J'ai repris des études de langues appliquées, dit-il pour répondre à la question qu'elle n'avait pas posée. Le bar, les flyers, c'est sympa mais je n'ai pas l'intention de faire ça toute ma vie.

— Vous pourriez peut-être vous absenter une après-midi ? insista Chloé.

— Ça vous rendrait vraiment service ?

— Vous n'avez pas idée.

Le serveur accepta d'un geste de la tête et lui fit signe de patienter un instant, le temps de servir ses autres clients. Quand il revint, elle avait fini son Coca.

— Vous êtes sûre que vous ne voulez pas autre chose ? C'est moi qui vous l'offre.

— C'est gentil, peut-être un peu plus tard. Au sujet de cette femme, vous pouvez me dire autre chose ? Un détail, n'importe quoi ?

Le jeune homme posa ses mains à plat sur le comptoir, le temps de la réflexion.

— Je peux vous assurer qu'elle ne porte pas d'alliance. Elle doit être enfermée toute la journée dans son bureau, vu comme elle est pâle. Elle est toujours bien habillée. À part ça, je ne vois pas.

— Et quand vous l'avez vue avec ces quatre jeunes, elle n'a pas dit quelque chose qui vous aurait marqué ?

— Elle, non, mais en m'approchant, j'ai entendu le plus âgé de vos randonneurs la remercier de les héberger.

42

— Tu as réussi à la joindre ?

— Toujours pas.

— Il est dix heures, continua Martin d'une voix tendue. Lucas lui a envoyé un SMS hier soir comme à nous tous pour qu'on se retrouve ici à neuf heures. Depuis qu'elle travaille avec nous, elle n'a jamais été en retard.

— Je sais tout ça, Martin, répondit calmement Francis, mais que veux-tu que je te réponde ? Je lui ai laissé deux messages. Lucas m'a dit qu'elle n'avait toujours pas lu son texto. Elle s'est peut-être accordé une grasse mat vu la nuit qu'elle a passée avant-hier.

— Chloé ne se présente pas alors que c'est sa première grosse affaire, et toi tu te dis qu'elle a décidé de rattraper ses heures de sommeil ?! Tu ne crois pas qu'elle nous aurait au moins prévenus ?

— Elle a peut-être perdu son portable.

Martin tentait de garder son calme mais son visage s'empourprait au fur et à mesure de l'échange.

— Francis, dis-moi que tu as passé la journée d'hier avec elle.

— Bien sûr que j'étais avec elle. On a interrogé les intérimaires de la société de marketing viral. Elle a dû t'en parler.

— Chloé est toujours prête à te servir d'alibi, donc c'est à toi que je pose la question !

— J'étais avec elle.

— Jusqu'au bout ?

Francis regarda Martin dans les yeux mais ne répondit rien.

— À quelle heure tu l'as quittée ? demanda Martin froidement.

— Il devait être dix-huit heures, environ.

— Elle m'a envoyé un texto vers vingt-et-une heures pour m'apprendre qu'elle tenait peut-être une piste, un témoin qui était en mesure de nous aider à dresser le portrait-robot de notre inconnue de Barbizon. J'en déduis que tu n'étais déjà plus avec elle quand elle a parlé à cet homme.

— Non.

— Et tu as une idée de qui il peut s'agir ?

— Pas vraiment. Il nous restait pas mal de personnes à interroger.

— Ce qui ne t'a pas empêché de partir.

— Écoute Martin, je n'avais pas le choix. Je devais être de retour à Paris pour dix-neuf heures. Chloé voulait continuer pour pouvoir bosser ici ce matin.

— Sauf qu'elle n'est pas là, le coupa Martin.

Francis soutenait de plus en plus difficilement le regard de son supérieur.

— J'ai tenté de la localiser, finit-il par dire d'une voix mal assurée, mais je n'ai pas de signal.

— Tu as demandé un bornage ?

— Non. On peut se localiser mutuellement grâce à une appli. C'est elle qui m'a montré comment faire. Sauf qu'elle n'apparaît pas sur mon écran. Ça signifie qu'elle est peut-être en mode avion ou qu'elle ne capte pas.

— Et tu comptais me dire ça quand ?

— Ça change quoi ? s'énerva tout à coup Francis. Elle n'est pas joignable, tu veux que je fasse quoi de plus ?

— Je ne sais pas, Francis. Tu vas à son appartement et tu défonces sa porte. Tu rappelles tous les mecs de ta liste et tu me trouves le dernier à qui elle a parlé. Tu demandes aux gars du labo s'ils peuvent faire mieux que ton appli. En réalité, il y a plein de trucs que tu peux tenter, Francis, sauf m'expliquer que Chloé a eu une panne d'oreiller.

Martin rejoignit seul Lucas dans la salle de réunion. Celui-ci l'interrogea du regard.

— Francis part à sa recherche. Il pense qu'elle a pu vouloir dormir un peu ce matin. De toi à moi, j'en aurais bien fait autant sauf que ça ne lui ressemble pas.

Lucas pinça les lèvres et se retint de toute remarque. Chloé n'avait qu'une heure de retard et il ne comprenait pas pourquoi Martin en faisait toute une histoire. Elle allait certainement passer les portes du Bastion d'une minute à l'autre. Ils ne pouvaient cependant pas se permettre de l'attendre plus longtemps ni de se focaliser sur son absence.

— Et Lazlo ?

Le commandant de l'UAC3 avait prévenu qu'il serait dans les locaux de la 3e DPJ en milieu de matinée sans pour autant s'expliquer sur son départ précipité de la veille.

— Il nous rattrapera en chemin, conclut Martin en s'asseyant face au tableau sur lequel étaient affichés les portraits des victimes. Tu disais avoir des infos ?

— Je crois que je te dois des excuses.

— Et comme par hasard, aucun témoin dans la salle, plaisanta Martin pour détendre l'atmosphère.

— Je pense qu'Isolda Dupré a un rapport avec tous ces meurtres. Je ne sais pas lequel, je ne sais pas si c'est notre inconnue de Barbizon, mais elle est impliquée dans tout ça. J'en suis presque persuadé.

— Hier tu m'affirmais le contraire. Qu'est-ce qui s'est passé entre-temps ?

— Comme convenu, j'ai fouillé un peu plus dans le passé de Marcel Dupré.

— Et ?

— J'ai pu trouver un de ses vieux potes de fac. Ils sont restés en contact pas mal d'années jusqu'à ce que Dupré s'installe dans les Hautes-Alpes.

— Je t'écoute.

— Chloé m'avait conseillé d'axer mes recherches sur les anciennes histoires d'amour de notre homme et c'est ce que j'ai fait. Ce pote, Denis Berger, m'a dit que Dupré était un romantique. À la fac, il tombait facilement amoureux et s'attachait très vite. Il avait beaucoup d'espoir et faisait beaucoup de promesses. Le problème, c'est qu'il avait du mal à rester fidèle. Dès qu'une nouvelle nana, un tant soit peu séduisante, débarquait, il avait besoin de la séduire. C'était plus fort que lui. Selon ce Berger, Élisabeth a été le premier grand amour de Dupré et aussi sa plus longue histoire.

— OK, donc ta théorie comme quoi Dupré avait fini par péter les plombs à force de déceptions m'a tout l'air de tomber à l'eau. Si j'en crois ce Berger et ce que d'autres ont pu te dire, c'est plutôt lui qui mettait fin à ses histoires.

— Je suis d'accord.

— Très bien, et donc ? Que vient faire ta Isolda là-dedans ?

— Denis Berger ne l'a rencontrée qu'une fois. C'était à un vernissage qu'elle organisait pour exposer ses sculptures. À l'époque, Dupré était encore marié à Élisabeth, et devine quoi ?

Martin attendit patiemment la suite.

— Élisabeth n'était pas encore enceinte, ce qui veut dire qu'Isolda était la maîtresse de Dupré bien avant que sa femme ne décède.

— OK, c'est moche, mais de là à lui imputer une série de meurtres…

— Attends, laisse-moi finir. Berger a revu Dupré quelques mois plus tard. Il savait que son épouse venait de faire une fausse couche et que sa santé s'était dégradée. Il pensait récupérer son pote au fond du trou, mais lui ne semblait pas du tout affecté par la situation. Berger a trouvé ça bizarre parce que Marcel avait toujours clamé haut et fort qu'il désirait un enfant. Il a voulu creuser un peu le sujet mais Dupré lui a tenu un discours hyper-décousu comme quoi c'était le karma, qu'Isolda l'avait protégé d'une histoire foireuse et que sans elle, il se serait retrouvé pieds et poings liés à Élisabeth alors qu'il ne ressentait plus rien pour elle. Il a dit que ça faisait partie des sacrifices qu'il fallait être prêt à faire pour vivre le grand amour, et qu'Isolda en savait quelque chose.

— Isolda en savait quelque chose ? répéta Martin.

— Oui. Là encore, c'était confus selon Berger. Dupré a parlé d'un sacrifice énorme qu'Isolda aurait fait par amour. Le sacrifice « ultime », précisa Lucas en mimant les guillemets avec ses doigts.

— Et ton Berger n'a pas demandé à Dupré de quoi il s'agissait ?

— Si mais l'autre n'a rien lâché. Tout ce qu'il lui a répondu, c'est qu'Isolda avait fini par perdre ce grand amour dans un accident de voiture et qu'elle avait eu beaucoup de mal à s'en remettre. Il se sentait chanceux qu'elle soit prête à revivre cet amour avec lui. Berger m'a dit que Dupré vouait à cette femme une admiration malsaine.

— Et toi, tu as cherché à en savoir plus sur ce grand amour d'Isolda ?

— Tu penses bien, sauf que je n'ai rien trouvé. J'ai glané très peu d'infos datant d'avant son mariage avec Dupré. Ses parents sont morts quand elle avait seize ans, elle a été déscolarisée dans la foulée. Après, elle disparaît des radars jusqu'à ce qu'elle se mette à la sculpture. J'ai déniché deux ou trois articles à ce sujet mais rien de très fouillé. Pour le reste, rien à signaler. Pas un seul PV, pas même un passage à l'hôpital avant sa première échographie.

— Tu disais que ses parents étaient morts. On sait de quoi ?

— Un accident de la route.

— Ça fait beaucoup d'accidents, dis-moi.

— Tu m'étonnes, ironisa Lucas. Vaut mieux garder ses distances. Regarde Élisabeth. Tout allait bien pour elle jusqu'à ce qu'Isolda débarque dans le paysage.

Martin se tourna vers le cliché d'Isolda Dupré et observa une fois de plus chacun de ses traits.

— Chloé a demandé à un témoin de venir nous aider à établir le portrait-robot de notre inconnue de Barbizon. Dès qu'il arrive, je veux qu'on lui montre cette photo. Chloé m'a écrit que la femme en question se rapprochait plus des quarante-cinq ans que des vingt-cinq.

— On est encore loin du compte mais avec un bon maquillage…

— On va avoir besoin d'une identification. On aura du mal à convaincre le juge Vendôme de convoquer Isolda Dupré juste avec cette vieille histoire de sacrifice.

— Avec cette vieille histoire, peut-être pas, les surprit Lazlo.

Le commandant de l'UAC3 les observait, une épaule plaquée contre le chambranle de la porte. Il pénétra dans la pièce et déposa deux livres sur la table.

— Mais avec ça, dit-il de sa voix grave, ce sera déjà plus facile.

43

Francis remontait la Grande-Rue de Barbizon en scrutant chaque terrasse de café.

Il s'était rendu un peu plus tôt chez Chloé et avait frappé si longuement à sa porte qu'une voisine de palier avait fini par sortir une tête de chez elle. La femme d'une trentaine d'années avait regardé cet inconnu avec méfiance jusqu'à ce qu'il lui présente sa carte de police. Oui, elle connaissait très bien Chloé, avait-elle répondu à la première question, mais non, elle n'avait pas le double des clés de son appartement. Non, la jeune femme n'avait pas passé la nuit chez elle, avait-elle avoué du bout des lèvres, expliquant cette indiscrétion par le manque d'insonorisation de l'immeuble. Francis, en temps normal se serait contenté de ces informations. Il se surprit à pousser son interrogatoire bien plus loin que nécessaire. Oui, Chloé découchait souvent, admit la voisine, un peu mal à l'aise, mais non, elle n'avait pas vraiment de petit copain attitré. Oui, elle pouvait s'absenter plusieurs jours de suite, ce qui était tout de même assez rare. Sa voisine ne faisait plus trop confiance aux hommes et préférait les aventures d'un soir, avait-elle fini par dire sur le ton de la confidence. Francis avait posé toutes ces questions à regret. Il avait toujours respecté la vie privée de sa coéquipière au point qu'il découvrait seulement aujourd'hui, par le biais d'une discussion entre deux portes, qu'elle vivait seule dans cet appartement, que ses parents étaient installés dans le sud-ouest de la France et que depuis sa rupture, l'année dernière, elle se sentait très isolée et sortait presque chaque soir pour ne rentrer qu'au petit matin.

Francis s'était persuadé que Chloé était une jeune femme heureuse et équilibrée. Il ne l'avait jamais vue se plaindre ni même s'apitoyer. Jamais un coup de mou ni l'once d'une saute d'humeur. En réalité, il s'était accommodé de cette image. Sa partenaire était une bosseuse, avec un bel esprit d'équipe. Ces données lui convenaient pour ne pas dire qu'elles lui suffisaient. Résultat, il n'avait aucune idée de l'endroit où se trouvait celle qu'il était censé protéger, ni même auprès de qui il pouvait se renseigner. En quittant l'immeuble, il n'avait pu s'empêcher de regarder sa montre pour la centième fois de la matinée. Il était midi passé et Chloé n'avait toujours pas donné signe de vie.

Francis avait réussi à convaincre un de ses meilleurs amis qui bossait avec les équipes techniques de passer outre la procédure et de borner le téléphone de Chloé. Son portable avait été activé la dernière fois la veille au soir, à vingt-trois heures trente-trois, exactement. La géolocalisation la situait à Barbizon.

Francis avait ressorti la liste des intérimaires et joint tous ceux que Chloé avait prévu d'interroger la veille après son départ. Ils avaient accepté de répéter en substance les propos qu'ils avaient échangés avec la jeune flic jusqu'à ce que l'un d'entre eux lui donne enfin une piste. Chloé avait demandé à la fin de l'interrogatoire s'il connaissait un bar dénommé le Royal Barbizon. L'intérimaire, qui fréquentait régulièrement le lieu, avait fourni à Francis les mêmes indications qu'il avait données à Chloé.

Le Royal Barbizon se trouvait au numéro cinquante de la Grande-Rue. Francis n'avait aucune idée des motivations de sa coéquipière en se rendant à cette adresse. Voulait-elle s'entretenir avec un autre témoin ou avait-elle entendu parler de cet établissement et choisi de boire un verre avant de rentrer à Paris ? Il s'obligeait à se poser un tas de questions plutôt que de s'arrêter sur le fond du problème. S'il n'avait pas abandonné Chloé en plein milieu d'une enquête, il ne serait pas là, à arpenter les rues à la recherche du moindre indice. Il n'aurait pas à l'estomac ce nœud qui ne cessait de grossir et qui commençait à l'empêcher de respirer.

Le patron de l'établissement le regarda d'un œil mauvais quand il déposa sa carte sur le zinc d'un air autoritaire. Francis était d'ordinaire plus fin dans ses approches, mais d'ordinaire, Francis ne se sentait pas personnellement impliqué.

Il décrivit Chloé en quelques mots avant d'ajouter d'une voix grave que la jeune femme qu'il cherchait était un officier de la police judiciaire. Sa partenaire. À ces mots, le tenancier haussa les sourcils et ne put retenir un sourire railleur. Oui, il avait bien vu cette personne. Elle était là, hier soir. Elle était même restée jusqu'à la fermeture.

— Elle est partie seule ? demanda Francis, agacé par le comportement de son interlocuteur tout en étant soulagé.

— Oh non ! Elle s'est envolée avec mon serveur alors qu'il était censé me donner un coup de main pour tout plier. Enfin, quand je dis envolée…

— Quoi ?

— Elle tenait plus sur ses guiboles, votre partenaire. Mon gars a presque dû la porter.

— Elle était saoule ?

— C'est souvent ce qui arrive quand on s'enfile sept Jack Daniels d'affilée.

Francis digéra l'information sans rien laisser paraître.

— Vous avez fermé à quelle heure ?

— Il devait être minuit, environ. Un peu avant, peut-être.

— Et vous savez où ils sont allés après ?

— Aucune idée. Ce qui se passe en dehors de mon bar, ce n'est pas mes oignons. Tout ce que je peux vous dire, c'est que ça avait l'air de bien coller entre eux.

— Vous avez l'adresse de ce serveur ? Son nom, un numéro de téléphone ?

— J'ai tout ça, oui, mais ça m'étonnerait que votre collègue soit toujours avec lui.

— Pourquoi ça ?

— Il m'a appelé ce matin pour me dire qu'il n'assurerait pas le service ce soir, ni ceux des jours à venir. Un problème familial. Il a dû sauter dans un train à la première heure.

Le soulagement qu'avait pu ressentir Francis l'espace d'un instant en imaginant Chloé endormie dans les bras de son amant d'un soir venait de s'envoler.

Il composa le numéro du serveur que le patron venait d'afficher sur son portable tout en se massant l'estomac.

Il retint un haut-le-cœur en entendant une voix métallique lui annoncer que le numéro n'était plus attribué.

44

Si la participation de Lazlo s'était faite discrète jusqu'ici, sa présence fut indispensable durant les heures qui suivirent l'appel de Francis. Sans lui, l'équipe de la 3e DPJ se serait certainement vu retirer l'enquête de la Seine et ses membres auraient pu être mis à pied.

Quand Francis comprit que l'absence de Chloé n'était pas due à une panne d'oreiller ni à un empêchement de dernière minute, il fit immédiatement part de ses inquiétudes à Martin, mettant de côté sa culpabilité et l'appréhension des sanctions qui ne manqueraient pas de tomber. Il n'avait pas pour autant anticipé la suite.

Francis n'avait pas fait deux pas dans l'open-space de sa division qu'il fut projeté face contre terre. La surprise passée, il se retourna sur le dos et vit Lucas l'enfourcher, un bras vengeur suspendu en l'air. Martin n'eut pas le temps de retenir le premier coup de poing – ou peut-être n'en eut-il pas suffisamment envie –, il empêcha néanmoins son second de réitérer son geste en lui enserrant la taille.

La violence de la scène, et celle des mots échangés, alerta les membres des autres unités présents à l'étage. Personne ne chercha à intervenir. Tous étaient au courant de la disparition de Chloé et Francis put lire dans leurs yeux que chacun le tenait pour responsable.

Le flic n'opposa aucune résistance. Il resta au sol, les mâchoires serrées, prêt à encaisser d'autres coups s'il le fallait.

Ce fut Lazlo qui rompit le cercle qui s'était formé et tendit une main au brigadier-chef pour le relever. Ce fut encore lui qui fusilla du regard tous ceux qui n'avaient pas leur place dans cet espace de travail et semblaient attendre un dénouement plus sanglant. Le groupe de curieux finit par se disperser, laissant Lucas et Martin seuls au milieu de la pièce tandis que Lazlo aidait Francis à s'asseoir à son bureau.

Le juge Vendôme arriva trois minutes plus tard, brisant le silence assourdissant qui s'était installé. Son attitude ne laissait aucun doute sur le fait qu'il venait d'être mis au courant de ce qui s'était passé. Il interrogea Martin des yeux et n'eut droit qu'à un haussement d'épaules en guise de réponse. Lazlo, toujours lui, prit le magistrat à part et lui glissa quelques mots à l'oreille. Vendôme observa tour à tour Lucas et Francis avant de se diriger vers la salle de réunion. Martin et Lazlo le suivirent. Lucas comprit de lui-même qu'il n'était pas convié. Il ferma les poings et quitta les locaux d'un pas décidé, évitant soigneusement le regard de Francis.

L'objet de la réunion parut surréaliste à Martin, bien qu'il en fût à l'origine.

— Je crois que vous n'avez pas bien compris ce qui se passe, dit-il, plus agressif qu'il ne l'aurait souhaité. Chloé a disparu ! Nous ne savons pas si elle est encore en vie ou si elle est retenue prisonnière par ce malade. Il est peut-être en train de lui trancher les pieds à l'heure où nous parlons.

— Capitaine Vaas, répondit froidement le juge Vendôme, hier, vous m'affirmiez que nous devions mettre toutes les forces de police à la recherche d'une femme traînant dans les environs de Barbizon. Ce matin, vous m'avez demandé de venir pour me présenter des pièces à charge à l'encontre d'Isolda Dupré, qui vit à sept cents kilomètres des lieux, soit dit en passant. Maintenant, vous me dites que votre coéquipière est peut-être retenue prisonnière par un homme qui use d'une fausse identité, si j'en crois le rapport d'un de vos hommes.

— Il a prétendu s'appeler Tristan Jacquet mais nous savons qu'il a menti. Que ce soit pour la société de marketing viral ou pour le Royal Barbizon, il n'a jamais eu à présenter une pièce d'identité.

— Il bossait au noir ?

— Il a signé des contrats de travail sauf qu'il demandait à être payé en cash.

— Je vois. Et son adresse ?

— Bidon.

— On pouvait s'en douter.

— On a sa description, ajouta Martin dans un filet de voix.

— Comme vous en aviez une pour votre inconnue de Barbizon. Qui doit-on chercher en définitive ? Une femme dans la force de l'âge ? Un homme d'environ vingt-cinq ans ? Isolda Dupré dont le défunt mari a peut-être été accusé à tort d'un double homicide ? Désolé, capitaine, mais j'avoue que je m'y perds.

— Peut-être que nous n'en serions pas là si vous aviez fait correctement votre boulot il y a quinze ans ! s'énerva Martin.

Le juge allait réagir mais Lazlo fut le premier à intervenir.

— Nous sommes tous à cran, dit-il en introduction, et les mots prononcés aujourd'hui n'auront de valeur que celle qu'on souhaitera leur donner. Monsieur le juge, depuis le début de cette enquête, nous sommes confrontés à des modes opératoires différents, à des lieux espacés de plusieurs centaines de kilomètres et à des dates éloignées. Pourtant personne ici ne doute du fait qu'il existe bien un lien entre tous ces meurtres. Je pense que vous ne me contredirez pas sur ce point.

Vendôme hocha brièvement la tête et l'incita à poursuivre.

— Nous sommes tous convaincus que Grégory Orban est responsable des meurtres de la famille recomposée assassinée dans les gorges du Tarn, sauf que nous pensons également qu'il a aidé le meurtrier de Jordan Buch à déplacer le corps de ce dernier. Vous êtes toujours d'accord avec cette théorie ?

— Toujours, souffla le magistrat.

— Vous n'aurez donc rien à objecter si je vous dis que nous avons affaire à plusieurs tueurs qui semblent connectés les uns aux autres. Ils exécutent un même rituel en apportant leurs variations. Certains d'entre eux se connaissent, sinon comment le meurtrier de Jordan Buch et de Nathan Percot aurait pu contacter Orban ?

— Où vous voulez en venir, exactement ? s'impatienta Vendôme.

— Au fait que si je devais répondre à la place du capitaine Vaas, je vous dirais que toutes les personnes que vous avez citées méritent notre attention. L'inconnue de Barbizon, le serveur avec qui est partie Chloé Pellegrino, sans oublier Isolda Dupré. On n'a pas d'autre choix que d'agir sur plusieurs fronts.

Martin se redressa sur sa chaise et se frotta le visage des deux mains comme s'il se réveillait d'un sommeil agité. Depuis qu'il avait reçu l'appel de Francis, il avait été incapable de prendre un tant soit peu de recul et encore moins les décisions qui s'imposaient. En quelques mots, Lazlo avait su poser les faits de manière factuelle et même si son analyse n'apportait aucune réponse concrète, elle avait le mérite d'offrir une voie à suivre. En l'occurrence, plusieurs.

— Qui plus est, continua Lazlo à l'attention du juge Vendôme, si vous avez encore des doutes, je peux facilement vous prouver que toutes ces personnes ont un point en commun. C'est le cas, tout au moins, pour Tristan Jacquet et Isolda Dupré.

Cette fois Martin regarda Lazlo interloqué. Le portrait-robot du serveur connu à Barbizon sous le nom de Tristan Jacquet était en cours d'exécution et Martin n'avait pour l'instant aucune information concrète à son sujet. Sur quels critères pouvait bien s'appuyer le commandant de l'UAC3 pour tirer cette conclusion ?

— Le prénom qu'il s'est choisi, expliqua Lazlo en se tournant vers Martin, anticipant la question que ce dernier allait lui poser. Le point commun, c'est le prénom.

— Cette fois, vous m'avez perdu, admit Vendôme.

Lazlo attrapa les deux ouvrages qu'il avait déposés sur la table quelques heures plus tôt. L'un traitait de l'étymologie des prénoms, le second était un livre de la bibliothèque de la Pléiade.

— *Tristan et Yseut*, dit-il avec emphase. J'imagine que vous connaissez plus ou moins l'histoire.

Lazlo sourit discrètement en observant le faciès du magistrat.

— Oui, je sais, ce n'est pas vraiment ce qu'on nous fait lire à l'école de police ou à celle de la magistrature mais vous devez tout de même avoir une vague idée de la trame, non ?

— Une histoire d'amour qui vire au drame, résuma Vendôme, vexé d'être dans l'incapacité d'en dire beaucoup plus.

— Absolument ! Tristan et Yseut s'aiment d'un amour fou mais c'est un amour adultère. Yseut, surnommée la Blonde, est déjà promise à un autre homme. Tristan et Yseut se séparent – je vous passe les différentes versions à ce sujet – et Tristan finit par épouser une autre femme sans jamais cesser d'aimer son Yseut. Un jour qu'il est à l'article de la mort, il demande l'aide de son ancienne maîtresse qui est la seule en mesure de le sauver. Afin de rester discrets, ils conviennent d'un code. Si elle accepte de l'aider, la voile du bateau qui la transportera devra être blanche. Mais l'épouse de Tristan, jalouse de l'amour que son mari porte toujours à cette femme, lui dit que la voile qu'elle voit au loin est noire. Bien évidemment, elle est blanche, j'imagine que vous vous en doutiez. Bref, Tristan meurt avec l'idée que son seul véritable amour l'a abandonné. Quant à Yseut, elle décide de mettre fin à ses jours en apprenant la mort de son ancien amant.

Vendôme regarda Martin, désarçonné par ce cours littéraire express et pour le moins incongru.

— J'ai déjà eu droit à ma leçon ce matin, avoua Martin d'un air compatissant.

— Je sais, continua Lazlo, imperturbable, vous vous demandez ce que vient faire cette histoire dans cette enquête, en dehors du fait qu'un de nos suspects ait choisi Tristan comme prénom.

— C'est-à-dire que c'est un peu léger, osa le juge.

Lazlo saisit alors le second livre. Un Post-it rose y était inséré en guise de marque-page.

— Isolda, énonça-t-il. Prénom d'origine celte datant du Moyen Âge, que l'on peut rattacher aux prénoms Isolde, Ysolde, Yseult, Yseut ou Iseut.

Le juge Vendôme afficha clairement sa perplexité.

— C'est pour ça que vous m'avez demandé de venir ce matin ? Parce que vous avez découvert que la veuve de Marcel Dupré portait le prénom d'une héroïne de tragédie ?

— Pas tout à fait. Martin se fera un plaisir de vous transmettre les informations qu'a pu récolter son second, Lucas Morgon, au sujet de cette femme. Il y a tout de même un point que j'aimerais partager avec vous. Savez-vous comment s'appelait celle que Tristan épousa après avoir dû renoncer à son Yseut ?

— Éduquez-moi ! s'agaça Vendôme.

— Elle s'appelait Yseut, elle aussi. Et pour la différencier de sa rivale, on l'appelait Yseut aux blanches mains.

Le magistrat fronça les sourcils avant d'interroger Lazlo du regard.

— La princesse aux mains blanches, lui rappela ce dernier. Véronique Laval nous a dit que son amant, Grégory Orban, croyait la princesse aux mains blanches lorsqu'elle prétendait que le véritable amour devait se mériter.

Le juge Vendôme posa ses coudes sur la table et joignit ses paumes du bout des doigts. Martin l'avait déjà vu faire. Le magistrat était en train de bâtir mentalement son dossier et d'évaluer ce qu'il était légalement en mesure d'entreprendre.

— Si je vous comprends bien, dit-il d'une voix posée, presque mécanique, Isolda Dupré serait cette Yseut aux mains blanches, cette princesse qui aurait convaincu Orban de quitter sa maîtresse parce que celle-ci ne savait pas l'aimer.

— C'est l'idée, admit Lazlo.

— Et donc si j'extrapole votre pensée, continua Vendôme, Isolda Dupré serait à l'origine de ce rituel.

— Lucas Morgon a appris de la bouche d'un vieil ami de Marcel Dupré qu'Isolda Dupré avait dû se plier à un sacrifice ultime par amour avant de le rencontrer, intervint Martin.

— Quel sacrifice ?

— On n'en sait rien pour l'instant mais on cherche.

Le juge pinça les lèvres et tapota le bout de ses doigts.

— Donc votre hypothèse, c'est que cette femme serait responsable de la mort des deux Anglais retrouvés au bord de la Durance et qu'elle aurait laissé son mari se faire accuser de ce double homicide à sa place, c'est bien ça ?

— Peut-être que son époux a réellement tué ce couple, tempéra Lazlo.

— Mais il l'aurait fait à sa demande, insista le juge. Elle l'aurait incité à exécuter un rituel sacrificiel.

— C'est ce que nous pensons, appuya Martin qui ne voulait pas laisser Lazlo défendre seul cette théorie.

— Elle aurait ensuite réussi à faire de nouveaux adeptes, au point que l'un d'eux s'en serait pris à trois Allemands, en Moselle.

— C'est l'idée, en effet.

— Et donc quoi, cette inconnue de Barbizon serait Isolda Dupré ? Elle aurait enrôlé dans ses rangs un jeune homme de vingt-cinq ans et l'aurait rebaptisé Tristan pour parfaire son délire ?

— Disons que ça ne nous paraît pas impossible, admit Martin sans trop d'assurance.

— Mais Isolda Dupré a soixante-cinq ans !

— Lucas nous a dit qu'elle en faisait quinze de moins, au bas mot.

— Est-ce que vous avez au moins vérifié si elle avait quitté ses Hautes-Alpes ?

— Elle est chez elle, à l'heure où nous parlons, répondit Martin, mais ça ne signifie rien. Elle a pu lancer le processus et laisser ce Tristan gérer seul les victimes.

Le magistrat grimaça mais n'ajouta pas un mot. Il se leva, fit quelques pas sur lui-même, regarda une dernière fois les deux hommes qui se trouvaient face à lui avant de se diriger vers la porte, les livres de Lazlo en main.

45

Des barrages avaient été dressés sur toutes les routes nationales et départementales de Seine-et-Marne ainsi qu'aux péages autoroutiers. Le dispositif mis en œuvre était important mais loin d'être suffisant. La disparition de Chloé avait été signalée seize heures après sa dernière apparition. Martin craignait que Tristan Jacquet, ou quel que soit son vrai nom, ne soit déjà à l'autre bout de la France, voire à l'étranger.

— On vient de recevoir le rapport du labo sur l'analyse des appels d'Orban.

Francis n'avait pas eu le courage de dépasser le seuil du bureau de Martin. Il avait prononcé ces mots dans l'encadrement de la porte, les yeux rivés au sol. Même à cette distance, Martin pouvait distinguer l'auréole indigo qui commençait à se dessiner sur sa pommette gauche.

— Entre, dit-il d'une voix blanche. Assieds-toi.

Francis s'exécuta. Martin expira discrètement. Il ne voulait pas perdre son calme mais l'attitude de martyr qu'endossait son collègue depuis deux heures commençait à l'irriter passablement.

— Il dit quoi, ce rapport ?

— Ils ont pu situer d'où avait été passé l'appel à Orban, le soir où le corps de Nathan Percot a été déplacé.

— Je t'écoute.

— Son interlocuteur se trouvait aux environs de l'île de loisirs du Port-aux-Cerises. Apparemment, il était déjà en planque quand il a appelé Orban.

— Donc on n'a rien, souffla Martin.

— Non.

— Ils ont fait d'autres recherches ou ils se sont contentés de ce coup de fil ?

— Tu penses bien qu'ils ont ratissé large...

— Non, je ne pense rien, Francis ! s'emporta Martin malgré lui. Je me contente de récolter des infos une fois que les emmerdes sont là. Si j'avais été capable de penser depuis le début de cette enquête, on ne serait pas ici, comme deux cons, à attendre qu'on nous dise quoi faire et où aller. Si j'avais été capable de penser, Véronique Laval n'aurait pas tué Orban, parce que j'aurais su lire dans le rapport de Lucas que cette femme était à bout et qu'elle ne supporterait pas une nouvelle fois le rejet de son amant. J'aurais compris que cette inconnue de Barbizon ne pouvait pas avoir agi seule et qu'il fallait rester sur nos gardes en posant nos questions dans les rues de ce patelin. Et surtout, oui, surtout, si j'avais été capable de penser, je ne t'aurais pas demandé de faire équipe avec Chloé, sachant pertinemment que tu la laisserais en plan à un moment ou un autre de la journée. Donc tu vois, Francis, je ne pense pas. Je me laisse porter depuis le début et force est de constater que le résultat n'est pas brillant. Chloé est peut-être morte à l'heure qu'il est, son kidnappeur s'est envolé et Lucas ne répond plus à son portable. Quant à toi...

— Oui ? demanda Francis en regardant cette fois Martin droit dans les yeux.

— Quant à toi, je ne sais pas. Vas-y, dis-moi. Qu'est-ce que tu ferais à ma place ?

Francis attendit quelques secondes avant de répondre, le temps que son supérieur soit réellement en état de l'écouter.

— Tout ce que je te demande, Martin, c'est de me laisser sur l'affaire jusqu'à ce qu'on retrouve Chloé. Après, tu pourras faire ce que tu veux. Ça m'est égal.

— Ça, je l'avais compris !

— Quoi donc ?

— Que ce qui se passait ici t'était égal.

— Tu ne sais rien du tout !

— Bien sûr que si, je sais. À ma façon, j'ai essayé de t'intégrer à cette équipe. J'ai tenté de te motiver en te confiant Chloé. Tu aurais dû protéger ses arrières, lui apprendre les ficelles du métier. C'était un job dans tes cordes mais même ça, tu n'as pas eu envie de le faire. Ce boulot ne t'intéresse plus et c'est nous qui en payons le prix.

— Je t'interdis de dire ça ! s'emporta Francis. Tu n'as aucune idée de ce que je ressens ou de ce que je pense. Tu ne sais rien de moi, Martin. Et tu sais pourquoi tu ne sais rien ? Parce que tu n'as jamais rien voulu savoir ! Alors épargne-moi tes grands discours sur la cohésion de l'équipe. Dès que tu es arrivé à la tête de cette unité, tu m'as catalogué. J'étais le vieux de la bande, celui qui n'avait pas cherché à grimper les échelons au mérite. En d'autres termes, j'étais le poids mort que tu devais te coltiner.

— Tu aurais pu trouver ta place…

— Ce n'était pas à moi de te prouver que je savais faire mon boulot. Ce n'est pas parce que je ne la ramène pas tous les quatre matins ou que j'évite les démonstrations de force que je ne suis pas un bon enquêteur. Chloé l'a compris, elle.

— Arrête de me parler de Chloé ! s'emporta Martin. Si tu l'appréciais autant, pourquoi tu l'as laissée toute seule ?

— Ne parle pas d'elle au passé, répondit Francis, glacial.

— Et toi, arrête de me prendre pour un con. La victimisation, ça va un temps. Tout le monde sait que tu n'attends qu'une chose, c'est de te barrer à la retraite. Tu fais acte de présence parce que tu n'as pas le choix mais tu n'as jamais cherché à faire partie de cette équipe. Tu te la joues perso sans même te demander si ça a un impact sur le reste de l'unité. Tout ce que tu veux, c'est retrouver ta petite femme tous les soirs et qu'on te laisse tranquille.

— Qui t'a dit que j'avais une femme ?

Martin s'étonna de la question, non pour son fond mais pour sa forme. La voix de Francis s'était faite plus tranchante.

— Qu'est-ce que tu veux dire ?

— Ma question était simple, non ?

— Je ne sais pas. Tout le monde le sait, ce n'est pas un secret.

— Non, tout le monde ne le sait pas. C'est Chloé qui t'en a parlé.

— Très bien, peut-être que c'est elle qui me l'a dit, je ne vois pas ce que ça change.

— Tu sais comment elle s'appelle, ma femme ?

Martin ne fit pas semblant d'y réfléchir. Il admit d'un geste de la tête qu'il n'en avait aucune idée.

— Non, tu ne le sais pas, même Chloé ne le sait pas.

— OK, Francis. Je ne sais pas comment s'appelle ta femme. Je ne vois pas en quoi c'est si grave.

— Ma femme s'appelle Alain.

Martin arrêta de tapoter la table comme il le faisait depuis le début de l'entretien. Il regarda Francis plus attentivement, cherchant à savoir si ses oreilles l'avaient trahi.

— Tu m'as bien compris. Ma femme, ou plutôt mon compagnon, s'appelle Alain.

— Mais Chloé...

— Chloé a mal interprété mes propos la première fois que nous avons parlé de nos vies privées. Je lui ai dit que mon objectif était de rentrer sain et sauf tous les soirs pour retrouver l'amour de ma vie. Je lui ai parlé de ma moitié, de mon âme sœur… tous ces termes que l'on apprend à maîtriser pour rester discret.

Martin ne voulait pas que la surprise qui avait dû se lire sur son visage soit mal interprétée.

— Soit, tu vis avec un homme, je ne vois pas où est le problème.

— Arrête, tu veux, s'agaça Francis. Je ne suis pas un gamin de vingt-cinq ans qui travaille dans le monde de la com ou je ne sais quoi. Je suis un flic proche de la retraite.

— Et alors ?

— Alors un vieux pédé dans la bleusaille, ça fait tache.

— Avant, je ne dis pas, mais aujourd'hui c'est fini, ces conneries.

— Sois pas naïf, Martin. Je n'ai jamais été très populaire au sein de la DPJ. Si j'avais dit en plus que j'étais homo, à ton avis, quel accueil on m'aurait réservé ?

Martin ne lui fit pas l'affront de le contredire. À son arrivée, ses supérieurs lui avaient dressé un portrait de Francis peu reluisant, sans même connaître son orientation sexuelle.

— S'il y en a une à qui tu aurais pu en parler, c'est bien Chloé.

— J'ai pensé le faire, à plusieurs reprises, mais elle s'était imaginé un scénario auquel même moi j'étais habitué.

— Ça ne m'explique toujours pas pourquoi tu l'as laissée en plan.

Francis cessa de toiser Martin et se contorsionna sur sa chaise.

— C'est personnel, dit-il, mal à l'aise.

— Personnel ? Tu te fous de ma gueule ? Tu viens de faire ton *coming out* en me reprochant à demi-mot de ne pas avoir compris ce que tu as caché à tout le monde pendant ta carrière et maintenant tu me joues la carte du « c'est personnel » ?

La force qui animait Francis depuis le début de l'échange l'avait quitté. Ses épaules s'étaient affaissées, ses poings, desserrés.

— Je devais gérer l'admission d'Alain dans une clinique spécialisée, dit-il faiblement. J'étais censé le faire dans l'après-midi sauf que tu nous as envoyés à Barbizon. Je suis resté aussi longtemps que possible avec Chloé mais je savais qu'après dix-neuf heures, ce serait trop tard. Ça faisait déjà plusieurs jours que je reportais l'échéance. Contrairement à ce que tu penses, j'étais décidé à faire passer l'enquête en priorité, sauf que la situation n'était plus tenable. Je ne pouvais plus laisser Alain tout seul à la maison.

Martin comprenait que cet aveu déchirait les tripes de son coéquipier. Il ne chercha pas à le bousculer et attendit la suite.

— Alzheimer, finit-il par lâcher. Alain a quelques années de plus que moi. Il a pris sa retraite il y a cinq ans déjà. J'ai mis du temps à comprendre ce qui se passait. Ou peut-être que je ne voulais pas le voir. Cette histoire, notre histoire, nous l'avons tue pendant plus de trente ans. Même nos parents ne l'ont jamais su de leur vivant. C'était notre secret. Nous étions seuls à partager nos souvenirs. Maintenant, il n'y a plus que moi. Alain ne me reconnaît plus. Parfois, je crois deviner dans ses yeux une lumière s'allumer quand je passe la porte mais ce n'est pas moi qu'il voit. Il vit dans un passé que je n'ai pas connu et que je ne pourrai jamais partager avec lui.

Francis n'était plus que l'ombre de lui-même. Martin aurait aimé trouver les mots appropriés et garda pour lui toutes les formulations vides de sens qui lui venaient en tête.

— Bien sûr que tu restes sur l'affaire jusqu'à ce qu'on ait retrouvé Chloé, dit-il à la place. De toute façon, je n'ai plus que toi.

Francis sourit tristement.

— Je peux m'expliquer avec Lucas, si tu le souhaites.

— Ne te fatigue pas. De toute façon, il ne supportera pas l'inaction bien longtemps. Il doit être au café d'en bas à attendre le bon moment pour faire son apparition.

— Tu as certainement raison. Tu le connais mieux que moi. La suite, c'est quoi ?

Martin expira bruyamment pour exprimer son impuissance.

— On attend que le juge Vendôme nous donne son feu vert pour convoquer Isolda Dupré et que les patrouilles nous appellent pour nous dire qu'elles ont coincé Tristan Jacquet.

— On ne peut vraiment rien faire de plus ?

— Si tu as une idée, je suis preneur.

Francis se mordit un ongle pour mieux réfléchir quand son téléphone émit le bruit caractéristique d'un message entrant. Il n'eut pas le temps de sortir l'appareil de sa poche que Martin reçut lui aussi un texto. Les deux hommes lurent de concert l'alerte avant d'échanger un regard inquiet. Francis fut le premier à se lever. Martin attrapa sa veste et le suivit en courant.

46

Lucas avait un genou à terre et regardait la rive qui se trouvait face à lui. Quand Martin et Francis l'aperçurent de dos, agenouillé sur le quai, ils accélérèrent le pas.

Le message destiné à tous les membres de l'unité de la 3e DPJ faisait état de la découverte d'un corps en région parisienne, dans la darse de Bonneuil. Il était indiqué qu'un cadavre de femme y avait été repêché mais l'émetteur de l'alerte n'avait pas jugé utile de préciser s'il avait été identifié.

Lucas était arrivé le premier sur les lieux. Il avait soulevé les cordons de rubalise avec autorité sans prendre le temps de se présenter. Il avait marché droit vers les plongeurs de la brigade fluviale, ignorant les deux agents de la paix en charge de la sécurité du périmètre. La dépouille avait été déposée à même le quai en attendant l'arrivée du légiste. Personne n'avait pris la peine de la recouvrir. Même à quinze mètres, Lucas avait pu constater que les pieds de la victime avaient été tranchés.

Il avait ralenti malgré lui sur les derniers mètres, les muscles tétanisés, incapable d'entendre les mots que le brigadier prononçait à son attention en se dirigeant vers lui.

Après avoir vu le corps, Lucas s'était éloigné d'un pas lourd, le dos voûté, vide de toute énergie.

— Lucas ? s'inquiéta Martin en posant une main sur son épaule.

— Ce n'est pas elle, dit-il d'une voix cassée, sans quitter des yeux une péniche qu'un grutier lestait de ciment. Ce n'est pas Chloé. C'est Zoé Mallet.

— Je sais. L'agent en faction m'a prévenu.

— J'ai failli crier de joie, Martin. J'ai vu cette pauvre fille et tout ce que j'ai ressenti, c'est un énorme soulagement.

— Arrête Lucas.

— Imagine deux secondes si ça avait été elle !

— Ce n'est pas elle, se contenta de répondre Martin. On savait que le temps était compté pour Zoé Mallet. Notre tueur suit le rituel qu'il a commencé.

— Mais Chloé est dans ses pattes maintenant. Il ne va certainement pas la garder en vie alors qu'il élimine ses otages un à un.

— Lucas, s'il te plaît, regarde-moi.

Lucas se redressa pour faire face à Martin et découvrit Francis à ses côtés. Il serra les poings machinalement avant de constater les dégâts qu'il avait déjà causés. Francis le regardait d'un seul œil, l'autre étant désormais trop gonflé.

— On réglera nos comptes plus tard, commença Martin. Pour l'instant, on doit se concentrer si on veut avoir une chance de sauver Chloé, mais aussi Clara Faye.

Lucas fit un tour sur lui-même en inspirant profondément. La simple évocation de la jeune flic l'empêchait de regarder Francis dans les yeux.

— Lucas, si tu n'es plus capable de bosser sur cette enquête, dis-le-moi.

— Parce que c'est moi, le problème ? s'énerva-t-il. Si tu m'avais confié Chloé, on n'en serait pas là !

— Encore une remarque comme celle-ci et tu rentres chez toi. C'est clair ?

Lucas jaugea quelques secondes son supérieur direct avant de comprendre qu'il ne bluffait pas.

— Tu pourras t'expliquer avec Francis quand tout sera fini, ajouta Martin pour clore le sujet. Maintenant, dis-moi ce que ce meurtre t'inspire.

Lucas serra plusieurs fois les mâchoires avant de se plier à l'exercice.

— Tu l'as dit toi-même, notre tueur poursuit son rituel, sauf qu'on sait maintenant que ce n'est pas Isolda Dupré qui s'en est chargée. Elle est chez elle en ce moment, les gendarmes nous l'ont confirmé.

— Ça ne veut pas dire qu'elle ne tire pas les ficelles d'où elle est. Elle a peut-être demandé à son complice de se débarrasser de Zoé. Pour brouiller les pistes, justement. Il va falloir qu'on étudie ses relevés téléphoniques.

— Je m'en occupe, réagit Lucas. Et les barrages, ça a donné quelque chose ?

— Rien pour l'instant. J'ai peur que Tristan Jacquet ne soit déjà loin à l'heure qu'il est.

— Les brigadiers pensent que le corps de Zoé a été déposé entre sept heures et sept heures et demie du matin, dit Lucas.

— Comment peuvent-ils être aussi précis ? s'étonna Martin.

— Il y avait un bateau amarré pour la nuit, à une vingtaine de mètres. Il a quitté son emplacement à sept heures moins le quart. Les collègues se sont renseignés auprès des habitués des lieux. Il n'y a pas grand monde à cette heure-là, enfin, pas de ce côté de la darse. À huit heures, par contre, toute l'activité du port se met en branle.

— Sept heures du matin, répéta Francis pour lui-même. Notre tueur a pris le risque de déposer le corps alors qu'il faisait déjà jour ?

— Sept heures du matin, renchérit Lucas, véhément, ça confirme surtout ce que Martin vient de dire. Ce connard peut déjà être à l'autre bout de la France.

— À moins qu'il ne soit retourné se terrer dans sa planque, tempéra Martin. Il a tout de même réussi à retenir quatre victimes en otage sans alerter son voisinage. À trois reprises, il a pu charger sa voiture d'un cadavre, en pleine nuit, sans se faire remarquer. On doit poursuivre nos recherches. Interroger toutes les personnes qui ont pu côtoyer Tristan Jacquet. Le mec a peut-être lâché un détail à un moment ou à un autre, une indication quelconque qui nous permettra de le localiser.

Francis hocha la tête, comprenant que cette mission de porte-à-porte et d'arpentage du pavé lui revenait.

Le juge Vendôme n'était pas encore sur les lieux, ce qui n'avait pas empêché le Dr Ferroni d'entamer son examen préliminaire. Martin et Lucas attendirent que le légiste retire ses gants pour aller à sa rencontre. Il ne leur fut malheureusement pas d'une grande aide. Ses premières constatations ressemblaient en tout point à celles faites après la découverte des corps de Jordan Buch et de Nathan Percot. Zoé Mallet avait des traces de garrots sur les mollets ainsi que trois plaies au thorax, dont une seule profonde. Non, il n'avait pour l'instant trouvé aucun message caché. Il estimait que la mort remontait à quelques heures seulement.

Martin préféra s'éloigner avant de s'entendre dire qu'il fallait attendre les résultats de l'autopsie pour obtenir plus de réponses. Son esprit était de toute façon déjà ailleurs. Il tentait de reconstituer un semblant de chronologie.

Chloé, sans le savoir, avait interrogé en début de soirée le complice d'Isolda Dupré alors que cette dernière se trouvait à des centaines de kilomètres, dans les Hautes-Alpes. Cela signifiait que Zoé Mallet était toujours en vie quand Tristan Jacquet s'était rendu au Royal Barbizon pour effectuer son service. Était-ce sa rencontre avec Chloé qui avait précipité les choses ? Avait-il tué la jeune fille après s'être senti acculé par les questions d'un officier de la police judiciaire ? Chloé n'était pourtant plus en état de lui faire peur si on se fiait au propos du patron de l'établissement. Elle était partie ivre morte de son bar. Martin se demandait maintenant si cet état avait réellement été causé par les sept Jack Daniels. Chloé avait la descente facile mais il ne se rappelait pas l'avoir vue boire autant. Peut-être s'était-elle laissée influencer par Tristan ou peut-être qu'il l'avait aidée à perdre pied.

Bref, tu amadoues notre Chloé, continua Martin, *tu lui fais les beaux yeux et tu essaies de savoir où elle en est dans son enquête. À un moment ou un autre, elle te dit quelque chose qui te fait croire qu'on pourrait remonter jusqu'à toi. À moins que ce ne soit toi qui aies laissé échapper un mot de trop. Un indice que Chloé aurait fini par décrypter, une fois sobre. Quoi qu'il en soit, tu perçois tout à coup Chloé comme une menace. Tu la saoules encore un peu plus, tu lui proposes de la ramener chez toi, et là, tu la mets hors-jeu.* Martin s'obligea à faire une pause. Il n'était pas sûr de vouloir aller plus loin.

Il entendit Lucas jurer au loin et se dirigea vers lui.

— Qu'est-ce qui se passe ?

— On vient de recevoir ça ! répondit Lucas en lui tendant son portable.

— C'est quoi ?

— Le portrait-robot de Tristan Jacquet.

Martin saisit le téléphone et observa plus attentivement le dessin.

— Ça ne te dit rien ? s'impatienta Lucas.

— La photo qu'on a date un peu, hésita Martin en retour.

— Arrête ! Il n'y a pas de doute possible. C'est lui.

47

Isolda Dupré se tenait le dos droit, les mains posées sur la table, l'une sur l'autre. Elle avait demandé à pouvoir garder ses lunettes de soleil à cause de l'intensité des lampes de la salle d'audition qui attisait sa migraine, mais cette simple requête lui avait été refusée. Personne dans la salle n'était disposé à lui accorder la moindre faveur. Le temps était compté et tous étaient persuadés qu'elle seule pouvait leur dire où se trouvait Chloé.

Le juge Vendôme, au départ décidé à entendre Isolda Dupré en audition libre, avait changé son fusil d'épaule après l'appel de Lucas. Tout s'était enchaîné de façon fulgurante. Il avait demandé à Martin et Lucas de les retrouver, Lazlo et lui, gare de Lyon et les quatre hommes étaient montés dans le premier train en partance pour Gap.

Tandis qu'ils sillonnaient une grande partie de la France à plus de trois cents kilomètres à l'heure, quatre agents de la police gapençaise s'étaient rendus chez Isolda Dupré en la priant de les suivre au commissariat pour l'interroger dans le cadre de l'enquête menée par la 3e DPJ de Paris. La veuve de Marcel Dupré n'avait opposé aucune résistance. Elle avait jeté une étole rouge sur ses épaules, masquant en partie sa robe longue et noire, avait attrapé son sac dans l'entrée et s'était installée à l'arrière de la voiture de fonction sans prononcer un mot.

Une fois arrivée au commissariat, Isolda Dupré avait décliné son identité et répondu patiemment à des questions portant sur ses activités quotidiennes, ses fréquentations et son emploi du temps des dernières semaines. Le policier en charge de prendre sa déposition avait tapé les réponses sur son clavier avec deux doigts comme l'aurait fait un enfant de cinq ans. La situation aurait pu porter à rire si elle n'avait pas été pour une fois entièrement orchestrée. L'officier de police judiciaire de Gap avait été briefé. Il lui avait été demandé de jouer la montre au maximum. Le juge Vendôme souhaitait que la garde à vue d'Isolda Dupré lui soit signifiée le plus tard possible afin que les équipes de la 3e DPJ disposent d'un temps suffisamment long pour l'interroger.

Les policiers des Hautes-Alpes respectèrent la consigne à la lettre. Ils posèrent par la suite un tas de questions plus ou moins en rapport avec l'enquête, si bien qu'Isolda Dupré disposait encore du statut d'auditeur libre quand le juge Vendôme, Lazlo et les deux policiers parisiens passèrent les portes du commissariat gapençais.

Isolda Dupré salua le brigadier-chef Lucas Morgon d'un signe de tête discret quand celui-ci s'assit face à elle. Martin se présenta d'une voix froide avant de s'installer à son tour. Les policiers locaux avaient aménagé une salle pour que l'audition puisse se dérouler dans une pièce fermée. Ils avaient installé une caméra afin d'enregistrer l'interrogatoire mais également de retransmettre les images dans une autre salle à l'attention du juge Vendôme et de Lazlo. Piqués par la curiosité, les agents de la PJ de Gap s'étaient agglutinés devant le moniteur et attendaient que Martin lance les hostilités.

— Madame Dupré, savez-vous pourquoi vous êtes ici ?

— Il m'a été dit que vous aviez encore des questions à me poser au sujet de votre enquête. Si j'ai bien compris ce que m'a dit votre collègue l'autre jour, votre affaire comporte des similitudes avec celle de mon mari.

— En effet. Beaucoup de similitudes, même.

— Sauf que mon mari est mort et que c'est lui qui aurait pu vous répondre. Pas moi.

Martin sourit en la regardant droit dans les yeux.

— Parce que c'est lui qui a enlevé ces deux Anglais avant de les tuer et d'abandonner leur corps au bord de la Durance, c'est ça ?

Isolda Dupré fronça légèrement les sourcils, ce qui n'échappa pas à Martin.

— C'est bien ce que vous vouliez me faire comprendre, je me trompe ?

— Non, c'est bien ça. Votre question m'étonne, voilà tout.

— Pourquoi donc ?

— Vous semblez douter de la culpabilité de mon époux.

— Pas vous ?

— Je l'ai déjà expliqué à votre collègue. Il était coupable, il a été jugé comme tel et emprisonné pour ça. Je ne vois pas pourquoi ces faits devraient être remis en question après toutes ces années.

— Parce que justement, l'affaire sur laquelle nous enquêtons nous laisse penser que ce n'est pas aussi simple que cela.

— Vraiment ? sourit cette fois Isolda Dupré. Êtes-vous en train de me dire que la justice aurait commis une erreur ?

Situé à deux mètres et séparé par un mur, le juge Vendôme serra les mâchoires. Il avait autorisé Martin à s'engager sur le terrain de l'erreur judiciaire tout en espérant que cette stratégie ne se retournerait pas contre lui.

— Je suis en train de dire que votre mari n'était peut-être pas le seul coupable dans cette triste affaire, nuança

Martin. Les éléments que nous avons récoltés au cours de notre enquête nous poussent à croire qu'il avait un complice au moment des faits et que ce complice continue d'agir en toute impunité.

— Et vous pensez que je connais ce complice, conclut Isolda Dupré comme si cette supposition n'avait rien de surprenant.

— Pour être tout à fait honnête, nous pensons que vous êtes ce complice et c'est pour cette raison qu'il a été décidé de vous placer en garde à vue.

Sans même la regarder, ni lui laisser le temps de réagir, Martin notifia la date et l'heure de la procédure. Il fit part à Isolda Dupré de ses droits comme celui d'être assistée par un avocat et de garder le silence, de prévenir un proche par téléphone et d'être examinée par un médecin. Durant tout ce temps, Lucas observa attentivement les réactions d'Isolda Dupré. Il fut une fois de plus impressionné par son sang-froid. Son visage n'exprimait pas la moindre anxiété. Elle regardait Martin qui s'obstinait à l'ignorer en lisant des instructions qu'il connaissait par cœur.

— Je n'ai pas besoin d'avocat, dit-elle quand le policier acheva sa litanie, et je n'ai personne à contacter.

— Pas même votre fils ? demanda Martin, le nez toujours dans son dossier.

— Je n'ai aucune raison de l'inquiéter inutilement. Il vit à plusieurs milliers de kilomètres d'ici.

— Vous en êtes sûre ?

Pour la première fois, Isolda Dupré parut déstabilisée. Lucas était persuadé d'avoir vu ses lèvres se crisper, tout comme ses pupilles se dilater.

— Mon fils vit au Japon, se reprit Isolda, il me semble vous l'avoir déjà dit.

— Vous nous l'avez dit, en effet, mais nous avons des raisons d'en douter.

Lucas ne quittait plus Isolda Dupré des yeux. Elle perdait petit à petit de son assurance. Martin avait pu noter ce changement, lui aussi. Il profita du silence qui s'était installé pour sortir une feuille de son dossier et la tourner vers son interlocutrice.

— Reconnaissez-vous cet homme, madame Dupré ? demanda-t-il posément.

Isolda Dupré saisit le portrait-robot qui lui était présenté et tous purent voir, directement ou par le biais du moniteur situé dans la pièce d'à côté, que sa main tremblait.

— Madame Dupré, je vous repose la question. Connaissez-vous cet homme ?

Isolda laissa tomber la feuille sur la table et expira longuement avant de répondre.

— Bien sûr que je le connais. Il s'agit de mon fils, Léandre, mais je ne comprends pas…

— Qu'est-ce que vous ne comprenez pas ?

— Pourquoi avez-vous fait faire son portrait-robot ?

— Parce que toutes les polices d'Île-de-France sont à sa recherche en ce moment même.

Lucas serra les poings sous la table. Il avait encore du mal à se pardonner de ne pas avoir tenté plus sérieusement de joindre Léandre Dupré quand il en avait eu l'occasion. À deux reprises, il était tombé sur une messagerie pour s'apercevoir après coup que ses appels étaient passés en pleine nuit pour qui vivait au Japon. Il s'était promis de faire une nouvelle tentative un matin, à son réveil, mais les événements s'étaient enchaînés à une telle vitesse qu'il avait fini par oublier. Martin ne lui avait fait aucune réflexion en découvrant le portrait de Léandre Dupré quelques heures plus tôt mais cela n'empêchait pas Lucas de culpabiliser et d'établir tous les scenarii que cet appel aurait pu générer.

— Nous étions jusqu'ici à la recherche d'un homme connu sous le nom de Tristan Jacquet, continua Martin, ignorant tout des pensées de son coéquipier. Nous savions que c'était une fausse identité mais quelle ne fut pas notre surprise en découvrant que Tristan Jacquet n'était autre que votre fils !

Isolda gardait les yeux rivés sur le portrait, les mains à présent cachées sous la table.

— Ce que vous racontez n'a aucun sens, finit-elle par dire pour toute défense. Mon fils travaille à Kyoto, je vous l'ai expliqué.

— Vous nous l'avez répété, à plusieurs reprises même, sauf que plusieurs témoins l'ont identifié.

— Ils se trompent.

— Le portrait est paraît-il très ressemblant. C'est un de ses patrons qui nous a aidés à le réaliser.

— Un de ses patrons ?

— Oui, votre fils travaillait pour lui depuis trois semaines comme serveur dans un bar de Barbizon.

— Et moi je vous assure que cet homme se trompe ! s'énerva Isolda pour la première fois. Mon fils n'a aucune raison de se trouver en région parisienne, et encore moins de changer de nom. Tout ce que vous dites est absurde !

— Je crois qu'il est temps d'arrêter votre comédie, madame Dupré. Vous pouvez continuer à nous mentir, si ça vous fait plaisir, mais sachez que cela ne fera qu'empirer la situation.

— Que lui reprochez-vous exactement ? demanda Isolda Dupré, retrouvant un instant son allure hautaine.

— Par quoi commencer ? souffla ostensiblement Martin. Enlèvement et séquestration de quatre personnes, assassinat ou complicité d'assassinat de trois personnes et, enfin, enlèvement d'un agent de la police judiciaire. Une jeune femme de vingt-huit ans à laquelle nous sommes très attachés, le brigadier Morgon et moi-même. Je pense que ces indications devraient suffire à vous faire comprendre que nous ne sommes pas là pour perdre notre temps.

— Vous devez faire erreur, murmura Isolda Dupré, mais Martin, tout comme Lucas, avait pu observer un changement dans sa posture. Son corps était en train de capituler.

— Madame Dupré, insista Martin, vous me semblez être une femme intelligente. Que pensez-vous qu'il se passera si votre fils ne se rend pas de lui-même ?

— Il n'a rien fait, murmura-t-elle avant de redresser la tête.

— Je crois que vous n'avez pas bien compris ce que j'essaie de vous dire, madame. Oubliez un temps les accusations de meurtre. Si tout se passe bien, votre fils sera jugé pour ses crimes et passera de nombreuses années en prison. J'ai bien précisé, si tout se passe bien. Maintenant, j'aimerais que vous vous projetiez un instant dans la tête d'un flic. À l'heure où nous parlons, la majorité des agents de police d'Île-de-France, et bientôt du pays tout entier, ont en leur possession le portrait-robot de votre fils et même une photo récente que nous avons pu récupérer sur ses réseaux sociaux. Ils ont également une fiche sur laquelle il est inscrit que votre fils est soupçonné d'un triple homicide, mais surtout qu'il détient une de leurs collègues en otage. Ils ont à l'appui un cliché du brigadier Chloé Pellegrino, une jeune femme magnifique qui sourit à l'objectif en portant fièrement son uniforme. À votre avis, quelles sont les chances de votre fils s'il se retrouve dans la mire d'un de nos collègues ?

L'air s'électrifia instantanément. Le regard d'Isolda Dupré se fit noir, son visage se ferma. Lucas crut un instant qu'elle allait sauter au cou de Martin. Il fut d'autant plus déconcerté de voir un rictus se dessiner sur ses lèvres.

— Vous pouvez retenir vos chiens, capitaine. Mon fils n'a rien à voir avec cette histoire. Je ne sais pas pourquoi il s'est trouvé dans les environs de Barbizon. Une coïncidence malheureuse, j'imagine. Je n'en ai aucune idée mais je peux vous dire que Léandre n'a rien fait. Que ce soit à ces trois personnes comme à votre collègue. Vous aviez raison depuis le début. J'étais effectivement la complice de mon mari. Je l'ai aidé à tuer ces deux Anglais et j'avoue que j'y ai pris beaucoup de plaisir. Alors j'ai recommencé. Je suis l'unique responsable de tous ces meurtres.

48

— Elle se fout de notre gueule ! aboya Lucas en tapant du poing sur la porte qu'il venait juste de refermer.

Le juge Vendôme ne sembla pas choqué par cette entrée en matière. Son avis sur la question ne devait pas être loin de celui du brigadier, même s'il lui fit signe de baisser d'un ton.

Martin avait suspendu l'interrogatoire avant qu'Isolda Dupré ne réclame la présence d'un avocat. Elle connaissait les rouages pour avoir vu son mari se faire broyer par la justice. Maintenant qu'elle était prête à passer aux aveux, les prochains mots qu'elle prononcerait seraient pour formuler cette demande. Martin avait préféré s'entretenir avec le juge avant que ses questions ne passent par le crible d'un expert juridique.

— Ne me dis pas que tu as gobé un mot de ce qu'elle vient de nous raconter ? l'interpella Lucas qui s'étonnait de ne pas le voir réagir. Tu sais aussi bien que moi qu'elle dit ça pour sauver les fesses de son fils.

— Messieurs, dit Martin à l'intention des policiers gapençais, pourriez-vous nous laisser la salle deux minutes ?

Les officiers de la police judiciaire quittèrent la pièce à regret, laissant Martin avec son second, Lazlo et le juge Vendôme.

— Calme-toi, Lucas, fit-il une fois la porte refermée.

— Tu veux que je me calme ? Chloé est entre les mains de son fils et toi, tu veux que je me calme ?! Tu ne vas tout de même pas me dire que tu la crois ? Une coïncidence malheureuse ! vociféra-t-il. Tu l'as entendue comme moi !

Martin s'assit devant le moniteur pour observer Isolda Dupré restée sous surveillance dans la salle d'audition.

— Rappelle-moi quel âge avait Léandre Dupré au moment des meurtres des deux Anglais ? demanda-t-il sans même jeter un regard à Lucas.

— Cinq ans, pourquoi ?

— Et il en avait combien quand les Allemands ont été retrouvés au bord de la Moselle ?

— En toute logique, dix.

— Et pour ceux tués dans les gorges du Tarn ?

— Vingt, mais putain, tu joues à quoi ? Tu cherches les numéros gagnants du Loto ?

Martin se tourna vers lui et s'exprima toujours aussi calmement.

— Tu seras d'accord avec moi pour dire que Léandre Dupré ne peut pas être responsable des meurtres des Anglais ni de ceux des Allemands. Il était trop jeune.

— Si tu veux.

— Quant à ceux du Tarn, continua-t-il sur le même ton, on est tous persuadés, dans cette pièce, que c'est Grégory Orban qui s'en est chargé.

— Je ne vois toujours pas le rapport, s'impatienta Lucas.

— Grégory Orban était sous l'influence d'une femme. Une femme qu'il appelait la princesse aux mains blanches.

— Qu'est-ce que tu cherches à me dire, à la fin ? Que c'est elle qui est responsable de ces meurtres ? Je crois qu'on est tous d'accord à ce sujet. Il n'empêche qu'elle a entraîné son fils dans son délire et que c'est lui qui détient Chloé.

— Isolda Dupré est prête à passer aux aveux. Elle est disposée à tout nous dire, à une seule condition : qu'on laisse son fils tranquille.

— Et donc quoi ? Tu es prêt à marchander la vie de Chloé, tout ça pour résoudre des affaires vieilles de quinze ou vingt ans que tout le monde a enterrées ?

— Tu oublies que Clara Faye est encore vivante, répondit Martin, cette fois plus froidement. Si Isolda Dupré est effectivement responsable, d'une façon ou d'une autre, de ces meurtres, cela signifie qu'elle sait où cette gamine se trouve et qu'elle peut encore la sauver.

— D'une façon ou d'une autre ? releva le juge Vendôme. Vous ne croyez plus en sa culpabilité ?

— Si, bien sûr, mais nous savons qu'elle était à des centaines de kilomètres quand Zoé Mallet a été tuée. Et si je me fie au rapport de l'officier qui a pris sa déposition tout à l'heure, Isolda Dupré était également chez elle au moment des meurtres de Jordan Buch et de Nathan Percot.

— Soit, elle ne les a pas tués, mais on sait que c'est elle qui est derrière tous ces rituels, le coupa Lucas, les poings serrés. On sait aussi que c'est elle qui a accosté nos quatre victimes à Barbizon.

— On ne peut pas le prouver, répondit Martin.

— Et alors ?

— Et alors, intervint posément le juge, votre capitaine cherche un moyen de la faire parler car sans cela, nous serons obligés de la relâcher. Nous n'avons effectivement aucune preuve concrète qui puisse nous permettre de l'inculper. Même un mauvais avocat nous ridiculisera en découvrant le dossier. Les meurtres des Anglais ? Son mari a été reconnu coupable et condamné. Il n'a jamais été fait mention d'un éventuel complice et Isolda Dupré n'a jamais été inquiétée. Les Allemands ? Aucun élément ne rattache cette femme à cette histoire, que ce soit de près ou de loin. À moins de prouver qu'Isolda Dupré se trouvait en Moselle il y a quinze ans, je ne vois pas comment on pourrait la relier à ces meurtres. Pour le Tarn, même combat. Nous ne pouvons pas prouver qu'elle connaissait Grégory Orban. C'est son mari qui l'a côtoyé en prison, pas elle. Son mari qui était considéré comme coupable, je vous le rappelle. Enfin, concernant les meurtres de la Seine, tout ce que nous avons, c'est un témoin nous ayant décrit une femme qui, selon lui a vingt ans de moins qu'Isolda Dupré.

— Vous pouvez voir aussi bien que moi qu'Isolda ne fait pas son âge, osa Lucas.

— Peut-être, mais de là à dire qu'elle fait quarante-cinq ans…

— Ce gamin l'a vue de loin, tenta-t-il une nouvelle fois.

— Je ne dis pas qu'il n'a pas pu faire une erreur de jugement, continua patiemment le juge, mais votre capitaine a raison. Nous n'avons rien qui puisse justifier l'arrestation de cette femme, ce qui signifie que nous avons absolument besoin de ses aveux.

— Et donc on laisse tomber Chloé ?

— Sérieux Lucas, comment tu peux croire un seul instant ce que tu dis ?! s'énerva Martin. On doit juste lui faire baisser les armes. La mettre en confiance. Il faut qu'elle nous explique comment tout ça a commencé et comment elle a réussi à perpétuer ce rituel en toute impunité. On doit comprendre cette histoire si on veut avoir une chance d'anticiper les prochains événements. C'est comme ça qu'on pourra mettre la main sur son fils, sur Clara Faye, et bien évidemment sur Chloé. Tu peux entendre ça, non ?

Lucas s'apprêtait à répondre quand son regard fut attiré par l'écran. Isolda Dupré, qui n'avait pas bougé depuis qu'ils avaient quitté la salle d'audition, semblait requérir l'attention du planton en faction. Martin augmenta le son et comprit que leur suspecte souhaitait se rendre aux toilettes. Le gardien de la paix fit signe à un de ses collègues pour réclamer son assistance et les deux hommes encadrèrent Isolda Dupré au moment où elle se levait. Les menottes aux poignets, elle se dirigea vers la porte d'une démarche altière.

Martin fronça les sourcils. Quelque chose dans l'allure d'Isolda Dupré l'avait alerté.

— On dirait qu'elle glisse plus qu'elle ne marche, dit-il pour lui-même.

— Je sais, confirma Lucas. Ça m'a fait la même impression quand je suis allé chez elle. Elle m'a fait penser à Morticia Addams.

— Elle se déplace toujours comme ça ?

— Pour le peu que j'ai pu en voir, oui.

— Et quand tu l'as interrogée, elle portait aussi une robe longue ?

— Oui. Enfin, je crois. Maintenant que tu m'en parles, c'était peut-être une jupe. Je n'ai pas vraiment fait attention.

— Jupe ou robe, ce n'est pas le sujet. Ce que je veux savoir, c'est si son vêtement lui arrivait au-dessous des chevilles comme aujourd'hui, insista Martin.

Lucas se concentra sur le souvenir qu'il gardait de cet entretien.

— C'était plus ou moins la même longueur, dit Lucas, à présent sûr de lui. En quoi c'est important ?

Martin ferma les yeux et resta un temps sans répondre. Le juge Vendôme s'apprêtait à le relancer mais Lucas lui fit signe de patienter. Martin finirait par s'exprimer.

— Tu avais raison, finit-il par dire d'un ton grave.
— À quel sujet ?
— Isolda Dupré se fout bien de notre gueule.

49

— Madame Dupré, où se trouvent le brigadier Chloé Pellegrino et Clara Faye ?

Isolda Dupré toisait Martin, le visage fermé.

— Madame Dupré…

— Ma cliente a décidé d'user de son droit de garder le silence.

Isolda Dupré était maintenant assise au côté d'un avocat qui n'avait disposé que d'une heure pour consulter tous les dossiers et s'entretenir avec sa cliente. Lucas, aidé de Lazlo, avait profité de cette pause forcée pour reprendre ses recherches sur le passé d'Isolda et n'en avait pas terminé quand l'interrogatoire avait repris. Martin était donc seul à leur faire face, le juge Vendôme ayant préféré rester dans la pièce adjacente.

— Je ne pense vraiment pas que ce soit la meilleure attitude à adopter, reprit Martin.

— Elle est néanmoins disposée à vous parler de toute l'affaire, l'interrompit à nouveau l'avocat.

— Ce qui m'intéresse pour l'instant, c'est de retrouver saines et sauves notre collègue et Clara Faye.

— Je suis désolé, capitaine, mais c'est à prendre ou à laisser, persista le défenseur.

Martin jaugea Isolda Dupré d'un regard. Son jeu était clair. Elle était prête à tout avouer dans l'unique but de faire gagner du temps à son fils. Quand l'interrogatoire serait fini, Léandre Dupré se trouverait à des milliers de kilomètres, bien au-delà des frontières. Martin évalua le marché qui s'offrait à lui. Sans les confessions d'Isolda Dupré, il serait dans l'obligation de la relâcher à la fin de sa garde à vue, faute d'éléments à charge. S'il menait finement son interrogatoire, il avait une chance de déceler une information qui pourrait le mener à Chloé.

— Très bien, dit-il. Et si nous commencions par le commencement ?

— J'imagine que vous voulez que je vous parle des meurtres de ces deux Anglais ? lança alors Isolda Dupré, un léger sourire aux lèvres.

— Ça me paraît un bon début, en effet, répondit Martin, à présent confortablement installé sur sa chaise, les bras croisés sur la poitrine.

L'avocat tenta de glisser un mot à l'oreille de sa cliente mais Isolda Dupré le repoussa de la main.

— C'est moi qui ai provoqué la mort des Browning, annonça-t-elle calmement.

Martin s'amusa de voir le conseiller juridique compulser le dossier à la recherche de ce nom de famille. Il lui avait été impossible de retenir tous les tenants et aboutissants de toutes les affaires en si peu de temps.

— Vous voulez dire que votre mari était innocent ? demanda Martin en se concentrant à nouveau sur Isolda Dupré.

— Je n'ai pas dit ça. C'est bien lui qui a poignardé la femme. Le mari étant mort de déshydratation, je ne sais pas si on peut vraiment parler de meurtre.

— À partir du moment où l'intention était bien de donner la mort, on peut. Donc votre mari était coupable de ces meurtres mais c'est vous qui l'avez incité à les commettre, c'est bien ça?

— C'est bien ça.

— Je peux vous demander pourquoi?

— Pour retrouver l'intensité et la puissance de nos premières amours, je suppose.

Martin fronça les sourcils, indiquant que cette réponse ne serait pas suffisante.

— Mon mari et moi avons vécu une grande passion avant d'être mariés. Malheureusement, l'isolement à Rochebrune et la naissance de Léandre ont étiolé cette ardeur. Beaucoup de couples connaissent ça.

— Mais tous ne décident pas pour autant d'assassiner des innocents pour raviver la flamme.

— Eh bien nous, si!

— Pardonnez-moi, madame Dupré, mais c'est un peu léger comme motif, non?

— Parce que vous ne savez pas ce qu'est l'amour, capitaine. J'entends par là le véritable amour.

Martin ressentit comme une décharge électrique à la base du cou. Il y était. Les mots prononcés par Grégory Orban à sa maîtresse, Véronique Laval, se retrouvaient maintenant dans la bouche d'Isolda Dupré. Elle était la princesse aux mains blanches, la femme qui avait inspiré ce rituel macabre.

— En quoi tuer ce couple fraîchement marié, et donc amoureux, on peut l'imaginer, était censé renouveler la flamme de votre amour, madame Dupré?

— Vous n'y êtes pas, capitaine. Nous ne cherchions pas à trouver une sorte d'excitation en tuant ces jeunes gens. Il était plus question d'une démonstration.

— Une démonstration?

— Une démonstration, oui. Je voulais prouver à Marcel que notre amour était plus beau, plus fort, plus intense que celui des autres.

— Je ne comprends pas.

— Nombreux pensent qu'ils s'aiment plus que tout. Ils disent même être prêts à mourir l'un pour l'autre. Mais ce ne sont que des mots. Lorsqu'il s'agit de prouver cet amour, il n'y a plus personne.

Martin craignait de deviner la suite, il laissa cependant Isolda Dupré s'exprimer sans afficher la moindre réaction.

— Les Browning avaient leur destin en main. Ils connaissaient les règles du jeu. Un seul d'entre eux pouvait être sauvé. Pour cela, rien de plus simple. Il suffisait qu'un des deux se suicide avec le couteau qui était placé entre eux, à égale distance. Le mari, ou la femme, n'avait qu'à se planter la lame dans le cœur, ou se couper les veines, et son conjoint serait aussitôt libéré. La seule chose qu'ils ne savaient pas, c'est qu'ils étaient observés.

— Étant donné que le corps de Tom Browning a été retrouvé trois semaines plus tard, j'en déduis que sa femme ne s'est pas suicidée.

— Non. Son mari l'a tuée. Il a tenté de nous faire croire qu'elle s'était sacrifiée pour lui mais nous savions que c'était faux. Il n'a pas hésité à la poignarder pour sauver sa peau. Alors nous lui avons fait croire qu'il avait gagné avant de le laisser dépérir. C'était tout ce qu'il méritait.

L'avocat d'Isolda Dupré remua sur sa chaise en évitant le regard de Martin. Cet aveu pèserait lourd dans le dossier. Martin, pour sa part, comprenait que ce rituel avait dû s'appliquer aux autres protagonistes de l'affaire. Les Allemands avaient certainement connu le même sort mais un détail le gênait en ce qui concernait les meurtres des gorges du Tarn.

Il se redressa et ouvrit le dossier à la recherche d'un cliché en particulier. Une fois trouvé, il l'exposa aux yeux d'Isolda Dupré.

— Sur cette photo, vous pouvez voir les corps de Julie Verne et de Léo Spontini. Julie Verne était la compagne de François Spontini, le père de Léo. Léo, lui, n'avait que quinze ans et demi. Vous pouvez m'expliquer pourquoi un garçon de cet âge s'est retrouvé impliqué dans votre petite démonstration de force ?

— L'amour filial est censé surpasser l'amour charnel, répondit froidement Isolda sans s'attarder sur le cliché. Manifestement, le père de ce garçon n'était pas prêt à mourir pour sa progéniture.

— Manifestement, répéta Martin pour lui-même, interloqué par cette formulation. C'est également vous qui avez provoqué ces meurtres ?

Isolda sembla réfléchir pour la première fois à sa réponse. Jusqu'ici, la femme avait débité ses aveux sans l'once d'une hésitation.

— Disons que d'une certaine manière, j'en suis à l'origine, finit-elle par dire avant de pincer les lèvres.

— Soyez plus précise, s'il vous plaît.

— J'ai trouvé un moyen de démontrer que le véritable amour existait. Certains ont pu s'inspirer de ma méthode.

Martin sentait que l'interrogatoire lui échappait. Les réponses d'Isolda Dupré n'étaient pas suffisamment précises pour que la tuerie des gorges du Tarn puisse lui être attribuée.

— Nous pensons que Grégory Orban est impliqué d'une manière ou d'une autre dans ces meurtres mais vous nous avez dit l'autre jour que vous ne connaissiez pas cet homme.

— J'ai menti !

La réponse avait fusé, au point que même Martin en fut étonné.

— Vous connaissiez cet homme ? insista-t-il. Comment vous l'avez rencontré ?

— Il était en prison avec mon mari.

— Mais vous ne faisiez pas de rondes dans la cour du centre pénitentiaire avec lui, que je sache.

— Mon mari m'en avait parlé.

— Ce qui ne veut toujours pas dire que vous le connaissiez, vous.

— Il est venu me voir à sa sortie de prison.

— C'était quand ?

— Je ne sais plus. Il y a quelques années déjà.

— Et vous avez eu une relation amoureuse avec lui ?

Isolda Dupré pinça une nouvelle fois les lèvres. Ce tic n'échappa pas au regard de Martin, sans qu'il sache pour autant comment l'interpréter.

— Oui, répondit-elle après quelques secondes. Nous étions amants. Grégory Orban est tombé fou amoureux de moi. Je lui ai dit que je ne l'aimais pas, en tout cas pas d'un véritable amour. Je lui ai raconté l'histoire que j'avais vécue avec Marcel et ce que nous avions fait pour mesurer notre amour. Tout est parti de là, j'imagine. Il a dû vouloir vérifier par lui-même que l'amour pouvait se prouver.

Martin savait que les réponses d'Isolda Dupré étaient trop sujettes à interprétation pour entériner le dossier mais il était pressé par le temps. Depuis que Chloé avait disparu, il l'imaginait attachée dans une cave ou un réduit quelconque, sans eau ni nourriture. Si le rituel se déroulait normalement, Clara Faye mourrait d'ici peu de déshydratation. On retrouverait son corps dans quelques jours ou quelques semaines, le long d'un fleuve ou d'une rivière.

Il n'avait aucune idée du sort qui serait réservé à sa collègue. Martin se ressaisit et décida de poursuivre l'entretien comme si de rien n'était. Il aurait largement le temps de revenir en détail sur chaque affaire une fois Isolda Dupré arrêtée.

— Et pour les Allemands retrouvés au bord de la Moselle ? s'enquit-il d'une voix égale.

— Eh bien ?

— Qui avez-vous influencé pour que ces trois jeunes Allemands soient tués ?

Isolda Dupré remua légèrement sur sa chaise. Elle perdait peu à peu de son assurance. Si son avocat avait daigné la regarder plus attentivement, il aurait pu lui aussi s'en rendre compte et intervenir pour dévier le sujet. Mais il avait à peine trente ans et son manque d'expérience se faisait ressentir.

— Madame Dupré, relança Martin, qui a tué ces trois Allemands ?

— Je ne saurais vous le dire.

— Vous ne savez pas ou vous ne voulez pas nous le dire ?

— Je ne sais pas. Peut-être Grégory Orban.

— Non, il semble peu probable que ce soit lui.

— Alors un autre de mes amants, je ne sais pas.

— Vous voulez dire que vous avez raconté cette histoire à tous vos amants ?

Isolda Dupré ne parut pas apprécier la question et opta pour le silence. Martin pouvait la relancer mais il restait tant de zones d'ombre.

— Pourquoi les pieds ? demanda-t-il alors abruptement.

— Pardon ?

— Les pieds, répéta-t-il patiemment. Pourquoi les couper ?

Martin crut lire une interrogation muette dans les yeux d'Isolda Dupré.

— Vous ne saviez pas que vos anciens amants coupaient les pieds de leurs victimes avant de les sacrifier ?

— Si, enfin, je ne connais pas les détails de chacun ! De toute façon, je ne vois pas en quoi c'est important.

— Pour vous, c'est un détail ? s'étonna Martin.

— La torture est un moyen comme un autre de sublimer cette démonstration.

Martin ne pouvait pas se satisfaire de cette réponse mais Isolda Dupré avait tourné la tête sur le côté, signe qu'elle avait révélé ce qu'elle souhaitait sur le sujet et qu'elle n'avait pas l'intention de développer. Martin commençait à désespérer de trouver une réelle piste dans ce récit. Il tenta une nouvelle approche.

— J'aimerais revenir sur votre histoire d'amour avec Marcel Dupré. Vous disiez que votre amour était plus fort que celui des autres.

— C'est exact.

— Vous l'aviez prouvé pour en être aussi sûre ?

— Je ne comprends pas.

— Vous dites que l'amour se prouve mais ce n'est pas votre mari que vous avez enfermé dans cette grange. Ce n'est pas lui qui a dû se sacrifier pour vous démontrer son amour. Comment saviez-vous que le vôtre était véritable ?

Martin s'appliquait à reprendre chacun des termes d'Isolda Dupré pour la confronter à ses propres aveux.

— Marcel me l'avait prouvé des années plus tôt.

— Comment ?

— En tuant sa femme, dit-elle, cette fois en le regardant droit dans les yeux, comme pour le provoquer.

Martin tourna les pages du dossier et fit semblant d'en lire certaines pages.

— Il est écrit ici qu'Élisabeth Dupré, la première épouse de votre mari, est morte de cause naturelle.

— C'était la conclusion du légiste.

— Il s'est trompé ?

— Oui. Enfin, non. Le cœur d'Élisabeth a effectivement lâché mais Marcel l'y a aidé. Chaque jour, il lui faisait ingérer une légère dose de cyanure. C'est lui qui préparait ses repas. Dans un premier temps, cela a provoqué la fausse couche d'Élisabeth. Il a continué jusqu'à ce qu'elle meure d'un arrêt cardiaque.

— Et il l'a fait pour vous prouver son amour ?

— Oui.

— C'est vous qui le lui aviez demandé ?

— Non. Je lui avais juste dit que la naissance de cet enfant nous séparerait. Il a agi en conséquence.

— Il aurait pu divorcer et ne jamais revoir cet enfant.

— Un enfant qui naît ne disparaît jamais, capitaine.

— Que voulez-vous dire par là ?

Isolda Dupré pinça de nouveau les lèvres avant de regarder son avocat pour qu'il coupe court à l'interrogatoire. Le jeune défenseur se redressa sur sa chaise mais Martin intervint avant même qu'il ait pu ouvrir la bouche.

— Ne vous fatiguez pas, maître. J'ai d'autres questions plus concrètes pour votre cliente. J'aimerais maintenant parler des meurtres survenus récemment en région parisienne. Vous nous avez dit que c'était vous qui aviez enlevé et séquestré Clara Faye, Zoé Mallet, Nathan Percot et Jordan Buch.

— C'est exact.

— Pourquoi ? Jusqu'ici, vous n'avez fait qu'influencer des hommes pour mettre en œuvre ce que vous appelez une démonstration d'amour. Pourquoi changer de méthode et entreprendre cela seule ?

— Je n'ai jamais dit que j'étais seule. J'ai rencontré récemment un homme avec qui j'ai vécu une belle histoire. Il a cru que nous étions amoureux, j'ai voulu lui prouver le contraire.

— C'est donc lui qui s'est chargé de mettre en œuvre votre rituel ?

— Oui.

— C'est lui qui s'est débarrassé des corps de Jordan Buch, de Nathan Percot et de Zoé Mallet ?

— Oui.

— Et comment s'appelle cet homme ?

— Son nom n'a pas d'importance.

— Désolé de ne pas être d'accord avec vous.

— Tout ce que vous avez à savoir, c'est que ce n'est pas mon fils.

— Arrêtez de me dire ce que j'ai besoin de savoir ou pas, madame Dupré.

— L'homme en question n'a fait que suivre mes instructions, ce n'était qu'un pion. Je me suis servie de lui. C'est moi qui ai tout manigancé. De toute façon, il est déjà loin maintenant.

Martin était face à un mur. Isolda Dupré ne lui livrerait jamais ce nom.

— Pourquoi avoir décidé après toutes ces années de reproduire ce rituel ?

— Je vous l'ai expliqué. J'ai ressenti le besoin de recommencer.

Isolda Dupré fixait Martin du regard, le défiant de lui poser une autre question.

— Il y a tout de même un point que j'aimerais éclaircir, poursuivit-il en se penchant à nouveau vers le dossier.

Au cours de notre enquête menée à Barbizon, un témoin nous a raconté avoir vu une femme d'environ quarante-cinq ans proposer à quatre jeunes voyageurs de les héberger alors qu'ils cherchaient un endroit pour passer la nuit.

— C'était moi, répondit prestement Isolda Dupré.

— Sans vouloir être vexant, vous n'avez pas vraiment quarante-cinq ans.

— J'ai toujours fait moins que mon âge.

— Donc, vous confirmez que c'est vous qui avez proposé à nos quatre victimes de vous suivre ?

— Qui d'autre ?

— Comment vous y êtes-vous prise pour les convaincre ?

— Je n'ai jamais eu de mal à ce qu'on me suive.

— Sur ce point, je suis prêt à vous croire, sourit Martin. Pourriez-vous me montrer vos chevilles ?

La question avait surpris aussi bien Isolda Dupré que son avocat.

— En quoi les chevilles de ma cliente vous intéressent-elles, capitaine ?

— Vous le comprendrez dans un instant, maître. Madame Dupré, vos chevilles, s'il vous plaît.

Isolda Dupré interrogea du regard son avocat qui s'excusa d'un haussement d'épaules de ne pas pouvoir intervenir en sa faveur. Elle se baissa lentement et souleva de vingt centimètres le bas de sa robe.

— Satisfait ? dit-elle froidement.

— C'est une prothèse que vous portez ?

— Non, juste une attelle orthopédique, précisa Isolda.

— Vous l'avez depuis longtemps ?

— Depuis presque quarante-cinq ans. Certains jours, j'arrive à m'en passer. Je me suis cassé la cheville mais elle ne s'est jamais remise correctement. La douleur se rappelle à moi régulièrement. Cette attelle a le mérite de me soulager.

— C'est un médecin qui vous l'a prescrite ?

— Non. Je suis capable de savoir ce qui me fait du bien sans prendre un avis médical.

— Comment est-ce arrivé ?

— Un accident de voiture.

— Vous étiez seule dans cette voiture ?

— Oui.

Martin décela un nouveau pincement de lèvres.

— J'imagine que vous ne devez pas souvent mettre des talons aiguilles.

Isolda s'apprêtait à répondre mais se retint de justesse.

— C'est une question anodine, madame Dupré.

— Je ne vois pas en quoi ça vous intéresse ?

— Ne vous souciez pas de ça. Dites-moi juste s'il vous arrive de porter des chaussures à talons, mais avant de répondre, sachez que des officiers de la police judiciaire sont en ce moment même en train de perquisitionner votre maison, et donc vos placards. Il nous sera assez facile d'estimer l'usure des semelles de vos différentes paires.

— Non, je ne porte jamais de talons, abdiqua-t-elle. Vous allez me dire maintenant à quoi riment ces questions ?

Martin grimaça en refermant le dossier qui se trouvait face à lui.

— Voyez-vous, madame Dupré, nous avons eu une description assez précise de la tenue vestimentaire de cette femme dont je vous parlais à l'instant. Elle portait un tailleur et des talons aiguilles. Je veux bien croire qu'on puisse vous donner vingt ans de moins à une certaine distance, en revanche, je ne connais aucun témoin qui soit capable de se tromper à ce point sur la description d'une tenue. Je ne peux en conclure qu'une chose : vous n'êtes pas notre inconnue de Barbizon et, si vous n'êtes pas cette femme, cela signifie que vous n'avez pas cessé de me mentir depuis le début de cet interrogatoire. Je pense qu'en réalité vous n'avez aucune idée de l'endroit où se trouvent Chloé Pellegrino et la jeune Clara Faye. Vous nous avez fait croire que vous étiez responsable de leur enlèvement uniquement pour faire gagner du temps à votre fils. Permettez-moi de vous dire que c'était un mauvais calcul, madame Dupré. Un très mauvais calcul.

50

Martin faisait les cent pas dans la pièce attenante à la salle d'audition. Il avait imposé une pause pour reprendre ses esprits. La vision d'une Chloé à l'agonie, attendant désespérément que quelqu'un vienne la délivrer, ne le quittait plus. Il avait espéré une piste en interrogeant Isolda Dupré, il se retrouvait avec un tissu de mensonges et pas l'ombre d'un indice pour mettre la main sur son fils.

Le juge Vendôme tentait de le calmer, Lazlo l'observait sans rien dire, quant à Lucas, il savait que c'était peine perdue. Lui-même aurait enserré le cou d'Isolda Dupré jusqu'à ce qu'elle leur crache la vérité si on l'avait laissé l'approcher.

— Vous devez y retourner, essaya une nouvelle fois le magistrat. Elle sait forcément quelque chose.

— Bien sûr qu'elle sait quelque chose, mais pas où se trouve Chloé, réagit Martin.

— Vous ne pouvez pas laisser tomber, pas maintenant.

Martin le foudroya du regard.

— Elle ne peut pas avoir menti sur toute la ligne, insista le juge.

— Qu'est-ce qui vous fait dire ça?

— Vingt ans de métier. Des confessions, j'en ai entendu de toutes sortes. Celles-ci étaient bien trop étoffées pour avoir été entièrement inventées. Je peux demander l'aide d'un psychiatre pour nous aider à faire le tri.

Martin partageait malgré lui l'avis du magistrat. Isolda Dupré leur avait fourni trop de détails pour qu'il puisse écarter sa déposition d'un revers de la main. Il avait aussi conscience que la disparition de Chloé l'empêchait de réfléchir sereinement. Il manquait cruellement de recul et n'était pas habitué à se retrouver confronté à ce genre de situation. Faire appel à un psychiatre n'était pas une mauvaise idée en soi mais elle leur ferait perdre beaucoup trop de temps.

— Si vous permettez, j'aimerais vous rappeler la signification de l'acronyme de mon unité, intervint Lazlo pour la première fois. UAC3. Unité d'analyse criminelle et d'analyse comportementale des affaires complexes. Alors ça ne vaut peut-être pas l'analyse d'un psychiatre, mais je pense tout de même que je devrais pouvoir vous aider.

— Et tu attends quoi exactement ? s'agaça Martin.

— Que tout le monde redescende d'un cran. Morgon, vous pouvez nous repasser l'enregistrement de l'interrogatoire ?

Les quatre hommes laissèrent défiler les images sans faire de pause. Ils attendirent la fin pour l'analyser. Le juge Vendôme et Lazlo étaient assis devant l'écran tandis que Martin et Lucas se tenaient debout, prêts à agir.

— Si on se fie un tant soit peu à ce qu'elle dit, commença Lazlo, elle n'admet être responsable que de la mort des deux Anglais. En ce qui concerne les Allemands et la famille Spontini, elle laisse entendre qu'elle n'a été qu'une source d'inspiration.

— « Si on se fie un tant soit peu à ce qu'elle dit », répéta Martin d'une voix lasse.

— Toi qui tu te trouvais en face d'elle, continua Lazlo, qu'est-ce que tu es prêt à acheter ?

— Honnêtement, difficile à dire. À part le meurtre des Anglais, pas grand-chose. Et encore. Le dossier de la Durance, elle le connaît par cœur pour l'avoir vécu de près. Elle a très bien pu s'attribuer ces meurtres pour mieux nous mener en bateau. Et concernant les autres affaires, ses réponses étaient trop évasives pour qu'on puisse s'y accrocher. Je suis persuadé qu'elle se servait des infos que je lui fournissais pour rebondir.

— Tu as un exemple en particulier ?

— Les pieds. Quand je lui ai parlé des pieds coupés des victimes, elle a eu un temps d'arrêt. Comme si cette révélation l'avait déstabilisée.

— Elle t'a paru choquée ?

— Je n'irais pas jusque-là.

— Je vois. Et sinon, autre chose ?

— Quand je lui ai demandé si elle avait eu des relations amoureuses avec Grégory Orban, elle a eu une petite moue de dégoût.

— Pourtant elle a admis qu'il avait été son amant.

— Oui, mais c'est comme si cette réponse lui avait coûté. Elle a pincé les lèvres. Ce tic est revenu plusieurs fois.

— J'ai vu. Tu crois qu'elle mentait à chaque fois ?

— Qu'elle mentait ou qu'elle détournait la vérité. C'est comme pour cette histoire d'accident.

— Développe.

— Qu'elle ait eu un accident de voiture dans sa jeunesse, je suis prêt à le croire. Qu'elle se soit cassé la cheville à ce moment-là, aussi. Mais quand je lui ai demandé si elle était seule dans la voiture, j'ai eu l'impression qu'elle me mentait. Elle m'a répondu oui en faisant à nouveau cette grimace.

— L'accident de voiture de son premier amour ! intervint Lucas en tapant du poing sur le mur.

Tous l'observèrent, interloqués. Lucas s'étonna de devoir s'expliquer.

— Vous ne vous souvenez pas ? Je vous ai dit que le premier amour d'Isolda Dupré était mort dans un accident de voiture. Je vous ai dit aussi que j'avais fait des recherches sur Isolda et que je n'avais trouvé aucun passage d'elle à l'hôpital avant sa grossesse. Si elle avait été seule dans le véhicule, avec une cheville cassée, elle aurait forcément été prise en charge par une équipe de secouristes. En toute logique, elle aurait dû être conduite aux urgences.

— Elle a peut-être usé d'un faux nom, proposa Martin.

— Ou alors, elle a provoqué l'accident et elle s'est enfuie avant que les secours n'arrivent.

— À cloche-pied ?

— Pourquoi pas ? Elle a dit elle-même que sa cheville ne s'était jamais consolidée correctement. Elle a dû s'extraire de la voiture pour ne pas être inquiétée et s'est soignée toute seule.

— Elle aurait donc tué son premier amour, réfléchit Lazlo à voix haute.

— Pour ce que ça change, souffla Martin.

— Ça change pas mal de choses, le corrigea Lazlo. Si elle en est arrivée à assassiner son amant, c'est qu'il avait dû la décevoir.

— Son amour pour elle n'était pas si véritable, ironisa Lucas.

— Exactement !

Martin affichait ostensiblement son impatience. Cette hypothèse était tout à fait plausible mais elle ne leur apportait en aucune manière une piste pour retrouver Chloé.

— Morgon, continua Lazlo, imperturbable, répétez-moi ce que vous a raconté le pote de fac de Marcel Dupré.

— Denis Berger ? Il m'a dit qu'il n'avait vu qu'une seule fois Isolda mais qu'il était évident que Marcel l'avait dans la peau.

— Brigadier Morgon, concentrez-vous ! C'est le passé d'Isolda qui nous intéresse.

Lucas saisit l'importance de la question et sortit son calepin pour consulter ses notes.

— Marcel a confié à son ami qu'Isolda avait eu un grand amour qui était mort dans un accident de voiture et qu'il s'estimait chanceux qu'elle ait eu envie de revivre un amour aussi fort avec lui.

— C'est tout ?

Lucas avança d'une page pour revenir de deux en arrière.

— Non. En parlant de la fausse couche de sa femme, Marcel Dupré a confessé que cela faisait partie des sacrifices qu'il fallait être prêt à faire pour vivre le grand amour. Il a ajouté qu'Isolda en savait quelque chose. Qu'elle-même avait fait un sacrifice énorme. Le sacrifice ultime.

— Mais oui, c'est ça ! réagit Lazlo en quittant sa chaise.

Martin cessa ses cent pas, se maudissant de ne pas être assez vif.

— « Un enfant qui naît ne disparaît jamais », dit Lazlo en guise d'explication, reprenant mot pour mot les paroles d'Isolda Dupré prononcées deux heures plus tôt.

51

Martin se cramponnait à la poignée intérieure de la porte passager. Lucas était au volant, ignorant les limitations de vitesse. Lazlo et le juge Vendôme se trouvaient dans une autre voiture, en queue de convoi, conduite par un agent de la paix qui peinait à tenir la distance.

Il leur avait fallu en tout douze heures. Douze heures acharnées pour obtenir des réels aveux et une adresse. Éreintée par des heures de garde à vue, acculée par les éléments qui lui étaient présentés, Isolda Dupré avait fini par leur dire la vérité. Une vérité qui était loin de ressembler à la première version qu'elle leur avait livrée. Le reste s'était apparenté à un travail de routine. Une photo diffusée à toutes les polices, le bornage du dernier appel émis par un téléphone portable, la localisation approximative de l'appareil et le visionnage de plusieurs caméras de surveillance dans une zone bien déterminée.

Tout ce travail avait été effectué de nuit, sans qu'un seul fonctionnaire de police affecté de près ou de loin à l'affaire y trouve à redire. La vie d'une de leurs collègues était en jeu et le message avait été largement relayé. Au petit matin, un porte-à-porte avait été effectué tandis que Martin, Lucas, Lazlo, le juge et leur escorte roulaient à grande vitesse sur l'autoroute A6. À huit heures, ils s'engageaient sur la D11 et n'étaient plus qu'à une dizaine de kilomètres de leur destination où les attendaient deux unités d'assaut.

Martin n'avait pas mis longtemps à comprendre le raisonnement de Lazlo. Lui-même avait hésité à s'attarder sur les mots d'Isolda Dupré lorsqu'il l'interrogeait. Il lui avait demandé de s'expliquer mais Isolda Dupré s'était à nouveau fermée et il n'avait pas insisté.

« Un enfant qui naît ne disparaît jamais, capitaine », avait-elle dit froidement. Isolda Dupré les avait mis sur la piste, consciemment ou pas, car c'était bien de son enfant qu'elle parlait. Non pas de Léandre, qu'elle avait élevé et choyé, mais de celui qu'elle avait abandonné ou plutôt sacrifié sur l'autel de son premier amour. Ce sacrifice qu'aucune femme n'aurait été prête à faire, avait dit Marcel Dupré.

Lucas, armé de cette supposition, s'était mis en quête de retrouver la trace de cet enfant. Il n'avait rien découvert dans les registres de l'état civil mais personne ne s'y attendait. Il y avait fort à parier qu'Isolda Dupré avait abandonné son enfant avant même de l'avoir déclaré. Lucas s'y était donc pris autrement. Léandre était finalement le maillon faible de cette famille. C'est lui qui était recherché depuis plus de vingt heures pour avoir manqué de jugement. Il avait enlevé un officier de police après avoir passé la soirée en sa compagnie devant de nombreux témoins. Peut-être avait-il fait preuve d'imprudence à d'autres reprises.

Ayant désormais en tête ce qu'il devait chercher, Lucas avait de nouveau étudié les réseaux sociaux de Léandre. Le jeune homme aimait partager ses voyages et autres expériences. Il se prenait en photo devant des monuments ou sur des plages exotiques. Un cliché en particulier avait retenu l'attention du brigadier. Il avait été posté six mois auparavant.

Léandre posait devant un portail majestueux, tout en dorures, dont la construction évoquait celle d'un temple asiatique. La légende indiquait qu'il s'agissait de l'entrée du château de Nijō, à Kyoto. Léandre n'était pas seul sur le cliché. Il était accompagné d'une femme qui ressemblait fortement à sa mère, Isolda Dupré, à la différence près qu'elle était au moins de vingt ans sa cadette. Léandre n'avait mis qu'un mot pour décrire cet instant. « *Family* », suivi de deux cœurs bleus.

Isolda Dupré avait donc eu une fille dont elle n'avait jamais parlé et qu'elle n'avait pas déclarée. La photo en main, Martin était retourné dans la salle d'audition. Il avait déposé le cliché sous les yeux d'Isolda Dupré sans dire un mot. La femme, si fière et si solide jusqu'ici, n'avait pu retenir sa main. Du bout des doigts, elle avait rapproché la photo et ses lèvres s'étaient mises à trembler.

— Ce n'est pas sa faute, avait-elle dit dans un filet de voix.

Alors que Martin enfonçait ses deux pieds sur des freins imaginaires tandis que Lucas accélérait à la sortie d'un virage, il revivait l'échange survenu quelques heures plus tôt.

— Tout ce qu'il nous manque, madame Dupré, c'est son nom.

Était-ce dû à l'heure tardive, à sa migraine persistante ou au simple fait de comprendre qu'il n'y avait plus d'échappatoire possible, Isolda Dupré, qui n'avait jamais montré la moindre faiblesse jusqu'ici, s'était mise à parler sans plus opposer de résistance.

— Alceste, avait-elle répondu, un sourire triste sur les lèvres. Ma fille s'appelle Alceste.

Lazlo qui avait souhaité assister à la suite de l'interrogatoire n'avait pu s'empêcher d'intervenir.

— Je suppose que ce prénom ne fait pas référence au misanthrope de Molière mais plutôt à l'héroïne d'Euripide ?

Isolda Dupré l'avait regardé, étonnée.

— En effet. Je ne savais pas que les officiers de police étaient aussi férus de littérature.

Martin s'était abstenu de tout commentaire et avait été soulagé d'entendre Lazlo poursuivre.

— Mes connaissances en mythologie grecque sont un peu légères, avait dit le commandant de l'UAC3 en toute fausse modestie, mais si je me souviens bien, la reine Alceste donne sa vie pour sauver celle de son mari.

— Vous en savez plus que la plupart des personnes que je connais, avait répondu Isolda Dupré. Vous avez raison, Alceste s'est sacrifiée pour son mari, ce qui lui a permis d'être sauvée des Enfers par la suite. Son amour pour son époux était si pur qu'elle en fut récompensée.

— C'est pour ça que vous avez appelé votre fille ainsi ?

Isolda Dupré avait baissé les yeux, comme si elle n'était pas encore prête à assumer ce qu'elle était sur le point de leur avouer.

— Elle était ma vie, avait-elle dit, et je l'ai sacrifiée pour l'homme que j'aimais. Il n'y avait pas de meilleur prénom.

— Si elle était votre vie, avait repris Martin à son compte, pourquoi l'abandonner ?

Isolda Dupré avait relevé son visage et tenté de soutenir le regard du flic mais sa posture démontrait que ses derniers remparts étaient déjà tombés.

— Bernard pensait qu'un enfant serait un obstacle à notre amour, avait-elle avoué d'une faible voix. Il disait qu'un amour comme le nôtre devait se préserver. Un enfant prendrait trop de place, il causerait même notre perte.

— Bernard ?

— Bernard fut le premier amour de ma vie. Je pensais à l'époque qu'il serait le seul.

— Et vous partagiez son avis ? l'avait provoquée Martin. Vous estimiez, vous aussi, qu'un enfant prendrait trop de place ?

— J'avais vingt ans, capitaine, Bernard en avait vingt de plus. Je pensais qu'il était mieux placé que moi pour savoir ce qui était bon pour nous. J'étais folle amoureuse de lui et je ne voulais surtout pas qu'il me quitte. Il m'avait prise sous son aile à la mort de mes parents et je lui devais tout ce que j'étais. Je n'avais que lui dans ma vie, vous comprenez ?

— Mais vous êtes tombée enceinte, avait éludé Martin, froidement.

— Ce n'était pas prévu. J'avais tellement peur de sa réaction que j'ai attendu longtemps avant de le lui dire. Trop longtemps.

— Au point que vous ne pouviez plus avorter, avait continué Lazlo pour elle.

— Je pensais que devant le fait accompli, Bernard accepterait l'arrivée de cet enfant, qu'il y verrait même un cadeau du ciel. Mais sa position fut sans appel.

— Vous auriez pu le quitter.

Isolda Dupré avait regardé Martin comme s'il avait prononcé la pire des inepties.

— Vous n'avez pas écouté un seul mot de ce que je viens de vous expliquer ? J'étais éperdument amoureuse de cet homme, capitaine. J'imagine qu'on dirait aujourd'hui que j'étais sous son emprise. Bernard persistait à affirmer qu'un enfant était toujours une cause d'éloignement des amants. Il me voulait pour lui seul. Il a fini de me convaincre en m'expliquant que ce sacrifice glorifierait notre amour.

— Ce sacrifice ? avait relevé Martin.

— Oui. Il disait que cet acte serait le ciment de notre union.

— Cet homme était lui aussi un amoureux des tragédies grecques, je me trompe ? avait demandé Lazlo.

— C'est lui qui m'a initiée, avait avoué Isolda. Jusqu'alors, j'avais plutôt été bercée par des contes et légendes celtes.

— Comme celle de Tristan et Yseut.

— C'est de là que vient mon prénom. J'ai grandi, entourée d'histoires d'amour et de sacrifices.

Isolda Dupré se dévoilait à présent sans plus aucune retenue.

— Vous avez accouché dans la clandestinité ? avait continué Lazlo d'une voix grave mais posée.

— Oui. Bernard m'y a aidée. Nous vivions à cette époque dans une petite maison isolée, près de Guidel, dans le Morbihan, pas très loin de l'endroit où j'avais grandi. Après la naissance, j'ai tenté une dernière fois de le faire changer d'avis mais il était décidé, alors, dès que j'ai été en état de marcher, je suis partie au bord de la Laïta, une rivière le long de laquelle je marchais tous les matins. J'ai placé Alceste dans un panier en osier, emmaillotée dans une petite courtepointe que ma mère m'avait confectionnée, et je l'ai laissée là, toute seule. J'ai glissé dans le panier un mot demandant à celui ou celle qui la trouverait d'appeler ma petite fille Alceste et de prendre soin d'elle.

— Elle aurait pu mourir de froid ou de déshydratation, avait réagi Martin malgré lui.

— Je croisais tous les jours des promeneurs le long de ce cours d'eau, s'était justifiée Isolda, de la culpabilité plein la voix.

— Mais vous avez fini par regretter votre geste et vous êtes allée la rechercher, avait dit Lazlo, sûr de lui.

Isolda Dupré l'avait regardé sans comprendre.

— Vous avez tué votre amant, Bernard, car vous n'arriviez pas à lui pardonner de vous avoir demandé d'abandonner votre fille et vous êtes ensuite partie à la recherche d'Alceste.

Isolda Dupré avait à nouveau baissé les yeux et Martin avait cru un instant qu'elle allait se mettre à pleurer.

— J'aurais aimé avoir eu ce courage, commandant, mais non, je n'ai rien fait de tout ça. Bernard et moi avons eu un accident de voiture. Il est mort sur le coup. Je m'en suis sortie avec une cheville cassée. Nous venions d'avoir une terrible dispute et je me sentais responsable de ce qui s'était passé. Il faisait nuit, Bernard avait bu et moi, je n'arrêtais pas de lui crier dessus. Cela faisait quelque temps déjà que je sentais que je ne l'aimais plus. Je n'arrivais pas à lui pardonner de m'avoir fait abandonner mon enfant mais ne parvenais pas à le quitter pour autant. Quand je l'ai vu mort à mes côtés, j'ai encore du mal à l'admettre mais j'ai éprouvé une sorte de soulagement. Je me sentais comme libérée. Nous n'étions plus qu'à huit cents mètres. Je me suis extraite de la voiture et je me suis traînée tant bien que mal jusqu'à la maison. Je ne voulais pas qu'on me trouve avec lui. J'avais peur qu'on me reproche sa mort, alors je me suis enfuie. C'était stupide de ma part, j'en ai conscience aujourd'hui. J'imagine que j'étais en état de choc. J'ai fait croire aux gendarmes qui sont venus m'annoncer la nouvelle que je m'étais blessée deux jours plus tôt et que c'était pour cette raison que je n'étais pas avec Bernard ce soir-là. Je suis restée des semaines à panser mes plaies avant de quitter définitivement le Morbihan. Mais non, commandant, je ne suis pas partie à la recherche de ma fille. J'avais trop honte de ce que j'avais fait et je n'avais aucune idée de là où elle se trouvait. J'avais réussi à me persuader qu'elle était mieux sans moi.

— Alors c'est elle qui vous a retrouvée, avait proposé Martin.

Isolda Dupré avait hoché la tête pour confirmer.

— Quand, comment ?

— Grâce à la courtepointe. Alceste ne s'en séparait jamais. Elle la traînait derrière elle, partout, tout le temps, c'était son doudou, même quand elle ne fut plus en âge d'en avoir un. Ses parents adoptifs n'arrivaient pas à la lui retirer des mains, si bien qu'ils la laissaient la prendre quand ils sortaient. Un jour, alors qu'ils se promenaient dans le village de mon enfance, une vieille amie de ma mère a reconnu la couverture. Elle arborait des armoiries celtes que mes parents s'étaient créées. J'avais tenu à léguer à ma fille quelque chose de personnel, un bout d'histoire de sa famille. Je n'avais pas imaginé qu'elle serait adoptée par des personnes de ma région. Il n'y avait quasiment aucune chance que cela arrive et pourtant… Alceste a donc fini par connaître mon nom mais n'a jamais rien fait de cette information jusqu'à ses dix-huit ans. Ce n'est que vers cet âge qu'elle a ressenti le besoin de me rencontrer. Elle m'a cherchée pendant des mois jusqu'à ce qu'elle tombe sur un article paru dans une revue d'art, qui s'interrogeait sur ce que j'étais devenue, moi, la sculptrice qui, malgré un début discret mais prometteur, avais disparu de la circulation. Elle a redoublé d'inventivité pour me retrouver et elle a débarqué un beau matin à Rochebrune. C'est là que j'ai compris qu'un enfant qui se met en quête de sa mère ne connaît aucun obstacle.

— Votre mari, Marcel Dupré, était au courant de son existence ? avait voulu savoir Martin.

— Oui. Je lui avais dit que j'avais abandonné mon enfant par amour. Cette histoire l'avait tellement bouleversé qu'il n'avait pas hésité à rendre sa femme Élisabeth malade pour qu'elle perde son bébé.

Martin avait noté dans un coin de sa tête qu'Isolda Dupré lui avait dit la vérité au sujet de cette histoire lors de ses premiers aveux. Marcel Dupré avait empoisonné sa première épouse jusqu'à ce que son cœur lâche.

— Pourtant, vous avez eu un enfant avec Marcel, avait tout de même relevé Martin. Vous ne jugiez plus que cela pouvait être un obstacle à votre amour ?

— C'est Bernard qui le pensait. Pas moi. Je vous l'ai dit, j'avais vingt ans et je l'ai cru, mais me séparer d'Alceste a été une déchirure. Je l'ai regretté toute ma vie. Quand je suis tombée enceinte de Marcel, à aucun moment je n'ai envisagé revivre ce drame. Marcel a vite compris qu'il n'avait d'autre option que de l'accepter.

— Il n'avait pourtant pas hésité à empoisonner le bébé que portait sa première femme.

— Ce n'est pas moi qui le lui avais demandé ! s'était brusquement emportée Isolda avant de reprendre plus calmement : Je pense que lui aussi regrettait son geste. Il ne m'en a jamais parlé ouvertement mais je le sentais. Pour tout vous dire, je crois que lui aussi était content à l'idée d'avoir une deuxième chance.

— Et donc Alceste est venue vous rejoindre, était intervenu Lazlo, visiblement pressé de connaître la fin du récit d'Isolda Dupré. Comment se sont passées les retrouvailles ?

— Au début, mieux que ce à quoi je m'attendais. Elle semblait heureuse de se découvrir une nouvelle famille. Elle jouait constamment avec Léandre et s'entendait à merveille avec Marcel.

— Mais ?

— Je vous l'ai dit, ma relation avec mon époux n'était plus aussi solide qu'à ses débuts. Il m'avait aimée à la folie mais avait toujours eu du mal à résister aux autres tentations. Avant Élisabeth, il enchaînait les aventures. Par la suite, j'ai été sa maîtresse alors qu'il était marié à Élisabeth et qu'il disait l'aimer. Ce n'était plus qu'une question de temps pour qu'il se lasse définitivement de moi.

— Et vous aviez peur que Marcel tombe amoureux de votre fille, avait deviné Lazlo.

— J'ai vu la façon dont il regardait Alceste, avait confirmé Isolda Dupré. Ma fille et moi, nous nous ressemblons terriblement, ou disons plutôt que je lui ressemblais au même âge. Du haut de ses vingt ans, Alceste était magnifique, pleine de vie. Elle ne se méfiait pas de Marcel qu'elle considérait comme son beau-père. J'ai cru bien faire.

Isolda Dupré avait tout à coup cessé de parler, pensant que sa dernière phrase se suffisait à elle-même. Martin avait attendu dix secondes pour la relancer.

— Qu'avez-vous fait exactement, madame Dupré ?

— J'ai tout raconté à Alceste. Absolument tout. Je lui ai avoué pourquoi je l'avais abandonnée. Le sacrifice que j'avais accepté de faire. J'ai été obligée d'admettre que j'avais choisi l'amour d'un homme plutôt que celui que j'aurais dû lui donner. Je lui ai dit à quel point je m'étais trompée, que l'amour véritable n'était qu'un leurre, une passade. Malgré cela, je l'ai suppliée de partir. Je lui ai expliqué que si elle restait, Marcel finirait par s'en aller avec elle et que cette seule idée m'était intolérable. Que j'étais trop vieille pour me retrouver seule avec un enfant de cinq ans. Que si Marcel me quittait, je ne serais pas capable de m'en relever.

— Vous voulez dire que vous avez encore choisi votre mari plutôt que votre enfant ? n'avait pu retenir Martin.

— C'était avant tout pour son bien ! s'était défendue Isolda Dupré sans convaincre personne d'autre qu'elle. Marcel aurait détruit ma fille. Elle était trop jeune. Il lui aurait fait croire monts et merveilles avant de l'abandonner elle aussi. Je me suis perdue par amour, je ne voulais pas que cela lui arrive. Je pensais la sauver.

— Comment a réagi votre fille ? avait demandé Lazlo sans aucune trace de jugement dans la voix.

— Même si j'aurais pu m'en douter, je ne m'étais pas rendu compte à quel point Alceste était fragile émotionnellement, avait répondu Isolda Dupré, les yeux dans le vide et les doigts entortillés. Dans un premier temps, elle a reporté sa colère sur Marcel. Plutôt que de le fuir, elle l'a attiré dans ses griffes. Elle l'a séduit honteusement devant moi et je n'ai pas su comment réagir. Je me suis renfermée tandis qu'elle l'envoûtait. Elle lui a promis l'amour véritable, celui que je n'étais plus capable de lui donner. Mon mari était facilement influençable. Il manquait cruellement de personnalité. Il avait tué son enfant à naître et sa femme uniquement pour me plaire. Il s'était basé sur mon histoire personnelle en se disant que je serais touchée par son geste.

— Ça n'a pas été le cas ?

— En un sens, si. Je n'ai jamais souhaité la mort de cette femme mais je rêvais qu'un homme m'aime d'un amour fou, sans limite. J'ai compris plus tard que Marcel aimait surtout être aimé et qu'il était prêt à tout pour y arriver.

— Comme vous, finalement, n'avait pu s'empêcher de glisser Martin.

Si Isolda Dupré avait été froissée par cette remarque, elle n'en avait rien montré et avait continué son récit sans le regarder.

— Je cherchais à vivre quelque chose d'unique. Marcel était moins exigeant. Je vous l'ai dit, il était malléable. Il suffisait que je me plaigne du voisinage pour qu'il s'énerve contre le premier passant. Il adaptait sa personnalité en fonction de celui ou celle qu'il admirait. Quand Alceste est arrivée dans nos vies, elle est devenue cette personne et c'est elle qu'il a cherché à impressionner.

— C'est Alceste qui l'a poussé à enlever et tuer ces deux Anglais, avait dit Lazlo plus qu'il ne l'avait demandé.

— Oui. Alceste était fiévreuse depuis quelques jours et j'en ai profité pour organiser cette sortie au musée avec Marcel et Léandre, seulement. J'espérais que cette journée nous ressouderait un peu. Marcel ne m'a quasiment pas parlé. Il était totalement absent. Je ne m'étais même pas aperçue qu'il avait passé son temps à observer ces Anglais, que ce soit au musée ou au restaurant. Une fois de retour à la maison, il n'a cessé d'en parler. Il disait à qui voulait l'entendre qu'il rêvait de retrouver cette sensation qu'on éprouvait au début d'une histoire d'amour. Son intensité, sa pureté. Alceste lui a répondu qu'il ne tenait qu'à lui de la revivre. La suite de l'histoire, vous la connaissez, je vous l'ai racontée. Sauf que ce n'était pas moi qui étais à la manœuvre.

— Vous n'êtes pas intervenue ? s'était étonné Martin.

— Non. Je n'en ai pas eu la force. Ma fille cherchait à me punir pour les choix que j'avais faits et je n'arrivais pas à lui en vouloir.

— Sauf qu'elle a tué deux innocents sous votre toit !

— Je sais, et je ne vous demande pas de me comprendre, capitaine. Quand les gendarmes ont débarqué et que j'ai compris que Marcel serait le seul à payer, j'ai préféré me taire.

— Il n'a jamais parlé de votre fille, même durant le procès.

— Alceste lui avait promis de tuer son fils s'il le faisait.

— Vous voulez dire Léandre, son frère ?

— Oui. Marcel l'a crue. Il était facile à duper. Ou peut-être qu'il était encore sous son charme. Je n'en sais rien. Pour ma part, je savais qu'Alceste n'aurait jamais mis cette menace à exécution. Elle aimait trop son petit frère. Mais j'ai joué le jeu et j'ai prié des nuits entières pour que Marcel se taise.

— Vous n'avez jamais pensé à dénoncer Alceste ?

Isolda Dupré avait regardé Martin avec stupéfaction.

— Vous parlez de ma fille, capitaine. Et si elle en est arrivée à cette extrémité, c'est entièrement ma faute. Je l'ai abandonnée au bord d'une rivière, dans un vulgaire panier en osier, tout ça pour vivre un amour chimérique. Quel enfant aurait pu supporter ça ?

— C'est pour cette raison que vous étiez prête à endosser la responsabilité de tous ces meurtres ? avait demandé Lazlo.

— Vous auriez fait pareil à ma place…

— Nous ne sommes pas à votre place, l'avait coupée sèchement Martin. Vous nous avez fait perdre un temps précieux, madame Dupré. Votre fille retient en otage notre collègue ainsi qu'une jeune femme de vingt-quatre ans. Elles sont peut-être déjà mortes à l'heure qu'il est. Nous n'avons aucun moyen de le vérifier.

— Ma fille est malade, capitaine.

— Ce n'est pas à moi d'en juger.

— Il suffit de voir ce qu'elle a fait à ces pauvres gens.

— Vous saviez qu'elle avait recommencé ?

— Bien sûr que non !

Isolda Dupré avait réagi vivement.

— Vous l'auriez dénoncée autrement ?

Martin savait pertinemment que cette question n'appelait aucune réponse.

— Il faut que vous nous aidiez à l'arrêter, était alors intervenu Lazlo.

— Quand bien même je serais prête à vous aider, je ne saurais pas comment faire.

— Madame Dupré, avait-il continué calmement, pour l'instant, seul votre fils est recherché. Je suis prêt à croire que c'est votre fille qui l'a embarqué dans cette histoire…

— C'est elle ! l'avait coupé Isolda Dupré. C'est clairement elle !

— C'est fort possible, mais il n'empêche que c'est votre fils qui sera arrêté en premier. Tous les flics de France sont sur les dents. Ce ne sera pas tendre, je peux vous l'assurer.

Lazlo avait eu conscience de l'effet qu'il venait de provoquer. Isolda Dupré était désormais face à un choix. Un choix digne des tragédies grecques qu'elle semblait tant apprécier.

— Vous me demandez de livrer un de mes enfants pour sauver l'autre, avait-elle dit, à bout de forces.

— Nous vous demandons de sauver la vie de deux jeunes femmes innocentes, avait rectifié Martin.

Cet argument n'avait pas paru la toucher. Lazlo s'y était pris autrement.

— Isolda, avait-il dit posément, Alceste a besoin d'aide. Ne pas nous dire où la trouver reviendrait une fois de plus à l'abandonner.

Isolda Dupré avait reçu un appel de sa fille deux semaines plus tôt. Cette dernière lui avait demandé de cacher son existence si la police venait à poser des questions. Isolda Dupré avait cherché à en savoir plus, Alceste lui avait fait comprendre que c'était la première fois qu'elle lui demandait un service. De bonne grâce, la mère avait accepté, payant encore et toujours sa culpabilité.

Isolda Dupré avait fourni aux enquêteurs le numéro enregistré dans sa liste d'appels. Le téléphone était toujours en activité. Il n'avait pas fallu longtemps aux spécialistes pour le localiser. Le signal provenait d'une zone forestière située aux abords de Barbizon.

52

Martin peinait à trouver une position confortable depuis que Chloé lui avait fait signe de s'asseoir sur le lit. Il s'était habitué au fauteuil en similicuir installé sous le téléviseur hors d'âge que personne n'avait eu envie d'allumer.

Martin avait veillé Chloé plus de neuf heures d'affilée, refoulant tous ceux qui s'étaient proposé de le remplacer. Lucas était venu à plusieurs reprises, les bras toujours chargés. Il avait commencé par des fleurs qu'une infirmière avait accepté de mettre dans un vase. Il avait ensuite opté pour des chocolats, tout en se demandant si Chloé les apprécierait. Dans le doute, il avait apporté la fois suivante des en-cas salés. À sa dernière visite, il avait déposé un ours en peluche et deux magazines sur la table de chevet pour repartir aussi vite. Lucas n'avait jamais aimé les hôpitaux, tout le monde le savait, et ses allers-retours furtifs prouvaient à ceux qui le connaissaient son attachement particulier à Chloé.

Arrivée dans un état critique, Chloé avait reçu une transfusion de sang et était restée quatre heures en chirurgie. L'équipe de la 3e DPJ avait cependant été rapidement avisée que son pronostic vital n'était plus engagé. Il lui fallait maintenant du repos et des soins adaptés.

Le chemin serait en revanche nettement plus long pour la petite Clara Faye. La jeune fille avait été trouvée inanimée et n'avait pas encore repris connaissance. Les médecins ne trouvaient pas de raisons physiologiques à cet état. Le traumatisme qu'elle avait subi ces dernières semaines pouvait en revanche être l'explication. Ils avaient bon espoir qu'elle se réveille d'ici quelques jours, une fois que son corps n'aurait plus à combattre la fièvre due à l'infection survenue à la suite de son amputation. Clara Faye avait toujours son pied gauche mais il était peu probable que cette constatation lui soit d'un grand secours. Elle avait vu mourir l'amour de sa courte vie et ses deux amis, elle avait peut-être même aidé à les tuer. Il lui faudrait une existence entière pour oublier les horreurs qu'elle avait endurées.

Clara Faye et Chloé Pellegrino avaient été retrouvées dans le sous-sol d'une maison qui se trouvait à mi-chemin entre Barbizon et Fontainebleau. Alceste Le Gall, la fille d'Isolda Dupré, les avait rejointes en entendant les équipes du Raid débarquer.

Elle était debout, au centre de l'espace, et retenait Chloé d'une main ferme à genoux devant elle. Chloé avait les yeux fermés et les vêtements en sang. Le responsable des opérations avait analysé d'un coup d'œil la situation. Chloé était toujours en vie mais Alceste menaçait de lui trancher la gorge si l'un d'eux avançait.

Il avait fait signe à ses hommes de rester en place et entamé les négociations. Il n'avait pas eu le temps de finir sa première phrase qu'Alceste avait retourné l'arme contre elle et enfoncé la lame du couteau dans son cou d'une main assurée. Son geste avait été si brutal qu'il avait surpris tout un chacun. Le commandant du Raid s'était précipité sur elle et avait tenté de juguler l'hémorragie, en vain. Alceste était morte dans ses bras, un sourire aux lèvres.

Parallèlement, Martin, qui était resté deux mètres en arrière, avait poussé d'un bras les autres agents pour se frayer un chemin avant de se jeter aux pieds de Chloé. La jeune femme était inconsciente et il avait fallu l'intervention des secouristes pour qu'il daigne la lâcher.

Martin chassa cette image de son esprit et se concentra sur sa jeune collègue. Il prit la main qu'elle lui tendait et réussit enfin à se caler sur le lit.

— Vous êtes venus me chercher, lui dit Chloé d'une voix cassée.

— On a hésité un peu et puis tu nous connais…

Elle baissa les yeux, consciente que sa remarque frôlait le sentimentalisme.

— Lucas n'est pas là ?

— Il est passé trois ou quatre fois. J'ai arrêté de compter. Il reviendra dans la soirée.

— Et Francis ?

Le visage de Martin se ferma.

— Ce n'est pas sa faute, dit Chloé comme si elle avait pu lire dans ses pensées.

— Bien sûr que si. Il aurait dû rester à tes côtés.

— J'aurais tout aussi bien pu rentrer à Paris avec lui. Je voulais faire mes preuves et je n'en ai fait qu'à ma tête.

— Tu n'es plus obligée de prendre sa défense, Chloé.

— Ça n'a rien à voir. C'est moi qui ai manqué de jugement, Martin, pas Francis. C'est moi qui ai suivi ce mec sans me méfier. Tout ce que je savais de lui, c'était son nom.

— Même pas. Tu le connaissais sous le nom de Tristan Jacquet. En réalité, il s'agissait de Léandre Dupré.

— Je sais. Il m'a tout raconté après m'avoir attachée.

— Parce qu'il ne pensait pas que tu serais une menace. Ils avaient l'intention de te tuer.

— Toujours aussi délicat, à ce que je vois, sourit franchement Chloé. Tu sais quoi ? Je n'ai jamais cru qu'il me ferait du mal. Pas lui. Il semblait complètement dépassé par la situation. Il ne faisait que suivre les instructions de sa sœur.

— C'est lui qui a assassiné Zoé Mallet ?

— Non, c'est Alceste. Elle a d'abord voulu que Clara s'en charge mais Clara était déjà dans un sale état. Elle n'avait plus de force. Alceste a ensuite demandé à son frère mais il a décliné. Il a dit qu'il refusait de tuer qui que ce soit. Alors elle s'est tournée vers moi.

Martin lança un regard stupéfait à Chloé.

— Elle m'a menacée, continua la jeune femme d'une voix blanche. Elle m'a assuré que Zoé allait mourir de toute façon. Le choix était simple. Soit je m'en chargeais, soit Clara y paissait aussi.

— Et ? osa à peine demander Martin.

— Et quoi ? Tu me crois capable de tuer de sang-froid une innocente ?!

— Bien sûr que non, mais…

— Mais rien du tout. Je lui ai répondu que si elle devait nous tuer, elle n'avait qu'à se démerder toute seule !

Martin sourit malgré lui.

— Manifestement, elle n'a pas apprécié, grimaça Chloé en retour. Elle m'a répondu en me plantant son couteau dans le ventre, poursuivit-elle en frôlant machinalement son abdomen. Elle m'a promis une agonie lente et douloureuse. Elle ne m'a pas vraiment menti. J'ai cru que j'allais y passer.

— Les médecins m'ont assuré que tu aurais pu survivre encore six ou sept heures.

— Ils ne doivent pas souvent se prendre des couteaux dans le bide ! Physiquement, j'aurais peut-être pu, mentalement, j'en suis déjà moins convaincue.

Martin se réjouissait de la voir râler.

— Tout ça pour dire qu'Alceste a fini par tuer Zoé elle-même, reprit-elle plus sérieusement. Je n'ai rien pu faire, Martin. J'étais attachée. J'ai essayé de la raisonner mais je n'y suis pas arrivée.

— Arrête, Chloé. Tu l'as dit toi-même, tu ne pouvais rien faire.

Chloé renifla rageusement avant de continuer.

— Elle a ensuite donné l'ordre à Léandre de se débarrasser du corps. Il a obéi, sauf qu'il n'est pas revenu comme il était censé le faire.

— Il s'est enfui.

— C'est ce que j'ai pensé. Vous l'avez retrouvé ?

— Pas encore. Tu me demandais où est Francis, je crois qu'il est parti à sa recherche.

— Où ça ?

— Dieu seul le sait. Il a éteint son téléphone portable et personne ne l'a vu depuis qu'on vous a sorties de là.

— Il faut que tu le trouves avant qu'il ne fasse une connerie, dit Chloé gravement. Je ne voudrais pas que sa femme puisse me reprocher quoi que ce soit un jour.

— À ce sujet, il faudra que je te raconte deux ou trois trucs, mais ça attendra. Et ne t'inquiète pas pour Francis, c'est un grand garçon.

Chloé fronça les sourcils mais accepta d'abandonner le sujet pour un temps.

— Chloé, il reste beaucoup de zones d'ombre dans ce dossier. Est-ce qu'Alceste t'a révélé quelque chose au sujet des autres meurtres ?

— Elle m'a dit pas mal de trucs, oui, mais je crois qu'elle commençait à dérailler sérieux. Si elle a un jour maîtrisé son sujet, ce n'était plus du tout le cas. Je ne sais pas si c'est le fait d'avoir travaillé en binôme avec son frère qui l'a perturbée mais son discours était totalement décousu. Elle mélangeait le passé et le présent.

— Mais elle a avoué avoir commis les autres meurtres ?

— De les avoir commis, non, mais d'y avoir participé, oui. Elle m'a expliqué, par exemple, qu'elle avait guidé Grégory Orban pour tuer la famille Spontini dans les gorges du Tarn.

Martin ne pouvait pas se contenter de cette simple information.

— Comment Orban et Alceste se sont connus ?

— Comme on l'avait imaginé, Orban a sympathisé avec Marcel Dupré quand ils étaient en prison. Dupré lui a raconté sa rencontre avec Alceste. Il lui a dit que sa belle-fille avait réussi à lui prouver ce qu'était le véritable amour. Orban est vite devenu obsédé par cette histoire. À sa sortie, il a tenté de trouver Alceste. Il s'est même rendu chez Isolda pour lui demander où était sa fille. Isolda n'a rien voulu lui dire. Un an plus tard, il est tombé sur un article qui évoquait les meurtres de nos trois Allemands. Il a tout de suite compris qu'Alceste était derrière tout ça et il a recommencé à la chercher. Il a fini par la trouver quelques années après. Au début, Alceste s'est jouée de lui. Elle l'a fait mariner mais elle m'a avoué s'être attachée à lui. Elle trouvait qu'ils avaient quelque chose en commun. Une noirceur qui les sublimait. Elle n'était pas sa maîtresse, juste une confidente. Ils se voyaient assez souvent.

— Entre les différents séjours en prison d'Orban.

— Exactement. Alceste m'a confié qu'elle avait senti qu'Orban devenait de plus en plus violent. Qu'il avait besoin d'extérioriser son mal-être. Orban parlait souvent de celle qu'il considérait comme l'amour de sa vie, Véronique Laval. Il disait à Alceste qu'elle était son port d'attache, son repère dans la nuit. Sa haine se focalisait en réalité sur son père. Il ne lui avait jamais pardonné de l'avoir abandonné en l'envoyant chez son oncle. Alceste lui a expliqué que son père était comme tous les autres parents. Leur vie passait avant celle de leur progéniture. Il devait tirer un trait sur cette histoire. Mais Orban ne décolérait pas. C'est là qu'elle a eu l'idée de lui prouver ce qu'elle disait. Elle lui a pointé du doigt la famille Spontini et lui a suggéré de les enlever. Les règles du jeu étaient simples : le père donnait sa vie, en échange son fils et sa compagne étaient sauvés. François Spontini a commencé à négocier. Il a proposé de l'argent, beaucoup d'argent, mais il a refusé de s'enfoncer une lame dans les veines. Alceste a alors demandé à Orban de mutiler les victimes pour le faire changer d'avis. Elle lui a dit de commencer par les pieds.

— C'était donc elle, l'idée des pieds, commenta Martin.

— Oui. Là, j'avoue que ce n'était pas très clair. Quand j'ai cherché à creuser, Alceste m'a parlé de sa mère. Comme quoi ses cicatrices étaient le symbole de sa liberté.

Martin qui n'avait partagé qu'une partie des résultats de l'enquête menée au cours des dernières vingt-quatre heures rapporta l'accident de voiture d'Isolda Dupré et l'attelle qu'elle portait depuis.

— Je ne vois toujours pas le rapport.

— Celui pour qui Isolda avait abandonné Alceste est mort dans cet accident, expliqua Martin. Isolda nous a avoué s'être sentie soulagée après ça. Elle n'était plus sous l'emprise de cet homme.

— Je vois. Ça confirme ce que je pensais. Le schéma mental d'Alceste était à l'opposé de celui de sa mère. Alceste ne cherchait pas à démontrer l'amour parfait, elle voulait prouver qu'il n'existait pas.

— Yseut la blonde, l'amoureuse, et Yseut aux mains blanches, la jalouse, souffla Martin tout en faisant signe à Chloé de continuer.

— En tout cas, reprit Chloé en cherchant une position plus confortable, elle a très mal pris le fait qu'Orban refuse d'aider Léandre à déplacer le corps de Nathan Percot. Elle était furieuse contre lui. J'ai évité de lui avouer qu'il avait été tué depuis par sa maîtresse. Je ne savais pas trop comment elle réagirait.

— Tu as bien fait, sourit Martin. Et les meurtres des trois Allemands ?

— Elle en a parlé mais je pense que ses souvenirs s'embrouillaient. Tout ce que je peux te dire, c'est qu'elle était clairement impliquée dans leur meurtre. Elle m'a parlé d'un homme à qui elle avait ouvert les yeux mais elle ne m'a pas donné son nom. Désolée.

— C'est déjà mieux que rien. On verra bien ce que fera Vendôme de cette information. Après tout, c'est lui qui était sur cette affaire, à l'époque. Peut-être qu'il voudra creuser la piste. Maintenant qu'on sait qu'Alceste se trouvait dans les environs de la Moselle, on pourra éventuellement remonter ses fréquentations et mettre la main sur cet homme. Elle t'a expliqué, d'ailleurs, pourquoi elle espaçait son rituel de cinq ans ?

Chloé ferma les yeux et Martin crut un instant qu'elle s'était endormie, assommée par le calmant qui coulait dans ses veines. Il esquissa un mouvement mais Chloé lui serra la main.

— Quand je l'ai interrogée sur la chronologie de ses actions, dit-elle en rouvrant les yeux, j'ai bien vu qu'elle n'avait aucune idée de ce dont je parlais. J'ai essayé d'être plus précise. J'ai évoqué les Anglais, les Allemands cinq ans après, les Spontini et les derniers meurtres qui avaient été commis. J'ai même ajouté qu'on était persuadés d'avoir loupé une affaire qui remonterait à dix ans.

— Et alors ?

— Alors elle m'a souri. Un sourire qui m'a fait froid dans le dos.

— Mais elle t'a dit quelque chose ?

— Qu'on avait tout faux, avoua Chloé. Qu'elle n'avait jamais fait le compte mais qu'en vingt ans, elle avait été obligée de démontrer ce qu'était l'amour à bien plus de personnes que ça.

— Tu es en train de me dire qu'il y a plus d'affaires ?

— Elle n'a rien ajouté. Elle a quitté le sous-sol après ça mais pour moi, ça ne fait pas de doute.

Martin redoutait cette information même s'il ne l'avait jamais écartée. Maintenant qu'Alceste était morte, il serait compliqué de remonter la piste. Il n'avait plus qu'à espérer qu'elle se soit confiée à son frère et que Léandre, une fois arrêté, les éclairerait.

— Il y a tout de même un truc que je ne pige pas, lança-il pour changer de sujet. Pourquoi écrire le mot « GAGNÉ » sous les pieds ?

— Tu l'avais compris dès le début, répondit Chloé de plus en plus faible. Elle faisait croire au dernier survivant qu'il s'en était sorti en choisissant de tuer son conjoint.

— Mais Clara a eu le pied gravé bien avant que les autres ne soient morts ?

Chloé fit alors une grimace que Martin ne lui connaissait pas. Un mélange de malaise et de culpabilité.

— Chloé ?

— Je pense que c'est plus compliqué que ce qu'elle a voulu me dire.

— De quoi tu parles ?

— Je suis persuadée qu'elle a fait ça pour gagner du temps. À moins que ce ne soit la fièvre qui l'ait fait délirer et que ses aveux soient bidon. La culpabilité peut parfois pousser à raconter n'importe quoi.

— Chloé, je ne comprends rien.

Chloé regarda par la fenêtre, le visage fermé. Martin fit une légère pression sur sa main.

— Parle-moi, Chloé.

— Clara pensait qu'on serait les prochaines à mourir. Elle a ressenti le besoin de se confesser. Alceste avait changé les règles du jeu pour eux. Le marché était simple. Si l'un d'eux acceptait d'éliminer ses compagnons, il avait la vie sauve. Ils ont tous été pétrifiés par cette proposition et se sont serré les coudes en refusant, purement et simplement. Alors Alceste a resserré leurs liens, les a bâillonnés avant de leur couper un pied à chacun. Elle a ensuite renouvelé le marché. Personne n'a accepté. Personne sauf Clara. Tétanisée à l'idée de mourir, elle s'est engagée à tuer ses amis un par un. Pour lui prouver qu'elle avait fait le bon choix, Alceste a tranché le deuxième pied de ses amis sans toucher au sien. À partir de cet instant, Clara est devenue le bras armé d'Alceste. Si elle n'avait pas été dans un si triste état, c'est elle qui aurait achevé Zoé Mallet.

53

Assis sur une chaise, dans la pénombre, Martin frottait les jointures de ses mains. Il devinait le sang plus qu'il ne le voyait. Ses pensées suivaient un cours erratique qu'il ne cherchait pas à canaliser. Malgré les apparences, il se sentait apaisé. Ses anciens collègues ne débarqueraient pas avant une quinzaine de minutes. Il n'était pas pressé. Il avait même tout son temps.

Dix jours s'étaient écoulés depuis la descente dans la maison de Barbizon et la mort d'Alceste Le Gall. L'autopsie de la fille d'Isolda Dupré ne leur avait rien révélé de particulier. La femme de quarante-cinq ans s'était sectionné les deux artères carotides, ne se laissant aucune chance de survie. Le Dr Ferroni n'avait trouvé aucune pathologie qui ait pu altérer le jugement d'Alceste ces dernières semaines. Martin avait espéré un scénario différent qui lui aurait apporté les réponses manquantes. Il s'était imaginé une Alceste atteinte d'une tumeur au cerveau ou en phase terminale de cancer. Cela aurait expliqué la manière plus radicale avec laquelle elle avait mené son ultime rituel. Elle avait changé les règles du jeu après avoir pratiqué les mêmes méthodes durant des années. Elle s'était aussi impliquée plus que jamais. Peut-être que Chloé était dans le vrai. En œuvrant avec son frère,

Alceste avait cassé son propre schéma et ce simple fait avait suffi à la déstabiliser.

Depuis toutes ces années, Alceste avait dû se persuader qu'en prouvant à des âmes trop naïves que l'amour n'existait pas, elle se contentait de leur rendre service. Avec Léandre, cette excuse ne pouvait pas fonctionner.

Léandre était son frère, et aux dires d'Isolda Dupré, mais aussi de Chloé, Alceste l'aimait profondément. C'est certainement ce sentiment qui l'avait perturbée. Comment prouver que quelque chose n'existe pas quand on le ressent soi-même ? Ce paradoxe l'avait peut-être fait vaciller. Prenant peu à peu conscience que son besoin de faire du mal n'était généré que par elle-même, elle avait cherché d'autres méthodes pour s'exprimer.

Léandre s'était confié à Chloé après l'avoir enlevée. La jeune femme était encore passablement dans les vapes à ce moment-là mais elle avait tenté de retransmettre le plus fidèlement possible ce qui lui avait dit le fils d'Isolda Dupré.

Le garçon, alors âgé de cinq ans, s'était vite lié d'amour à cette sœur fraîchement débarquée. Il était trop jeune à l'époque pour comprendre pourquoi sa mère n'en avait jamais parlé. Après l'arrestation de son père, Léandre s'était retrouvé à nouveau seul. Alceste avait disparu du jour au lendemain, et sa mère n'avait pas voulu s'expliquer. L'histoire, dans son intégralité, il ne l'avait connue qu'à son adolescence. Alceste était venue le voir un jour à la sortie du lycée. Léandre avait essayé de ne pas juger sa mère mais quelque chose s'était brisé. Il avait continué à voir Alceste en cachette et son amour pour elle n'avait fait que se renforcer. Il avait cependant décidé de partir vivre à des milliers de kilomètres pour ne pas avoir à choisir entre sa sœur et sa mère, sauf qu'Alceste s'était elle aussi attachée à lui.

Elle avait débarqué un beau matin au Japon avec un grand sac à main pour seule valise. Léandre avait cru un temps qu'il arriverait à la faire rester à Kyoto, c'est finalement elle qui l'avait convaincu de revenir en France.

Il l'avait suivie jusqu'à Barbizon et était rapidement tombé amoureux de ce village qui attirait tant d'artistes. Il s'était imaginé une vie paisible en famille, une famille qui inclurait sa mère. Elle les rejoindrait et retrouverait peut-être en ces lieux l'inspiration de sa jeunesse. Il avait tout de même accepté d'attendre d'être correctement installé avec sa sœur avant de prévenir Isolda et de la faire venir.

Alceste lui avait proposé de se faire connaître sous un autre nom pour donner une chance à ce nouveau départ en le rendant vierge de tout passé. Un moyen comme un autre d'oublier Marcel Dupré et ses forfaits. Léandre avait trouvé l'idée séduisante et choisi un nom qui plairait à sa mère. Il avait accepté toutes sortes de petits boulots et même repris ses études, séduit à l'idée de commencer une nouvelle aventure. Il avait rapidement déchanté en découvrant les tourments qui agitaient sa sœur.

Alceste observait tous les couples qu'ils croisaient et ses propos se faisaient de plus en plus véhéments. Elle était rongée par la haine et ne supportait pas que quelqu'un puisse oser lui renvoyer une image de bonheur.

Quand Léandre était rentré un soir et qu'il avait découvert les quatre jeunes voyageurs, groggy et attachés les uns aux autres dans le sous-sol de la maison que sa sœur avait louée, il s'était rué vers leurs liens pour les libérer. Alceste l'avait retenu et ils avaient eu une explication houleuse devant leurs otages. Léandre avait tenté de raisonner sa sœur mais elle lui avait promis de s'ouvrir les veines s'il ne l'aidait pas à réaliser son rituel. Les propos d'Alceste étaient incohérents pour le jeune homme mais il l'avait crue quand elle lui avait dit qu'elle était prête à s'ôter la vie. Elle lui avait assuré que ce ne serait qu'une épreuve à passer pour ces quatre amoureux et qu'ils seraient les premiers à la remercier de la leçon qu'elle s'apprêtait à leur donner. Sans en expliquer la raison, elle avait demandé à Léandre de placer les pieds des quatre jeunes dans des bassines d'eau tout en lui promettant que c'était la seule chose qu'elle lui imposerait. Léandre s'était exécuté, incapable d'imaginer que sa sœur pouvait seulement lui mentir.

Quand il avait découvert les membres tranchés en rentrant de son service, il avait vomi plus d'une heure. L'idée de dénoncer Alceste à la police ne lui avait pourtant pas effleuré l'esprit. Il avait plutôt hésité à appeler sa mère mais il la considérait en partie responsable du mal-être de sa sœur. Ses doutes l'avaient tiraillé au point de le paralyser.

Alceste avait profité de cette faiblesse pour lui demander de se débarrasser des pieds le long du fleuve. « Jette-les au hasard comme l'a fait notre propre mère avec moi », avait-elle craché, amère. Léandre, qui se sentait désormais responsable de sa sœur, avait accepté mais l'avait fait à sa manière. Il avait fabriqué des semelles en liège et avait déposé les pieds devant l'ancien siège de la police, ne sachant pas que celle-ci avait déménagé alors qu'il vivait à l'étranger. Il avait espéré que cet appel à l'aide mettrait un terme à l'escalade.

Pris de remords, il avait avoué son geste à Alceste qui avait été un temps furieuse avant d'y voir une provocation amusante. Léandre n'avait pas compris sur l'instant qu'il n'avait fait qu'ajouter une touche personnelle au rituel de sa sœur.

En découvrant le cadavre de Jordan Buch à son retour du travail, Léandre s'était pétrifié. Il était désormais complice de meurtre et ne pouvait plus revenir en arrière.

Alceste avait appelé Grégory Orban, que Léandre ne connaissait pas, pour qu'il les aide à transférer le corps dans un endroit que la police ne manquerait pas de remarquer. Le seul passage obligé était que le corps soit retrouvé au bord de l'eau. Ce point était crucial aux yeux d'Alceste. Elle tenait à reproduire, encore et toujours, son propre abandon au bord d'une rivière. Léandre avait exécuté les ordres, la mort dans l'âme. Il savait qu'il n'y avait plus aucune porte de sortie, que ce soit pour Alceste ou pour lui.

Durant cette confession, Léandre s'était excusé à plusieurs reprises auprès de Chloé. Il n'avait pas prévu de l'enlever. Il avait même apprécié la soirée qu'ils avaient passée à discuter mais quand il avait compris que les flics étaient à la recherche de sa sœur, il avait pris peur. Il avait agi à l'instinct pour aussitôt le regretter.

Martin avait jugé utile de rappeler à Chloé que cela ne l'avait pas empêché de l'abandonner, en la laissant seule avec sa sœur.

Un mandat d'arrêt international avait été délivré à l'encontre de Léandre Dupré. Plus personne ne le croyait sur le territoire français. D'autant moins depuis que le portable de Francis avait été géolocalisé à Kyoto. Le brigadier, à quelques mois de la retraite, ne répondait plus aux appels mais il n'avait pas cherché à se cacher. En rallumant son mobile, il savait parfaitement ce qu'il faisait. Avait-il disposé d'une information lui permettant de penser que Léandre Dupré était retourné dans la ville qui l'accueillait depuis plusieurs années ? Personne n'était en mesure de le dire, mais Martin n'imaginait pas Francis partir ainsi à l'aventure sans avoir une piste sérieuse à suivre. Qu'avait-il l'intention de faire s'il mettait la main sur Léandre ? Martin ne pouvait pas plus répondre à cette question. Francis était parti sans ordre de mission, sa présence au Japon ne revêtait donc aucun caractère officiel.

Francis avait fait savoir au responsable du centre médicalisé dans lequel se trouvait son compagnon qu'il s'absentait pour une durée indéterminée. Il avait communiqué le numéro de Martin si toutefois une urgence se présentait. Martin ne savait pas comment interpréter cette information. Était-ce une marque de confiance ou un moyen de lui faire savoir qu'il était parti en croisade ? Francis voulait certainement se racheter vis-à-vis de Chloé en mettant la main sur Léandre. Lui qui pensait bien la connaître, il aurait dû savoir que sa coéquipière lui avait déjà pardonné.

En attendant que Léandre Dupré soit arrêté, le juge Vendôme n'avait pas grand-chose à se mettre sous la dent. Alceste Le Gall était morte, tout comme Grégory Orban. Les responsables des meurtres de la famille Spontini dans les gorges du Tarn ne seraient donc jamais jugés.

L'homme qui avait suivi les instructions d'Alceste pour tuer les trois Allemands serait recherché, mais le magistrat n'avait pas l'intention de dépenser une énergie folle ou des moyens dispendieux pour le retrouver. L'histoire remontait à quinze ans et personne depuis ne s'en était soucié. Quant aux autres meurtres qu'Alceste avait peut-être commis au fil des années, il serait difficile de s'y attarder sans plus d'informations. L'UAC3 n'avait rien trouvé de probant dans les archives, les enquêteurs ne sauraient donc même pas par où commencer.

Isolda Dupré pouvait être inquiétée pour complicité de meurtre ou, tout au moins, pour non-assistance à personne en danger pour ce qui relevait de l'assassinat des deux Anglais.

Les disparus de la Durance était une affaire officiellement classée. Un homme avait été jugé et condamné. Le juge Vendôme n'avait pas encore pris la décision de rouvrir le dossier.

Restait le cas de la petite Clara Faye. Elle avait tué de sa main Jordan Buch et Nathan Percot. Elle n'avait pas cherché à le nier une fois sortie du coma. Elle avait tout de même essayé de sauver Zoé Mallet en glissant un indice dans l'abdomen de son petit ami tout en le poignardant. Pouvait-elle seulement être inquiétée d'avoir obéi à une désaxée qui venait de l'amputer d'un pied ? Un bon avocat plaiderait l'irresponsabilité pénale pour avoir agi sous la contrainte, mais fallait-il ajouter un procès sordide à ce que cette jeune femme venait d'endurer ? La justice ferait le tri.

Voilà à quoi pensait Martin en regardant le visage ensanglanté de son père. Il savait qu'en revenant à Lyon, ce moment finirait par arriver. Il n'avait pourtant pas cherché à l'éviter.

Il avait prévu de descendre quelques jours pour s'occuper de sa mère qui avait enfin eu l'autorisation de sortir de l'hôpital. À peine vingt-quatre heures après son arrivée, son ancien supérieur avait accepté de lui dire où se trouvait son père. Martin n'avait pas hésité longtemps. Il lui avait suffi de regarder sa mère, ses plâtres et ses hématomes à peine résorbés.

Son père lui avait ouvert la porte, un sourire contrit sur les lèvres. Il l'avait invité à entrer dans son studio qui sentait le renfermé et dégageait l'odeur âcre d'un cendrier plein à craquer. Il s'était assis avant de lui proposer de partager un verre. Un mug à moitié rempli d'un liquide blond et une bouteille de scotch aux trois quarts entamée trônaient sur la table. Il était onze heures du matin.

Le père de Martin entama un monologue qui n'avait de sens que pour son esprit embrumé. Martin n'avait de toute façon jamais eu l'intention de l'écouter. Il attendait un faux pas. Ce moment arriva plus vite qu'il l'avait imaginé.

Son père parla de responsabilités partagées et de leçons à tirer. Martin n'entendit pas la suite. Son premier coup était déjà parti.

Quand Martin comprit que son père ne se relèverait pas, il arrêta de le frapper. Les bulles de sang qui éclataient sur ses lèvres tuméfiées indiquaient qu'il était toujours en vie. Martin appela alors ses anciens collègues en précisant qu'il leur faudrait l'appui d'une ambulance.

Depuis, il les attendait. Il n'était pas pressé. Il avait même tout son temps.

Remerciements

À vous qui me soutenez et qui m'apportez tant d'émotions.

À ma famille, mon clan, ma force.

À toute l'équipe d'Hugo Thriller. Pour votre accompagnement, vos mots, vos sourires et la confiance que vous me témoignez.

Aux professionnels des services police-justice qui prennent le temps de m'acculturer. Je sais que vous me pardonnerez les libertés qu'il m'arrive tout de même de prendre pour la fluidité de la narration.

Aux lecteurs, aux blogueurs et aux libraires, sans qui cette aventure n'aurait pas de sens. Vous êtes essentiels.

Enfin, à mon mari qui ne comprendrait toujours pas de ne pas être cité… d'autant qu'il le mérite tellement.

COLLECTION HUGO THRILLER

FABRICE BARBEAU
Itinéraire d'une mort annoncée

DARCEY BELL
L'ombre d'Emily (Disparue)

ROY BRAVERMAN
Hunter
Crow
Freeman
Manhattan Sunset
Le cas Chakkamuk

TOM CHATFIELD
Bienvenue à Gomorrhe

ANGÉLINA DELCROIX
L'île des damnés

SANDRINE DESTOMBES
Les jumeaux de Piolenc
Le prieuré de Crest
Madame B
Le dernier procès de Victor Melki
Les disparus de la Durance

SÉBASTIEN DIDIER
Ce qu'il nous reste de Julie

FRANCESCO DIMITRI
Le livre des choses cachées

C.J. FARRINGTON
Mort sur le Transsibérien

LAURIE ELIZABETH FLYNN
Nous étions les reines

GHISLAIN GILBERTI
L'Évangile de la colère

LEE MATTHEW GOLDBERG
Mentor

ELLY GRIFFITHS
Le journal de Claire Cassidy
Mortelle dédicace

BEAR GRYLLS
Le tombeau d'acier
Les anges de feu

VICTOR GUILBERT
Douve
Terra nullius
Brouillards

VINCENT HAUUY
Le tricycle rouge
Le brasier
Dans la toile
Survivre

JENNIFER HILLIER
Wonderland

MARTIN HOLMEN
Corps-à-corps
Compte à rebours

COLLEEN HOOVER
Verity

JACK JAKOLI
La détresse des roses

OLIVIA KIERNAN
Irrespirable
Les liens du sang

MICKAËL KOUDERO
La faim et la soif

CHRISTINA KOVAC
La journaliste

LUDOVIC LANCIEN
La caste des ténèbres

ISMAËL LEMONNIER
Enfers

AMY LLOYD
Innocente

ELLERY LLOYD
Suivie

T.M. LOGAN
Holiday
Ne faites confiance à personne

LAURENT LOISON
Cyanure

JOHN MARRS
Âmes sœurs
Les passagers

ROZ NAY
Notre petit secret
La sentinelle
Plongée

B.A. PARIS
Derrière les portes
Défaillances
Dix petites poupées
Le dilemme
Le cercle de Finsbury

JACQUES PONS
Organigramme

JEAN-CHRISTOPHE PORTES
Oscar Wagner a disparu

HUGO TOSI
Affaires spéciales : Le dossier Io

ADRIAN J WALKER
The End of the World Running Club

DENIS ZOTT
Maudite

COLLECTION HUGO POCHE SUSPENSE

ALEXIS AUBENQUE
La fille de la plage
La fille de l'océan
Halloween Night : Le manoir

ROY BRAVERMAN
Pasakukoo
Manhattan Sunset

MARION CABROL
La lionne rouge

KATIA CAMPAGNE
American Witches

TOM CHATFIELD
Bienvenue à Gomorrhe

COLLECTIF
Storia 2021
Storia 2022

ANGÉLINA DELCROIX
Synopsix
Qui meurt à Noël ?
L'île des damnés

SANDRINE DESTOMBES
La faiseuse d'anges
L'Arlequin
Ainsi sera-t-il

SÉBASTIEN DIDIER
Je ne t'oublie pas
Les yeux bleus

LAURIE ELIZABETH FLYNN
Nous étions les reines

LEE MATTHEW GOLDBERG
Mentor

LOÏC HENRY
Lame sur les lèvres

OLIVIA KIERNAN
Irrespirable
Les liens du sang

LUDOVIC LANCIEN
Le singe d'Harlow
Les oubliés de Dieu

ELLERY LLOYD
Suivie

T.M. LOGAN
Holiday

JOHN MARRS
Les passagers

ROZ NAY
Notre petit secret
La sentinelle

CLAIRE PLANTEVIN
Plus que deux morts et c'est Noël

FRANÇOIS RABES
Les racines des ombres

VINCENT RADUREAU
Le dernier match de River Williams
L'ombre d'un géant
Le sang de Manchester

HUGO TOSI
Affaires Spéciales
Le Dossier iO

DENIS ZOTT
La dame blanche

Imprimé en France par
CPI Bussière
en mars 2023
N° d'impression : 2070605